名家短经典

〔美〕亨利·詹姆斯 —— 著

吴建国 等 —— 译

活生生的尤物

亨利·詹姆斯短篇小说精选

HENRY JAMES COLLECTED STORIES

人民文学出版社
PEOPLE'S LITERATURE PUBLISHING HOUSE

Henry James
Collected Stories

Simplified Chinese edition copyright © 2022 by Shanghai 99 Readers' Culture Co., Ltd.
All rights reserved.

图书在版编目(CIP)数据

活生生的尤物:亨利·詹姆斯短篇小说精选/(美)亨利·詹姆斯著;吴建国等译. —北京:人民文学出版社,2022
(名家短经典)
ISBN 978-7-02-012956-0

Ⅰ.①活… Ⅱ.①亨… ②吴… Ⅲ.①短篇小说-小说集-美国-近代 Ⅳ.①I712.44

中国版本图书馆 CIP 数据核字(2020)第 172825 号

| 责任编辑 | 卜艳冰 | 邱小群 | 骆玉龙 |
| 封面设计 | 李苗苗 |

出版发行　人民文学出版社
社　　址　北京市朝内大街 166 号
邮政编码　100705

印　　制　上海盛通时代印刷有限公司
经　　销　全国新华书店

开　　本　890 毫米×1240 毫米　1/32
印　　张　8.5
字　　数　213 千字
版　　次　2022 年 1 月北京第 1 版
印　　次　2022 年 1 月第 1 次印刷

书　　号　978-7-02-012956-0
定　　价　50.00 元

如有印装质量问题,请与本社图书销售中心调换。电话:010-65233595

目录

学　生	1
活生生的尤物	52
中年岁月	84
地毯上的图案	112
人间乐土	162
知识树	197
茱莉娅·布莱德	218

学生

一

　　这囊中羞涩的年轻人踌躇再三，欲言又止：他在苦苦思量着究竟该如何开口说酬金的事，何况是要与眼前这位看上去一身贵气、尽说些场面话的太太说这种事呢。不过，既然决意要接下这份工作，他也不想就这么离开。他故作轻松地看着这位太太，试图再说点儿什么。她体态丰腴，慈眉善目，坐在那儿拉扯着一双沾满污渍的仿鹿皮手套①。她戴着珠宝的那双手肥嘟嘟的，拿着那副手套时而压一压，时而捋一捋，嘴里一直在絮絮叨叨，每桩事情都要反复交代，就是偏偏不提他最想听到的那句话。他太想知道自己到底能拿到多少酬金了，就在他鼓起勇气要问出口的时候，那个被莫琳太太支去房间外头拿扇子的小男孩走进屋来。他手里并没有拿扇子，只是搪塞说没找到，语气里满是不屑和嘲讽。说完这话，他便直勾勾地盯着眼前这位有幸即将成为他的家庭教师的年轻人。单凭这一点，这年轻人就知道，他的任务并不轻松，首先，他得教教这个小家伙该怎么跟

---

① 原文为法语：gants de Suède。

回自己身边，无奈又没成功。"我想，您该心里有数吧，孩子的话可不能当真，"她继续对彭伯顿说道，"希望越大，失望就会越大哟！"小男孩插嘴说道："不过，请您放心，我们毕竟都是有头有脸的人。"

"就你知道得多！"莫琳太太面露愠色，语气却依旧温和，"要不，我们就定在星期五吧，我相信，您绝不是轻信那套说法的人，请您一定要来呀！到时候，您就可以见到我们全家人啦。真可惜，今天我的女儿们都不在家，您要是见到她们，一定会喜欢的！您也许不知道，我还有一个儿子，他跟这个小鬼可不一样。"

"他总是什么事都学我。"摩根对彭伯顿说道。

"学你？他为什么要学你，他已经二十岁了！"莫琳太太提高嗓门说道。

"你真是个机灵鬼。"彭伯顿对那孩子说。莫琳太太立即随声应和，说摩根的俏皮话总能给全家人带来欢笑。摩根压根儿就不在乎他们在说些什么，却突然向彭伯顿问道："你真的很想来吗？"听了这话，彭伯顿觉得无比惊讶，因为摩根没有像之前那样粗鲁地插话。

"我们都说到现在了，你还不能确定这一点吗？"彭伯顿回答道。话虽这么说，但彭伯顿打心眼儿里不想干这差事，而他之所以会来这里，只是因为他别无选择。待在国外的最后一年里，他破产了，连那点儿微薄的祖产也都赔了个精光，到如今仅剩下一堆经验教训。回国之后，他连住旅馆的钱都付不起了。无意间的一瞥，彭伯顿捕捉到了摩根眼里那种莫名的吸引力。

"那好吧，我会尽力好好跟你相处的。"摩根说罢，便转身离开了。彭伯顿见他跨过一扇落地窗，倚靠在阳台的护栏上。直到彭伯顿跟莫琳太太道别时，摩根依然还保持着同样的姿势。大概是看出彭伯顿也想去跟摩根道别，莫琳太太连忙阻止，并说道："就让他一个人待着吧，您不用在意他，今天他可太奇怪了！"彭伯顿心想，莫琳太太也许是担心摩根又会说出什么奇怪的话才没让他去。"他是个聪明的孩子，您一定会喜欢他的，"莫琳太太又说道，"我们家最有趣的人就数他了。"还没等彭伯顿说什么客套话，莫琳太太紧接着又说："但您一定也清楚，我们全家人都很好！"

"他是个聪明的孩子，您一定会喜欢他的。"在星期五之前，彭伯顿总是会不由自主地想起这句话。其实，彭伯顿知道，天才通常都不那么招人喜欢。可彭伯顿却觉得，要是真这样倒也好，至少给聪明的孩子上课不至于无趣。当会面结束，彭伯顿走出莫琳家的别墅时，他抬头看了一眼阳台，摩根依旧保持着刚才的姿势。"我们一定会相处得很愉快的！"彭伯顿朝他喊道。

摩根愣了一会儿才笑着回答道："等你再来这里的时候，我肯定又想到什么有趣的事情了。"

彭伯顿自言自语道："这孩子确实不错。"

二

果真如莫琳太太所说的那样，彭伯顿在星期五这天见到了他们全家人，包括莫琳先生、他们的女儿们和另外那个儿子。莫琳先生的上嘴唇留着一溜白胡子，看上去很是和蔼，而且他的西装翻领的纽扣孔里还装饰着精美的外国样式的缎带。彭伯顿后来才知道，那是一种仪式性的象征，至于那根缎带究竟有什么特殊意义，彭伯顿始终都不得而知。而这也仅仅是莫琳先生那诸多不为人知的行为方式中的一个而已。但显而易见，莫琳先生是一个精于世故之人。看得出来，尤里克，他们家的另外那个男孩，也学着他父亲那样打扮自己，只是还不得精髓。他西装纽扣孔里的装饰物略显轻浮花哨，上嘴唇的胡须也还是稀稀拉拉不成样子。莫琳家的姑娘们都留着长发，身形胖瘦也都差不多，脚也都是小小胖胖的。她们举止得体，看起来很有教养，只不过应该没有独自出过门。只是像今天这样近距离观察过莫琳太太之后，彭伯顿才发现，莫琳太太的优雅不那么自然，五官也不那么协调柔和。不过，倒真如她所承诺的，莫琳先生非常慷慨地答应了自己的酬金要求。只是莫琳先生一再强调，他们其实家底很薄，他之所以如此应允，是希望能多多亲近孩子们，成为他们的好朋友，把他们都抚养成人。他说自己这样奔波于伦敦和许多不同的地方之间，不仅仅是为了能好好抚养孩子，这同样也是生活的真理所在，是维系整个家庭的关键所在。他们全家人一向对生活小心谨慎，因为他们非常清楚这其中的必要性。尽管他们有些积蓄，但他们仍然希望做一个认真努力的人，精心打理家业财产。莫琳先生就像辛勤的雌鸟一样为这个家的生计奔波忙碌。彭伯顿猜想，尤里克大概整日混迹于俱乐部，赌钱玩乐；而姑娘们则待在家中打理头发，做做衣裙。而请他来负责摩根的教育，既可以保证教育质量，也不会花费很大，这一点着实让彭伯顿感到开心。然而彭伯顿在给摩根授课的过程中所感受到的他的天性与聪颖，竟让他忘记了自己接受这份工作时的初心。

在最初的几个星期里，摩根表现得简直就像一页页天书一样令人费解。他完全不同于寻常的英国孩子，他的童年似乎完全扭曲变形了。诚然，要想参透摩根从小生活其中的那种古怪的家庭气氛，也着实要花些心思。时至今日，彭伯顿已经离开莫琳一家人一段时间了。但在彭伯顿的记忆中，莫琳一家有太多离奇古怪的地方，既像光怪陆离的万花筒，又像连载故事，着实令人费解。要不是有些看得见摸得着的信物——摩根亲手剪下的一绺头发，以及他俩分别之后互通的书信，在那段时间里，彭伯顿所经历的一切和居住在那幢房子里的所有人可能会变得犹如幻境般杂乱无章，毫无逻辑可言。彭伯顿觉得最奇怪的就是他们家族的成功（有一段时间，他确实有这种感觉）。因为在他看来，像他们这样的家庭注定是一事无成的。可再一想，莫琳一家可以挽留彭伯顿为他们工作了这么长时间，这难道不是成功吗？星期一早上邀请他来吃午餐①，随后的星期五，他就正式来上班了，这难道不是成功吗？而且这也足以让人相信莫琳太太所谓的黄道吉日的说法了。就这样，自从接受这份工作以来，彭伯顿一直勤勤恳恳，全身心地投入在工作中。这一切既非出于深思熟虑，也非源于某个不可违抗的命令，而仅仅是遵循自己的直觉，他们一家人唬得彭伯顿感觉自己好像真的就是吉卜赛人②似的。毕竟彭伯顿还是一个没怎么经历过世事的年轻人。在英国留学那几年，生活平淡如水，因此，莫琳一家的反常行为（他们有自己的为人处事标准）对他造成了极大的冲击，甚至让他觉得一切都颠倒了。在牛津大学读书的时候，他从未遇到过这样的人；在耶鲁的那四年，他坚决反对清教主义，那儿的美国年轻人也从没听说过像莫琳一家这样的人。可不管怎么说，莫琳一家人的行为确实是超前很多。彭伯顿第一次见到他们一家人的时候，脑子里便冒出了"世界公民"这个词，并且为自己能想出这样一个词来形容他们而颇为得意。可后来，彭伯顿不得不承认，这个说法越来越苍白无力。

　　这种想法出现伊始，彭伯顿还感到有一丝欢喜。因为身为教师，他讲究实证观察，而跟莫琳一家人住在一起，似乎就可以感受到丰富多彩的生活。很显然，他们奇怪的社交方式似乎也印证了这一点——他们的用词和语调，他们的欢乐，他们的幽默感，以及他们长期赋闲在家的生活（他们总是花很长时间把自己打扮得齐整得体，彭伯顿有一次甚至发现莫琳先生在客厅刮胡子），在彭伯顿看来，都是怪异的；

---

① 原文为法语：déjeuner。
② 吉卜赛人离开部落便无法生存，这里指彭伯顿离开莫琳一家也无法生存。

他们说法语、意大利语,间或冒出几句带着浓重口音的美式英语。他们一家人不仅爱吃通心粉,爱喝咖啡(他们是制作这些食物的高手),而且通晓上百种菜式的做法。他们精通各种歌曲和音乐,还常常聚在一起哼唱。他们熟知欧洲大陆的各大城市,而且他们谈论起那些城市时,让人感觉他们好像在那里做过巡回演出似的。他们在尼斯有一幢别墅、一辆马车、一架钢琴和一把班卓琴,还经常出席一些正式的聚会。对于朋友们的"大日子",他们如数家珍。即使他们身体不适,也要挣扎着去给朋友们的"大日子"捧场;当莫琳太太跟保拉和艾米谈起这些时,一周似乎比一生都要漫长。所有这些,彭伯顿都一清二楚。起初,他们的这种浪漫和热情给彭伯顿这个初来乍到者营造了一种炫目的氛围。莫琳太太早年曾从事过翻译工作,只是那些作家的名字,彭伯顿从未听闻,这甚至让他觉得自己竟这般孤陋寡闻[1]。他们可以模仿威尼斯人说话,唱那不勒斯的歌曲;当有什么特别的话要说时,他们会用一种特殊的方言交流。事实上,那是一种口头暗语,彭伯顿起初以为他们说的是沃拉普克语,一开始他完全不懂,时间久了,他渐渐地也能听懂一两句。

"这是我们的家族语言,叫极端莫琳语。"摩根幽默地向他解释道。但摩根自己极少讲这种语言,平日里,他更愿意像神职人员那样说拉丁语。

在给朋友们编排好的"大日子"日历中,莫琳太太也会见缝插针似的安插进自己的一个"大日子",只是朋友们通常都会忘记。从他们的口中常能听到一些名人的名字,其中有几个是被莫琳先生称为"王子"的神秘客人。他们都有着外国封号,穿着英式服装,通常会坐在沙发上用法语与姑娘们大声交谈,那样子似乎是要告诉众人,他

---

[1] 原文为法语:borné,意为"(观点、思想、见解等)有局限的,有限的,狭隘的"。

们可没说什么不得体的话。然而彭伯顿却不明白，王子怎么会在大庭广众之下用那种腔调说话。不过，他想当然地认为，那些王子这样做，正是因为有人希望他们如此。彭伯顿发现，莫琳太太才不会让保拉和艾米独享这种绝好的机会。她自己总会陪在一旁，倒不是因为姑娘们胆小怯懦，而是因为有母亲的保驾护航，她们才会表现得更加仪态万方。

毋庸置疑，在对待摩根这一点上，他们的表现无可指摘。他们全家人无一例外，都对摩根喜爱有加，那是一种发自内心的温柔，不掺杂半点儿虚情假意。他们夸赞摩根长相英俊，尽管在彭伯顿看来有些勉强。对摩根的赞誉中甚至还透露着些许的敬畏之意，他们似乎觉得，摩根生来就比他们要优越些。他们亲昵地叫摩根小天使、小天才，对他孱弱的身体状况的痛惜之情也溢于言表。一开始，彭伯顿还担心，他们全家人对摩根的这种过分的赞赏会使他讨厌这孩子，但事实证明，他的这种担心实在没有必要。因为不久之后，他自己也对这孩子赞赏有加。到后来，彭伯顿甚至越来越讨厌他们一家人，但一想到他们一家人对摩根的关心疼爱，他就不得不强迫自己压下这种厌恶感。只要摩根身体稍有不适，他们全家人都会战战兢兢，为了让摩根开心，他们不惜取消"大日子"的一切活动。但奇怪的是，尽管他们这样疼爱摩根，却仍希望摩根早日学会独立生活，仿佛感觉自己不配与他一起生活似的。他们把摩根交给彭伯顿，倒像是强制性地把抚养孩子的重任一股脑儿全都丢给这个有责任心的单身汉了。当察觉到摩根对彭伯顿的喜爱时，他们无比喜悦，简直不知道该怎么夸赞这个家庭教师了。一方面，他们对摩根疼爱有加，可另一方面，他们又想尽快甩掉这个包袱。彭伯顿简直无法想象他们是如何平衡这两种互为矛盾的心理的。难道他们想趁着自己的诡计被摩根识破之前摆脱他？日子一天天过去，彭伯顿也越来越了解他们。不论什么时候，对待摩根，他们一家人总是表现得出奇的礼貌，甚至一副事不关己的样子。摩根也意识到，自己与他们之间几乎不存在什么共同点，而彭伯顿则开始思考遗传基因的差异何以如此之大。作为旁观者，彭伯顿很难解释摩根和他们一家人之间的巨大差异。从生物学角度看，摩根似乎比他的家人多进化了两三代。

经过一段时间的相处，彭伯顿才知道，要想做好摩根这个有些自以为是的小鬼的家庭教师，必须得改变传统的教学模式。一开始，彭伯顿对此毫无思想准备；很长一段时间之后，他才真正认识到这一点。摩根生性好斗，常常做出些令人惊讶的举动；他缺乏芸芸众生所共有的基本能力，但一些聪明绝顶的人才有的素质，他却应有尽有。突然有一天，彭伯顿弄清楚了一件大事。他意识到，摩根的确是绝顶聪明的人。尽管他现在年纪还小，展现出来的智慧还只是孱弱的雏形，但也正因为如此，别人才能与他相处融洽。他有着跟普通孩子一样的天然秉性，生活还没有受到学校教育的影响而被简化，他与生俱来的敏感性对他自己可能不是什么好事，但对别人来说则大有好处。他品位精致，悟性极强，即使是微弱的乐声也能给他带来清风拂面般的迷人魅力。不可否认，这就是随全家漫游欧洲大陆给他带来的极好的熏陶。原本太早对孩子进行这种教育是不合适的，但游历生活给摩根带来的影响却如同精美的织物一样触之可及。摩根的性格中带有一股强烈的淡泊和坚忍，这无疑是幼年便开始学会承受痛苦的结果。这使他变得内心强大，即使在学校被人称为会讲几种语言的怪人，他也毫不在意。很快，彭伯顿反而庆幸摩根没法像正常孩子那样去学校上学了。在一百万个孩子之中，除去一个例外，学校教育对于剩下的那些孩子来说都是好的，而摩根恰恰就是那百万分之一的例外。在学校与其他孩子相处的过程中，必然会有相互之间的比较，而这会让摩根有一种高人一等的优越感，继而他可能会变得自命不凡、不可一世。

彭伯顿想努力把自己变成一座学校,但里面的学生不是一头头终日只顾埋头啃草的傻驴,彭伯顿理想的学校更像自由的研讨会。那里没有获奖,而孩子们也会一直保持孩童的天真,整日里开心地玩乐学习。尽管摩根孩提时代生活的那根弦已经绷得很紧,但生活中依然还有能带给人欢笑的新鲜事物。事实也确实如此,尽管健康问题总是困扰着摩根,但他的生活中依旧充满欢笑。摩根是个孱弱敏感的世界主义者,他爱动脑筋、爱思考,他能观察、体会到的事物比正常人要多得多。但是,就像普通孩子有一个自己的玩具屋,他必须拥有一个任自己的思维尽情玩耍跳跃的空间,在那里,他每天可以随心所欲地摔坏一打玩具。

三

那是在尼斯,他们两人曾在某个黄昏一同散步。就在他们坐下来休息,静静地看着西边海面上夕阳投下的余晖时,摩根突然问彭伯顿:"你喜欢现在这样吗?我的意思是,像这样跟我们一家人生活在一起。"

"小鬼,我当然喜欢,否则,我怎么会留在这儿呢?"

"我没法确定你会在这里待多久,但我能确定的是,过不了多久,你一定会离开的。"

"只要你不解雇我,我是不会离开的。"彭伯顿说。

摩根凝视着落日,停顿了片刻。"如果解雇你是正确的,那我会这样做的。"

"听着,我来这里是要教你做一个有品德、有修养的人,你要是真那样做,那可就太不对了。"

"不过,幸好,你还很年轻。"摩根转向他,接着说道。

"我可不敢跟你比!"

"就算跟我在一起真的是浪费时间,那也没什么大不了。"

"你这样想就对了。"彭伯顿笑着说道。

沉默片刻,摩根又问道:"你喜欢我的父母吗?"

"当然,他们都非常有趣。"

听完这话,摩根顿时沉默不语了。突然,他又说道:"你真是个大骗子!"只是摩根的语气中带着些许的亲昵。

不知怎么,彭伯顿听了这话居然感到有些难为情。摩根也察觉到老师的神色有些变化,竟也跟着脸红起来。两人对视良久,默默无语,却意味深长。这种情景让彭伯顿颇有点儿尴尬,他隐隐约约地感觉到,他们两人的关系已经悄然出现了一些意料之外的变化。打那之后,每当他与摩根聊起一些通常不会跟孩子交谈的话题时,他都会想起尼斯的那个傍晚。那一刻虽然狼狈,但也就是从那一刻开始,他们彼此惺惺相惜,两颗心靠得更近了。尽管如此,彭伯顿却认为自己有责任告诉摩根,他可以随心所欲地戏谑自己,但他绝不应该如此对待父母。对于这一点,摩根的回答是,他从未想过要戏谑自己的父母。事实证明,彭伯顿的想法确实是错的。

"那么,就因为我说你的父母幽默风趣,我就是个骗子吗?"彭伯顿问道,可是,话一问出口,他又觉得自己有些草率。

"他们又不是你的父母。"

"有一点你别忘了,他们是你的父母,他们爱你胜过爱这世界上的一切。"彭伯顿说。

"难道这就是你喜欢他们的原因吗?"

"我这样说,是因为他们确实待我很友善。"彭伯顿闪烁其词。

"你果真是个骗子!"摩根伸手挽住老师的手臂,满嘴不屑,唇齿间却尽是亲昵。摩根靠在彭伯顿身上,眼睛望着大海,晃动着他细长的腿。

"你踢到我的腿了。"彭伯顿说。可转念一想,他又说道:"好吧,老实说，我总不能当着某人的儿子的面抱怨他的父母吧！"

"还有一个原因。"摩根说道，却没再继续晃动他的腿。

"什么？"

"因为他们不是你的父母。"

"我不明白你的意思。"彭伯顿说。

"用不了多久，你会明白的。"

的确，没过多久，彭伯顿就全明白了。不过，那真的是经过好一番思想斗争之后，他才能坦然面对这个事实。他竟然为了一个孩子的事情内心斗争了这么久，彭伯顿觉得这简直不可理喻，他甚至怀疑这一切都是这个孩子故意的，只是他自己没有察觉罢了。然而，彭伯顿觉得自己刚要走进摩根的世界，他的世界又完全关闭了。摩根不同于一般的孩子，要想了解他，就必须接受他那古怪的方式。在这之前，彭伯顿对这个所谓的特例很是反感。可是，当他终于了解这一切之后，却发现自己的处境极为窘迫。得不到应有的好处不说，他反倒要跟摩根一起来面对这个烂摊子。那天黄昏，在他们结束散步回家之前，摩根靠着彭伯顿的臂膀说：

"无论如何，你会陪我到最后的。"

"到最后？"

"直到你受尽委屈，身心俱伤。"

"你才该这样呢！"彭伯顿抬高嗓门说道，却又把孩子朝自己拉近了一些。

四

就在彭伯顿在莫琳先生家工作满一年的时候，莫琳夫妇突然变卖了在尼斯的别墅。在两次亲身经历了他们这一大家子颇为波折的旅途之后，彭伯顿对此举已然见怪不怪。一次是在夏天，他们去了瑞士；还有一次是在冬天，他们举家去了佛罗伦萨。但十来天之后，他们却悻悻而归，因为那里的实际情况与他们的幻想简直天差地别。自打那次出行后，他们说再也不会离开尼斯了。然而没过多久，在五月的一个雨夜，蹚过泥泞的道路，他们又挤进了一节二等车厢——谁也说不准他们会坐几等车厢。那时候，彭伯顿还会帮着他们照看大大小小的行李物品。出发前，他们说要去一个气候宜人的地方避暑。可是，他们到达巴黎之后，一家人却只是窝在某条说不上名字的大街的一个四楼的小公寓里。那儿的楼梯间弥漫着一股怪味儿，门帘也说不出的难看。他们一家人就在那里过了四个月一贫如洗的日子。

在那段困窘的日子里，唯一让人觉得舒心的就是彭伯顿和摩根在巴黎的见闻。他们走访荣军院和皇家监狱，游览巴黎圣母院和各大博物馆。像这样的出行总共不下百十来次，他们乐此不疲，收获自然也颇丰。这次旅居让他俩能深入了解巴黎，留下了极其深刻的印象，以至于时隔很久，彭伯顿再次来巴黎时，当年和摩根在巴黎的所见所闻依旧历历在目。彭伯顿还清楚地记得，摩根老是穿着那条与上衣不怎么协调的破旧的灯笼裤；他长高了，那条灯笼裤显得短了，也更破旧了。彭伯顿甚至还记得摩根那三四双彩色袜子上的破洞。

虽说摩根是他母亲的心头肉，但除非情况特殊，否则莫琳夫人总是让摩根穿得很随意。但这也不能全怪莫琳太太，因为摩根自己总像个德国哲学家似的，毫不在意自己的外表。"亲爱的，你这身衣服简直跟破布没什么两样。"彭伯顿用半是劝说的口气对摩根说。可摩根总会平静地上下打量一番彭伯顿，说："看来你还不知道吧，亲爱的，我只是不想让你显得太难看而已。"摩根一语中的，彭伯顿哑口无言。彭伯顿能忍受自己的衣服拿不出手，但他不愿看到摩根整天穿得破破烂烂的。后来，彭伯顿对此的说法是："既然穷是明摆着的事实，那又何必还要装样子呢？"他总是安慰自己，破烂的衣着也掩盖不住摩根内在气质的光芒。摩根与那些脏兮兮的小顽童可不一样，他们只会糟蹋东西。彭伯顿心里清楚，摩根如果每天只跟自己待在一起，精明的莫琳太太就不会给她儿子置换新衣物，因为她知道没有外人会注意到他。对于母亲的这点儿小心思，聪明的摩根心照不宣，他索性不再出外活动了。家里哪些人必须打扮得光鲜亮丽，这一点莫琳太太比谁都清楚。

在法国的那段时间里，彭伯顿非常清楚别人是怎么看待他和摩根的。大多时候，他俩就懒洋洋地在巴黎的植物园里闲逛，好像无家可归似的；到了冬天，他们就坐在卢浮宫的走廊里，极像专门去蹭暖气的流浪汉。有时候，他们自己也拿这件事开玩笑，不过，也只有摩根会主动开这种玩笑。他们将自己视为这个偌大的城市里芸芸众生中的一个，粗俗而又不起眼，整日为三餐而奔波忙碌。他们为自己假装是这芸芸众生中的一员而感到自豪。在这段时间里，他们真真切切地体会到了什么是生活，两人之间建立起了如同兄弟般的亲密关系。即使彭伯顿不因他这位学生的潦倒而对其深表同情（因为毕竟摩根的父母也不会真的愿意摩根受苦），摩根也一样感觉得到。彭伯顿之前常常想，别人会怎么看待他们？或许他会被当作一个儿童绑架犯，会遭人白眼。彭伯顿认为，别人是不会把摩根当成一个带着家庭教师出行的贵族小少爷的，因为他看上去并不那么机灵。或许人们更容易把他当作彭伯顿家的一个病恹恹的小弟弟。偶尔，摩根的口袋里会有个五法郎的闲钱，通常他们会拿它来买二手书。但有一次，摩根拿这钱买了两条领带，其中一条，他非要送给彭伯顿，非要他收下不可。买书是最能让他们开心的事，他们俩一整天都待在码头上，蹲在矮墙边，在满是灰尘的箱子里翻翻找找。自从彼此熟悉之后，他们总是凑在一起读书。家里的藏书很快所剩无几，买旧书、读旧书甚至支撑着他们度过了那段日子。在英国读书那几年，彭伯顿曾收藏了不少书籍，但迫于生计，他不得不写信给他的一个朋友，希望能用那些书籍换一些实实在在的东西。

那年夏天，莫琳一家没能好好享受法国宜人的气候。彭伯顿打算在他们一家人出发之前，再次提出自己酝酿已久的想法。正如彭伯顿自己所说的，这是他第一次向自己的"雇主"提要求。他的要求说来也很朴实，就是希望他们能考虑自己现在的薪水根本难以为继（之前有很多次，他都是话到嘴边又咽回去了）。就在这趟看似豪华的旅程即将结束的前一晚，彭伯顿认为这是下最后通牒的最佳时机。说来也怪，彭伯顿至今从未与莫琳夫妇或他们中的某一个单独谈过话。家里的大孩子们总会跟莫琳夫妇一起出现，而彭伯顿也总得带着摩根。彭伯顿知道，这一家人只是虚有其表，内心远没有外表那么美好。然而，他必须抑制住自己对莫琳夫妇的顾忌，壮着胆子提出诉求，说这么点儿薪水实在难以维持生活。彭伯顿单纯地认为，尤里克、保拉和艾米并不知道自己工作了这么长时间，仅仅只拿到了一百四十法郎。他表现得足够大度，他想在孩子们面前顾全莫琳夫妇的面子。莫琳先生一如往常那样认真地听他说着，像是个通情达理的人，一副很是赞同的样子。当然，也不是完全赞同，他还是会保留一点儿自己的看法。彭伯顿意识到，莫琳先生的性格会给他带来优势，这一点非常重要。面对彭伯顿，莫琳先生没有表现出丝毫的慌乱，而占理的彭伯顿反倒莫名其妙地感觉手足无措。听完彭伯顿的话，莫琳先生果然没有流露出一丝惊异和慌张。他只是绅士气十足地表达了一点儿诧异，而他的那点儿诧异也不完全是因彭伯顿而起的。

"这事我们是得好好商量一下，是吧，亲爱的？"莫琳先生对太太说。他向面前的年轻人保证，他一定会认真考虑这件事的，可是，说完话，他就逃也似的离开了。再后来，房间里就只剩彭伯顿和莫琳太太了，只听她说："我知道，您说的我都知道。"她一边说，一边摸着自己圆溜溜的下巴,那样子就像她早已想好了一打解决办法,只是在纠结到底该选择哪一个为好似的。要不是莫琳先生刚好要出门,估计他又得因为这件事而消失至少好几天。在莫琳先生不在家的那几天里,莫琳太太好几次有意无意地又提起了那件事,但她说的无非也就是这段日子她们相处得非常愉快之类的话。彭伯顿对他们的这种周旋态度非常清楚,除非他们实实在在地给出一笔钱,否则,他会头也不回地离开这儿的。彭伯顿心里明白,莫琳太太估计也想看看他到底会不会离开。甚至有那么一瞬间,彭伯顿真希望莫琳太太就这样对他发问。可是,莫琳太太并没有这样做,对此彭伯顿很是感激,因为他的确无法回答这个问题。口袋空空的他,甚至连离开这里都做不到。

"您是不会离开这里的,您不会的,您很喜欢这份工作,"她说,"您喜欢这里的工作,这一点您比谁都清楚。再说,我们都知道,您是个好人!"说完这话,她笑了,一脸的狡黠,似乎是在责备彭伯顿(可她是不会承认的)。莫琳太太有说有笑,还很轻率地朝他挥了挥手里那块脏兮兮的手帕。

就这样又过了一个星期,彭伯顿打定主意要辞职不干了。在过去的一星期时间里,彭伯顿给他在英国的朋友写了一封信,很快就收到了回信。要是之前他没有跟莫琳先生抬那一杠,也就是说,他又老老实实在他们家待上一年,他也不会在收到回信前拿到莫琳先生慷慨给予他的那三百法郎。令他恼火的是,莫琳太太居然抓住了他的软肋,他果真离不开那孩子。在彭伯顿向莫琳夫妇摊牌的那天晚上,他清楚地意识到了这一点,并且完全明白自己现在的处境。而这恰恰又一次证明了这一对夫妇的高明之处,他们长袖善舞,能将真实原因隐藏这么长时间。彭伯顿回到自己狭小的房间,窗外是封闭的天井。与天井相对的位置有一堵矮墙,看上去也脏兮兮的,墙体里常常传来嘎吱嘎吱的响声,很是吓人。而且墙体上还反射着房间后窗玻璃的光亮。彭伯顿感觉自己是在为一群投机分子工作。这种想法，或这个词本身，带给彭伯顿的是一种诡异的恐怖感，因为在这之前，他一直过着规矩本分的生活。后来，彭伯顿的这个想法又变了，变得更加有趣，并且令人感到一丝慰藉。这指明了一种道德，而彭伯顿也喜欢谈论道德。彭伯顿之所以说莫琳夫妇是投机分子，不仅是因为他们欠钱不还，或是因为他们依靠社会福利生活，而且是因为他们的人生观就是投机取巧，他们本质上就是贪婪的投机分子，就像一群狡诈的色盲动物。可他们呢，居然自称"值得尊敬"呢，这就使他们的嘴脸更加丑恶了。彭伯顿对他们的这番分析，简单说来就是，正因为他们是卑鄙的势利小人，才会无所谓投机冒险。这简直是对他们最全面的概括，也是他们生存的不二法则。彭伯顿很清楚，莫琳一家现在或许已经知道自己对他们的看法了，但他不会知道，那个天才般的小男孩为他能得出这样的结论做了多少铺垫，而那个小男孩目前已然成为他生活中割舍不去的牵挂了。那时候的彭伯顿还不知道，还有更多的东西，正是因为有摩根，他才会知道。

五.

但是，真正的问题是后来才出现的。这个所谓的问题是，要等这个孩子长到多大，彭伯顿才好跟他谈论他父母的卑劣行径呢？十二岁？十三岁？抑或是十四岁。起初，这当然是绝不可能也绝不允许的；在彭伯顿拿到三百法郎之后的很长一段时间里，这个问题也没有显得那么急迫。显然，这三百法郎稍稍缓和了彭伯顿对莫琳夫妇的极大不满。彭伯顿抠着这三百法郎给自己添置了一些衣物，这样口袋里才能存下几个钱。但他觉得，莫琳一家人看自己的眼光似乎有些奇怪，大概觉得他太精于算计，甚至觉得不能再这样任他为所欲为吧。

要不是莫琳先生讲道理通世事,他的新领带一定会被拿来说事的。所幸,莫琳先生并没有真说什么,可他或多或少还是表示了自己的不满。然而彭伯顿如何猜得到,摩根对家里发生的所有事情都一直讳莫如深。彭伯顿和莫琳一家之间的矛盾从未得到真正的解决,毕竟三百法郎仅能维持一段时日,何况彭伯顿还有债务在身。那三百法郎终有用完的一天,而摩根对此也心知肚明。对此,他最终说了些话。初冬时节,他们一家人回尼斯去了。只是他们并没有住回那座豪华的别墅,而是在一家酒店住了三个月,然后又搬往另一家酒店了。对此,莫琳一家的解释是,为了住进他们中意的房间,他们等了又等,却还是无法如愿,于是,他们索性就搬走了。据他们说,他们看中的房间既豪华又舒适。可彭伯顿想,幸好他们没住进那个房间,因为要真是那样的话,孩子们的教育开支又得缩减了。摩根大多是在上课的时候说这话的,而且总是出其不意地说些不着边际的字眼,比如"你应该'菲勒',你知道的,你真的应该这样"。

彭伯顿直直地盯着他。因为摩根曾经告诉过自己,"菲勒"在法语俚语里是"走开"的意思。"亲爱的,别赶我走!"

摩根并没有问彭伯顿,而是顺手抄起一本希腊语词典(他惯用的是希德词典)自己查了单词。"你不能再这样继续下去了,你知道的。"

"我不明白你的意思,小鬼。"

"你明明知道的,他们没有付你薪水。"摩根一边说着,一边漫不经心地翻动着书页。

"没付薪水?"彭伯顿又瞪大了眼睛,佯装惊异,"你怎么会有这样的想法?"

"我很早就知道了。"摩根回答道,又继续查词典。

彭伯顿一时语塞,然后接着说:"你到底在找什么呢?你父母付给了我很大一笔钱呢。"

"我在找'弥天大谎'用希腊语怎么说。"摩根回答道。

"上课时间你怎么能查字典呢,别再想这些无趣的事啦。再说,我要那么多钱有什么用呢?"

"噢,那就得另当别论了。"

彭伯顿犹豫了,他觉得左右为难。毫无疑问,最正确的做法就是告诉摩根,这不关他的事,并且勒令他继续学习。但是,他们彼此是亲密的朋友,他不会这样对待摩根,况且他也没有理由这样做。彭伯顿又一想,摩根所说的也都是实情,他不可能一直隐瞒下去。既然如此,那为何还要隐瞒自己即将离他而去的真正理由呢?再说,当着学生的面说学生家长的不好,也不是什么光彩的事情。因此,对于摩根的质问,彭伯顿只好岔开话题,只说自己已经拿到几次酬金了。

"看吧,我就说嘛!"摩根大声叫着,笑着。

"好啦,好啦,"彭伯顿说,"把你的作业交给我。"

摩根从桌面上推给彭伯顿一本练习册,彭伯顿拿起来看了看。彭伯顿的心思并不在作业上,自然,他也不是真的在检查作业。一两分钟之后,彭伯顿抬起头来,发现摩根在盯着他看,目光很是奇怪。接着,摩根说:"我不害怕现实。"

"我不知道你到底害怕什么,但我会让你知道的。"

这句话让他们之间的气氛活跃起来(果真如此),摩根也显得很兴奋。"我考虑这件事很长时间了。"摩根继续说。

"行啦,只是以后再也不要想了。"

摩根似乎很听彭伯顿的话。之后的一个钟头,他俩相处得很愉快。他们彼此达成了一个共识,都认为对方是心思缜密的人,对课文的欣赏口味也总能保持一致。但是,在上午的课快要结束的时候,摩根突然情绪崩溃,把头埋进双臂,伏在课桌上大哭起来。彭伯顿大为震惊,这是他第一次见到这个孩子流泪,当时的情景简直糟糕透了。

经过反复思考后,彭伯顿做出了一个自认为很有道理的决定,第二天,他便将其付诸行动了。他找到莫琳夫妇,告诉他们说,如果他们不立即付清自己应得的酬金,他不仅会立马辞职,而且会把这其中的缘由向摩根和盘托出。

"您现在还没有告诉他吧?"莫琳太太着急地大喊起来,一只手按压在精心穿着衣服的胸口上,试图安抚自己。

"不提前告知你们就直接告诉摩根?难道您认为我是这种人吗?"

莫琳夫妇相互对视了一眼,彭伯顿察觉到他们都松了一口气,但仍然没有放松警惕。"亲爱的,"莫琳先生质问道,"我们一样都过着平静的生活,您要那么多钱做什么呢?"彭伯顿没有回答,只是想着他的雇主心里一定在想:"既然他都这么说了,那么,我们的孩子,我们的小天使,一定知道了,他会怎么想呢,他一定以为——唉,得啦,一句话,这有什么大不了的!"正如彭伯顿所期望的,他的这一举动让莫琳夫妇感到焦躁不安了。但是,如果他以为这番威胁会起到震慑作用的话,他就会相当失望了。因为彭伯顿发觉,莫琳夫妇认定(他们真是不懂自己的良苦用心啊)自己早已把这些话都告诉摩根了。作为父母,莫琳夫妇的内心也许会感到不安,但这是他们要为自己的所作所为付出的代价。不管怎么说,彭伯顿的威胁的确触动了他们,因为一旦选择逃避,他们又会面临新的险境。面对彭伯顿,莫琳先生一如往常那样装作通情达理的样子,而莫琳夫人则破天荒地摆出一副傲慢的架势提醒他说,作为一位用心良苦的母亲,她有办法保护自己免受流言中伤。

"如果按诚实的标准来衡量,我认为您完全不符合!"年轻人回答道。此时,莫琳先生又点燃一支烟。彭伯顿心想,这样的冲突于自己也毫无益处,于是,他便重重地随手带上房门,扬长而去了。他听见身后的莫琳太太在伤心地叫喊着:"好哇,你居然敢这样对我们,有本事你就把刀架在我们脖子上吧!"

  第二天一大早,莫琳太太去了彭伯顿的房间。他听到了敲门声,但他绝不会想到她是来给他送钱的;事实令彭伯顿震惊,因为莫琳太太是带着五十法郎来找他的。莫琳太太身上还穿着睡袍,因为时间确实太早,彭伯顿也没来得及换衣服。他们就隔着浴缸和床开始谈话了。这一回,彭伯顿算是领教了这位女主人的"异国方式"。莫琳太太当时很激动,而每当她激动起来,就会忘乎所以。她一进来就一屁股坐在了床上,因为房间里唯一的一把椅子上摆放着彭伯顿的衣物。她环顾四周,对于让彭伯顿住在如此简陋的房间里竟忘了感到羞愧。莫琳太太此次前来,是为了说服彭伯顿。她首先说明自己是多么善良的人,才会好心送来五十法郎;其次,如果他还算明白事理,就不会再荒诞不经地老想着要酬金。她的说法是这样的:难道酬金非得是实实在在的钱吗?他住在他们豪华舒适的家里,不愁吃穿,无忧无虑地生活,这难道不是酬金吗?像他这样一个一无所长、默默无闻的年轻人,如今干着稳定又体面的工作,难道不是酬金吗?最重要的是,摩根是个极有天分的孩子,甚至全欧洲也找不出第二个了,彭伯顿能和这样优秀的孩子建立愉快、友好的师生关系,这难道不是酬劳吗?莫琳太太夸赞彭伯顿是一个通情达理的人,她说:"您考虑考虑吧,亲爱的。[①]"她极力劝说他要理智些,因为他总有一天会明白的,能够成为摩根的老师是一件非常有意义的事情,千万不要辜负他们的信任和期望。

  但彭伯顿认为,这不过是出发点不同而已,而出发点并不重要。过去,他们是支付薪水的,现在倒好,他们想让他无偿地工作呢。说

[①] 原文为法语:Voyons, mon cher。

到底就是这么回事,可是,他们为什么偏偏要费这么多口舌呢?莫琳太太还在继续苦口婆心地说服他,一遍又一遍地说着那五十法郎的事。彭伯顿很不耐烦,甚至有些生气了,他靠着墙,双手放在口袋里,隔着衣服交叉环绕在腿前。彭伯顿的目光越过这位访客的头顶,望着窗外灰暗的幽影。她最后说:"您看,不如我们来订个明确的协议吧!"

"明确的协议?"

"是的,这能使我们的关系正常化,好让我们双方都感到舒服。"

"我明白了。其实这就是一个诡计,"彭伯顿说,"或者是一种敲诈勒索。"

听了这话,莫琳太太吃了一惊,这也是彭伯顿意料之中的反应。

"您这话是什么意思?"

"您利用的是我的担心。我辞职不干倒没什么,我担心的是摩根。"

"天呐,您即使离开了,摩根能出什么事!"莫琳太太傲气十足地说道。

"能出什么事?他会感到孤独的。"

"天呐,一个孩子不跟最爱他的人在一起,他该跟谁待在一起呢?"

"如果您是这样想的,您何不解雇我呢?"

"您这话的意思是,摩根爱你超过爱我们吗?"莫琳太太叫喊道。

"我觉得他应当如此。为了他,我牺牲了很多,而您呢?您所谓的牺牲,我只听过,却从未亲眼见过。"

莫琳太太瞪大了眼睛,接着,她激动地抓住彭伯顿的手。"您愿意——做出牺牲?"

彭伯顿失声大笑。"我会看情况而定,我会尽可能多留些日子。

您原本的打算不就是这样吗？尽管条件很差，我要忍受很多，但我确实不放心就这么离开他。我很喜欢这个孩子，他对我也很有兴趣。您知道，我现在经济上很窘迫，尽管跟摩根待在一起的时间很开心，却赚不了什么钱。"

莫琳太太用手里的银行支票轻轻拍打自己裸露的胳膊，陷入了沉思。"您会写文章吗？或者您会翻译吗，像我一样？"

"我不懂翻译，而且做翻译的报酬少得可怜。"

"我不在乎挣多少钱，只要我开心就好。"莫琳太太说这话的时候昂着头，高尚的自豪感溢于言表。

"您应该告诉我，您做这些都是为了谁？"彭伯顿停顿了片刻，但她并没有作答。彭伯顿又接着说："我曾经尝试过向杂志投一些小品文，可惜他们没有采用，婉言谢绝了。"

"您看，您也不是什么圣人，不用那么装腔作势。"

"我没时间好好处理它们。"彭伯顿说。他突然觉得自己这样好言解释简直显得太可怜了。于是，他又说："您若要我留下，必须满足我一个要求——摩根要清楚地知道我的处境。"

莫琳太太犹豫了。"您该不会是想暗示孩子些什么吧？"

"暗示您的所作所为吗？"

莫琳太太再次犹豫起来。但这一次，她的话不那么直接、那么刺耳了。"您刚刚提起过敲诈勒索？"

"您想要制止，还不是易如反掌啊！"

"您还说，我是利用了您对摩根的担心。"莫琳太太接着说。

"是的，毫无疑问，我是个大坏蛋。"

莫琳太太看了他一会儿。很明显，她内心焦躁不安。随后，她猛地把手里的钱塞给了彭伯顿，说："莫琳先生的意思是，这钱您得拿着。"

"非常感谢莫琳先生的慷慨。但是,我不承认您刚刚说的协议。"

"您并不打算接受吗?"

"不接受您的协议,我会更自由。"彭伯顿说。

"自由地毒害我儿子的思想吗?"莫琳太太痛苦地说道。

"噢,您是说您儿子的思想!"彭伯顿笑着说。

莫琳太太的目光死死地盯着彭伯顿。他满以为她会打破这沉默,恳求他:"看在上帝的分上,请您告诉我,这是什么意思?"但是,莫琳太太抑制住了自己的这种冲动,因为她还有更重要的事情。她把钱装回自己的口袋,冷酷的样子让人禁不住发笑。"您想跟摩根说什么,就说好了,随便您!"丢下这句话,莫琳太太就扭身离开了。

六

那天清晨的冲突事件过去一两天之后,彭伯顿也没有急着使用莫琳太太所给予的"权利",他没有跟摩根说任何不好的话。他们师生二人静静地散着步,大约过了一刻钟之后,摩根突然说道:"跟你说说我是怎么知道的吧,是姬诺碧告诉我的。"

"姬诺碧?她是谁?"

"很多年前,她曾是照顾我的护士。她很可爱,我很喜欢她,她也很喜欢我。"

"喜欢有时候是没有理由的。你从她那里知道了什么呢?"

"还不是他们那套把戏。她之所以离开,是因为拿不到酬金。她很喜欢我,才在我家待了两年。但到后来,她就拿不到酬金了,临走之前,她把一切都告诉我了。一旦他们知道她爱我、喜欢我,就不再付给她酬金了。因为他们认为,她会出于对我的爱而留下来,免费工作。她的确尽她所能,在我家工作了很长时间。她家很穷,她常常寄钱给她母亲。最后，她无法再支撑下去了。有一天夜里，她大闹了一场，之后就离开了。她搂着我痛哭了一场，她搂得那么紧，把我搂得差点儿要窒息了。她把一切都告诉我了，"摩根又重复说道，"她说，那是他们的小花招。所以，我猜想，现在也差不多是他们对你故伎重施的时候了。"

"姬诺碧非常聪明，"彭伯顿说，"她也使你变得同样聪明了。"

"那可不是姬诺碧的功劳，而是我的天分，是经历！"

"这么说，姬诺碧就是你人生经历中的一部分喽。"

"当然，我也是她的人生经历中的一部分，她太可怜了！"孩子叫道，"你的人生经历中当然也有我。"

"你是非常重要的一部分。但我不明白，你怎么就确定我也遭遇了与姬诺碧同样的情况呢？"

"你当我是傻瓜啊？"摩根问道，"我们一起经历的事情，难道我会不知道？"

"我们一起经历了什么？"

"我们的私事——那段阴暗的日子。"

"噢，是吗？我倒觉得我们在一起的日子阳光灿烂得很呢！"

摩根沉默了一会儿，然后说："亲爱的，你是个英雄！"

"这么说来，你也是英雄。"

"不，我不是；但我也不再是小孩子了，我再也无法忍受这一切了。你必须找一份有收入的工作。看到你这样，我感到很羞愧，很羞愧！"摩根说着，变得激动起来，声音也颤抖了，这深深触动了彭伯顿的心坎。

"我们应该离开这里，一起去别的地方生活。"彭伯顿说。

"你如果愿意带我一起走，我会跑得跟箭一样快的。"

"我要找一份能养活我们俩的工作。"彭伯顿接着说。

"我也要，我为什么不能去工作呢？我又不是白痴！"

"可问题是，你父母不会同意的，"彭伯顿说，"他们绝不会跟你分开的。你走过的地方，他们都当作神灵一般膜拜呢。难道你没看出来？他们是很和善的人，对我也没有恶意，但是，为了你，他们会随时攻击我的。"

摩根静静地听着这番文绉绉的辩解，但彭伯顿能感觉到，摩根的沉默是在无声地表示着什么。过了一会儿，摩根又说："你是个英雄。"接着，他又补充道："他们把我完全交给你了，从早到晚，我都跟你待在一起。那么，他们又怎么会反对我跟你离开这里一起生活呢？你放心，我会帮你的。"

"其实，他们并不真的关心是谁在帮助你，只要你跟他们在一起，他们就会非常高兴。你让他们感到自豪。"

"可是，你知道的，我并不以他们为荣。"摩根说。

"除了他们的那一点儿小问题，我认为他们都是很和善的人。"彭伯顿说。但他并没有意识到，这仍旧是一句责难之辞，而这话也再一次提醒了他，摩根早就知道这其中的缘由了。摩根虽然年纪小，但他的性情、感知力和理想，都不同于一般的孩子，这让他愈发憎恶家人的嘴脸，这也是最令彭伯顿惊叹的地方。摩根的内心暗藏着凛然的正义感，正因如此，他才会思考和反省，内心才会生出对家人的不屑，这一点彭伯顿并不是不知道（尽管他们从未说起过这些）。而这些对一个像摩根这种年纪的孩子来说，绝不常见，因而摩根会被认为是"少年老成"。其实，他就像一位正直的绅士，当他发现自己是这家里唯一的绅士，而其他人都是卑鄙之徒时，他的内心无比痛苦。这种品德好坏的对比，并没有使他变得虚荣，却反而令他变得忧郁而冷峻起来。彭伯顿察觉到了这孩子的担忧，他不忍心看到他这样隐忍，于是，他思考再三，犹豫着要不要说出实情，唯恐这孩子心中原本小小的阴影在迅速扩大。彭伯顿仔细揣摩着摩根这个年纪的孩子的心理，以便能周全地应对可能会出现的变故。但摩根的心理总是飘忽不定，彭伯顿刚刚有了些头绪，那未解之事却又变成已知了。甚至可以这样说，在某个特定的时候，没有什么事情是这个聪明的孩子所不知道的。一方面，作为老师，彭伯顿的顾虑过于复杂，他无法想象摩根的思维方式会如此简单明了；而另一方面，他所了解的事情又简单得使他根本无法将摩根从纷扰的思绪中解脱出来。

摩根没注意听他的最后一句话，只是接着说道："我早就应该跟他们谈谈他们耍的那套小把戏了，只是那时候，我还无法预料他们会怎么说。"

"他们会怎么说呢？"

"对于可怜的姬诺碧的控诉，他们说，那是她编造的一个可怕的故事，他们把欠她的每一分钱都悉数还清了。"

"是吗？也许他们确实这样做了。"

"也许他们也把钱都付给你了。"

"不如我们就这样认为好了，别再谈这件事了。"

"他们反倒说姬诺碧在撒谎骗人，"摩根固执地继续说着，"这就是我不愿意跟他们说话的原因。"

"你这样做是为了防止他们将来也给我安上这样一个莫须有的罪名吗？"

摩根没有回答。彭伯顿看着摩根（那孩子的眼里含着泪水，看着别的地方），他心里清楚，摩根是不会回答这个问题的。

"你做得很好，你千万不要逼迫他们，"彭伯顿继续说，"除了这一点之外，他们都是好人。"

"除了撒谎骗人之外吗？"

"我说……我说……"彭伯顿喊道，分明是在模仿这小家伙的强调口吻。

"首先，我们必须彼此坦诚，相互理解。"摩根说，眼前的这个小男孩说话的神情很像一个在运筹帷幄的大人，在忙着拯救航海事故或印第安人事宜之类的大事。"我什么都知道。"他补充道。

"我相信，你父亲一定有这样做的理由。"彭伯顿试图解释，但他自己都清楚，这种辩解太苍白无力了。

"撒谎骗人还有理由吗？"

"他大概想要多存些钱，留到最需要的时候用吧。他要用钱的地方可多了，你们一大家子的开销可不小呢。"

"是的，我的开销很大。"摩根接着彭伯顿的话说道，说话的模样简直让人忍俊不禁。

"他们是在替你存钱呢，"彭伯顿说，"他们所做的一切都是为了你。"

"他们应该存一点儿……"孩子停住没说。彭伯顿等着听摩根要说什么。终于，摩根吐出几个词："存一点儿好名声。"

"他们可不缺好名声，这都不是问题。"

"他们的名声在他们所认识的那些人当中还算可以，只是他们认识的那些人都很糟糕。"

"你是说那些王子吗？我们可不能说他们的坏话。"

"为什么不可以？他们既没有娶保拉，也没有娶艾米，唯一做的就是掏空了尤里克的口袋。"

"你还真是什么都知道呢！"彭伯顿大声说道。

"不对，我不知道的事情还有很多。我不知道他们靠什么生活，怎样生活，又为什么活着！他们拥有什么，又是怎么得来的？他们到底是富人还是穷人？他们有工作吗？他们的生活为什么总是变来变去？今年过着外交官般的生活，明年却又活得像流浪汉似的。他们究竟是什么人？这些我都想过，我想了很多。他们粗俗、卑鄙，像一群动物一样活着，我最憎恨的就是这一点。我知道，他们只会装模作样地活着。他们到底想要什么？他们到底是怎样的人？你告诉我，彭伯顿先生。"

"你想要解答吗？"彭伯顿说。一方面，他只是把摩根这一连串的追问当作玩笑，但另一方面，他又被孩子这番鞭辟入里的话深深震惊了。"可是，我也不知道啊。"

"可是，他们这样生活又有什么好处呢？我又不是没见过别人是如何对待他们的。那些有地位的人，他们想阿谀奉承的人，只不过是想从他们这里捞取一些好处罢了，而他们只能任人为所欲为、肆意践踏。但是，他们所做的这些事情也没有什么用处，那些人只会感到恶心、厌烦。只有你才是我们所认识的唯一真正有身份、有地位的人。"

"你以为我是有身份、有地位的人吗？他们才不会低声下气地讨好我呢。"

"你也用不着对他们低声下气呀，你得离开这儿，这才是你应该做的事。"摩根说。

"我走了，你怎么办？"

"我在不断成长，不久也会离开这里的，到那时我们再见面吧！"

"你还是让我先把你的课教完吧。"彭伯顿极力劝说道，但他心里却被这孩子的深谋远虑感动了。

摩根停下脚步，抬头看着彭伯顿。他不用再像一两年前那样，努力把头扬得那么高了。他很瘦，一点儿也不壮实，但他确实长大、长高了。"把我的课教完？"摩根重复道。

"有太多有意思的事情在等着我们一起去做呢，我要带你去看外面的世界，只是你得向我保证……"

摩根仍旧盯着他看。"向你保证是什么意思？"

"亲爱的，你太聪明了，反而让我对你不放心了。"

"我就是怕你会有这样的担心。不，这不公平，我没法忍受这样的事情。你下星期就离开吧，你越早走，我就越安心。"

"如果再有什么消息，再有机会的话，我保证一定会离开的。"彭伯顿说。

摩根答应好好考虑这件事。"但你一定不要骗我，"他一脸严肃地说道，"你不会装作什么都没有发生过吧？"

"我才不会呢，我倒愿意无中生有呢！"

"可是，每天跟我待在这里，你又能得到什么消息呢？你应该马上去英国，去美国也行。"

"你这样说，倒像是我的老师了！"彭伯顿打趣地说。

摩根继续迈步向前走去，没一会儿，他又继续说道："现在，既然你都知道了，那就让我们一起来面对现实吧，不要再一个人闷在心里了，这样，我们都感觉舒服多了，不是吗？"

"亲爱的，跟你一起生活真的太有意思了，我真的不想离开你。"

听了这话，摩根又停下脚步，说："你对我还是有所隐瞒的。你这人真不爽快，不像我！"

"我怎么就不爽快了？"

"你早就做好打算了！"

"我的打算？"

"你就是盘算好了我活不长久，等我一死，你就好离开这里了。"

"你果真是太聪明了！"彭伯顿说。

"你这样说真算不上光明磊落，"摩根说，"我要惩罚你，我要活下去，长长久久地活着！"

"小心我给你下毒药！"彭伯顿笑着说。

"我的身体状况一年比一年好了。你发现没有，自从你来了以后，我就再没有生病，没找过医生了。"

"我就是你的医生。"彭伯顿说着，揽着孩子的胳膊继续向前走去。

摩根走着走着，长叹了一声，那叹息里既有疲惫，也有舒心。"唉，只要我们能一起来面对这一切，我就觉得好很多啦！"

七

从那以后，他们总是一起面对现实。一贯以来，彭伯顿都秉持实事求是的原则；而摩根则总能把事情看得既真切，又有趣，既直观，又简明，所以，他们之间的谈话总是趣味盎然。如果不跟摩根聊这些，彭伯顿反倒觉得自己不近人情。由于他们对很多事情的看法都惊人地一致，两个人都无法掩饰对有些人的轻蔑和不屑，也正是因为有了这种默契，他们的关系才更加紧密了。由于他们对彼此的信任和了解，彭伯顿变得更加平和了，而摩根这孩子则变得越发有趣起来。骄傲是摩根与生俱来的性格，但彭伯顿觉得，性格里有过多的骄傲，反而过早地给摩根带来了本不该由他来承受的压力和痛苦。有些事情他知道得太早了，他知道自己的家人总是在有些人面前卑躬屈膝、低声下气，可他无比厌恶他们这样的行为，他想要他们勇敢地捍卫自己的人格和尊严。面对权贵，他母亲总是一副谄媚巴结的嘴脸，而他父亲则有过之而无不及。他听说，尤里克曾在尼斯卷入了一桩风流韵事，家里立即就炸开了锅，陷入一阵恐慌。全家人只能吃安眠药才能安稳地入睡，他们再也不愿碰上这种破事了。在诗歌和史学的熏陶下，摩根养成了一种极其浪漫的想象力，他希望"与他同姓"（他常对彭伯顿说这个词，以显示自己的男子汉气概）的家人也都拥有相同的品质。他们一心只想着去巴结权贵，但可悲的是，那些人压根儿就没把他们放在眼里。摩根不知道那些人为什么不喜欢他的父母,毕竟他们看起来也不是那么招人讨厌,但归根结底,那是别人的事。虽然摩根看不起自己父母的行为,但在他看来,自己的父母要比从欧洲来的那些能把牛皮吹上天的王公贵族聪明一百倍都不止。"说实话,他们其实还是挺有趣的,这是真心话!"摩根常这么说,语气里透着岁月沉积的睿智。而彭伯顿则常常这样接话:"有趣?你是指了不起的莫琳家族吗?我也觉得他们还算不错,要不是被你我拖累的话,一切都会很好的。"

莫琳家族向来崇尚自尊、自重,而这一传统如今在他们家却败落到了这步田地,这一点令摩根久久不能释怀。当然,每个人都有权选择自己的生活,但为什么偏偏他的家人就选择靠阿谀奉承活着呢?他们的祖先——据他所知,都是德高望重之人——的影响何在呢?面对这一切,他自己又能做些什么呢?阿谀奉承、卑躬屈膝的毒液已经浸入了他们的骨血,他们一心只想着结交权贵,跻身于上流社会,可这一切注定是要以失败告终的。对于想要的一切,他们费尽心机,趋之若鹜,可是他们一心想要成为的人又是怎样的一群人呢?他们的脸上不会露出一丝羞耻,一点儿厌恶,永远都是低眉顺眼。如果一年里能见到那么一两次,他的父亲或兄长怒气冲冲地一拳把别人打倒在地,那该有多么大快人心啊!他们不笨,但他们从未想过自己在别人看来是多么可怜和可悲。他们生性善良,是的,善良到可以在别人面前俯首称臣。可是,谁会愿意看到自己的家人像这样活着呢?摩根依稀还记得五岁时跟随家人去纽约看望祖父时的情景。那位老者着实是一位绅士,他说话口音很重,衣服的领子总是立得高高的,哪怕在上午,也总是穿着庄重的晚礼服,让人摸不透他晚上会穿什么。据说他名下有一笔财产还跟圣公会有着不可分割的联系。他的祖父应该是一个好人吧。彭伯顿记得,莫琳先生有一个寡居的妹妹,家人都称呼她克兰茜太太。她性情暴躁，爱发脾气，总爱向周围的人灌输她那套道德观。彭伯顿到莫琳家没多久，她曾来过尼斯，并在他们家住了两个星期。据艾米说，克兰茜太太弹起班卓琴时看上去是那样高贵，似乎对一切浑然不知，又似乎什么都知道，却缄默不言。彭伯顿认为，她的沉默是对祖先的赞许。这样说来，她也是一个好人。有了先人的基础，只要莫琳夫妇、尤里克、保拉和艾米愿意，他们完全可以继承祖先传承至今的那种高贵、庄重的气质，不会有丝毫的逊色。

但是，他们却不愿这样做，而且这种趋势一天比一天明显。正如摩根所说，他们一如既往地干着追名逐利的勾当。在特定的时候，他们总有各种理由前往威尼斯，其中有一些他们也曾提起过。他们总是非常坦率，谈吐幽默机智。在女士们梳妆打扮好之前，他们总是先吃完外国风味的早餐，接着再来一小杯咖啡，悠闲地倚在桌子上，热烈地讨论着什么事应该做，而且不可避免地会用到他们特有的"莫琳语"。每当这种时候，连彭伯顿都会情不自禁地对他们产生好感，他也能够接受尤里克用他那乏味的声调谈论"美丽的海滨城市"。正因为这一点，彭伯顿才对他们心存好感的。那时的他们还没有那样庸俗市侩，那样让人难以接受。在夏天快结束的时候，他们全都兴奋地大叫着，冲向可以俯瞰大运河的阳台，夕阳是那样的壮丽美好。杜林顿一家来了。早餐时说了那么多原因，唯一没有提及的就是杜林顿一家了。杜林顿一家极少外出，就算有事不得不出门，他们也只会窝在酒店里，一待就是好几个钟头。在此期间，莫琳太太和姑娘们总会打电话去酒店了解情况（询问他们是否已经出发了）。狭长的小船是给女士们乘坐的，因为在威尼斯，他们也要去给朋友捧场。莫琳太太最善于处理这类事情，刚到一个钟头，她就把时间表安排得妥妥当当。她立马也为自己安排了一个重要的场合，但杜林顿一家从未参加过。在家里有聚会的时候，彭伯顿和他的学生常常外出，不待在家里。这一天，他们去了圣马可大教堂。他们四处走动，在那里待了很长时间。他们碰巧撞见老杜林顿和莫琳先生以及尤里克待在一起，莫琳父子陪老杜林顿参观了大教堂，并为他做讲解，看那样子，大教堂似乎是他们家的私有财产，而一旁的老杜林顿则表现得像个通情达理的老绅士。彭伯顿心想，他们父子这样殷勤地招待，不知那位先生会不会付给他们一点儿辛苦费。不管怎样，秋天就要过去了，杜林顿一家也离开了。但是，杜林顿家的大儿子却始终没有向艾米或保拉提出求婚。

时间已经到了十一月。这一天的天气非常糟糕。老旧的宫殿外狂风呼啸，豆大的雨点撞击着湖面。为了锻炼身体，抑或是为了取暖（莫琳一家吝于使用柴火，这也是作为同居者所必需忍受的），彭伯顿和摩根在宽敞的、没铺地毯的楼道上来来回回地跑着。仿云石的地板冰凉冰凉的，高大而破旧的窗棂在肆虐的风雨中飘摇，屋里摆放着的那一两件漂亮的家具根本无力缓和弥漫在这座宫殿里的衰颓气息。彭伯顿的情绪很低落，他能感觉到，莫琳家的经济状况更差了。空荡荡的客厅似乎预示着灾难的来临。莫琳先生和尤里克这会儿正在市场里寻找什么，他们疲乏地往前走着，即使在拱廊下，他们也懒得脱掉雨披。不过，即使穿着雨披，他们看上去也依然是一副通情达理的模样。保拉和艾米还在床上，或许是为了取暖吧。彭伯顿瞥了一眼身边的孩子，看出了些许不妙的征兆。但是，摩根——对他来说，还算幸运——眼下要变得更加高大、更加强壮才行。没错，他已经十五岁了，这个年纪对他来说意义重大，因为这是他俩的秘密君子协定中所规定的年龄底线（当然，这是彭伯顿提出来的），用不了多久，他就可以自力更生了。彭伯顿预计，到那时一切都会有所改变的，他会完成学业，长大成人，服务社会，证明自己可以自食其力。当然，他有时候会对自己的境遇提出尖锐的疑问，但是，更多的时候，他就跟普通人家的孩子一样开心。他总是幻想着有朝一日能去牛津——彭伯顿读书的大学——念书，在彭伯顿的指导和帮助下，去创造一番属于他自己的精彩人生。然而，他并没有认真考虑过现实的阻碍。彭伯顿担心，摩根所憧憬的这一切到头来都是泡影。彭伯顿曾设想过莫琳一家都搬去牛津，但那种设想简直太可怕了，他只得就此作罢；然而只有莫琳一家都搬去牛津，摩根才可能有机会去牛津念书，也只有这样，他才会过上自己理想的生活。没有钱，他怎么生活呢？可钱又从哪儿来呢？彭伯顿自己或许可以靠给摩根教课为生，但摩根如何能靠他过日子呢？他将来会成为怎样的人呢？现在，他已然长成一个大男孩，身体状况也越来越好了。虽然这是彭伯顿乐于见到的，可是，这会令摩根的人生选择变得更加棘手，反倒是原来他体弱多病的时候更好对付。如果只是过生活，彭伯顿认为，自己像现在这样倒也没什么，但是，要想有一番大作为则是不可能的。不管怎么说，摩根正处于男孩子最有活力的年纪，对他来说，生活中的困难不啻为人生的召唤、命运的挑战。此刻，他穿着小小的破大衣，竖起衣领，在宽大的楼梯上快乐地跑上跑下。

这时，他母亲来到楼梯下，示意摩根过去。只见他一脸得意，穿过铺着仿云石地板的潮湿的走廊，来到母亲面前。莫琳太太朝他耳语了一番，让他去她刚刚待过的那个房间。彭伯顿觉得一定有什么不寻常的事情。孩子刚进房间，莫琳太太就立即拉上了房门，火急火燎地走到彭伯顿跟前。果然不出彭伯顿所料，有事情发生了，却不知究竟出了什么事。莫琳太太特意找了个理由支开摩根，随后，她便毫不犹豫地开了口，想找彭伯顿借六十法郎。她一脸严肃地说，自己正等着这笔钱急用，情况紧迫，她非得拿到钱不可，借钱就等于救命了。听了这话，彭伯顿惊讶万分，眼睛瞪得老大，极力地想忍住不笑。

"亲爱的女士，您在跟我开玩笑吧！"彭伯顿还是忍不住笑出声来，"您凭什么认为我能拿得出六十法郎呢？我又不会变戏法！"

"我还以为您工作、写文章什么的，会赚到不少钱呢，他们没给你吗？"

"一分钱也没拿到。"

"干活儿不要钱，您不至于这么愚蠢吧？"

"这一点您最清楚。"

莫琳太太愣怔了一下，脸涨得通红。彭伯顿知道，她早已把他们当初的约定抛在脑后了——如果当初的那番说辞可以称作约定的话。不过，他最终还是做了妥协，接受了莫琳太太的条件。荒唐也好，良知也罢，莫琳太太可顾不了那么多。她说："噢，我明白您的意思——那件事您做得很好，但您实在没必要老提起它。"那天清晨，在他们争执的过程中，彭伯顿逼迫莫琳太太接受了自己的条件——让摩根了解自己的处境。在那之后，莫琳太太总是对彭伯顿彬彬有礼，因为她发现，彭伯顿并没有就此事让她为难，很显然，他没有跟孩子说起这些破事，对此她还是心存感激的。有一次，她对彭伯顿说："亲爱的，您真是一位绅士，您这样做替我省了不少麻烦呢！"彭伯顿提醒她，自己并没有老提起什么事，但她老是不停地念叨，说他一定有办法拿出六十法郎。他只好一再强调，如果他真有这笔钱，用不着她借，自己也一定会将钱悉数送到她手上的。彭伯顿的内心几乎在责骂自己，他居然会对这样一个女人怀有同情心。如果说苦难会使两个人同心同德的话，苦难或许也会促生某种奇怪的感情，然而这是背离传统的。呵，自己居然会这样，这一定是因为长期受了这些人的影响的结果，他偶尔竟不得不出言不逊，弄得连自己的道德观念都混乱了。"摩根呀，摩根，我留在你家里到底图什么呢？"彭伯顿暗暗诘问自己。这时，莫琳太太拖着肥胖的身躯上楼去叫摩根出来，她一边走，嘴里还在哼哼唧唧地说着真是倒霉。

摩根还没出房门，大门那边便传来了一阵敲门声，门开了，探头

37

探脑走进屋来的是一个浑身湿漉漉的年轻人。彭伯顿认出，他是来给自己送电报的邮差。摩根也凑过来看了看，他注意到了电报的落款（是他在伦敦的一个朋友），电文上写道："已经替你找到了好差事，给富家子弟教课，条件由你开。速来。"邮差还在一旁等着，所幸朋友已经付过费用了。摩根靠得更近了，定定地注视着彭伯顿。过了一会儿，两人交换了一下眼色，彭伯顿把电报递给了摩根。邮差身上披着斗篷，斗篷上的水珠滴落在地板上，汇成了一个不大不小的水洼。此时，他们意味深长地望着对方（他们太了解彼此了），彼此心中也有了定论。彭伯顿抵着墙，用铅笔写过回信之后，邮差便离开了。之后，彭伯顿这样对摩根说：

"我一定要开一个好价钱，这样，我就能很快挣到一大笔钱，我们将来的日子就好过了。"

"好吧，我希望那个富家子弟又蠢又笨，这样，你就不得不在那儿多留一段时间啦。"

"这样当然好，我待的时间越长，我们就能存越多的钱。"

"要是他们不付给你钱，怎么办？"摩根提出了一个可怕的设想。

"噢，不会的，我不会一连遇到两个这样……"彭伯顿猛然停下，没再往下说。刚才有一个很刺耳的字眼呼之欲出，幸好他及时打住，改口说道："相同的情况的。"

摩根羞愧得涨红了脸，眼里满是泪水。他接着彭伯顿没说完的话，说道："两个这样无耻的雇主！"然后，他换了个语气说："祝那位富家子弟学习愉快！"

"如果他真的又笨又蠢，就没必要这样说了。"

"真是那样才好呢，像我这样聪明的人毕竟不多见！"孩子笑着说。

彭伯顿抚着他的肩膀，问道："我走了，你怎么办呢？"他又想到了莫琳太太,她一定还在为那六十法郎而抓狂呢。

"我会成为一个男子汉的。"摩根显然知道彭伯顿在为他担心,"就算你不在这儿了,我也能跟他们好好相处。"

"你别这么说,倒像是我在教唆你跟他们作对似的。"

"没错,你确实这么干了。但这也没什么不好啊,你知道我的意思。我能处理好的,我会解决好所有的问题,还会把姐姐们都嫁出去的。"

"你还得给自己娶个媳妇呢!"彭伯顿开玩笑似的说道。他觉得,在这即将分别的时刻,说些打趣的话似乎更合适。

这时,摩根突然问道:"可是,你怎么去伦敦呢?你得拍封电报,让那位富家子弟给你寄些路费来!"

彭伯顿想了想,说:"他们才不愿意呢!"

"可你也只能找他们啦!"

彭伯顿突然想到了一个主意。"我去一趟美国领事馆,凭这封电报,他们会借些钱给我的,过几天就还他们。"

摩根很开心。"你就拿电报给他们看,要把借到的钱收好哦!"

彭伯顿也很高兴,乐呵呵地应着,摩根却一下子变得严肃起来。他不仅催着彭伯顿赶紧去领事馆(当天晚上他就开始催了),而且还要求跟他一起去。他们走在下过雨的路上,脚下踩得噼啪直响,水花四溅。他们穿过窄窄的小巷,爬过弯弯的拱桥,途经市场时,他们看见莫琳先生和尤里克正往一家珠宝店走去。领事馆同意借钱给彭伯顿(彭伯顿后来说,他们同意借钱,并不是因为那封电报,而是因为摩根的谦逊有礼)。在回家的路上,他们绕道去圣马可大教堂静静地坐了十分钟。对彭伯顿来说,更有意思的事情还在后面。得知他要离开,莫琳太太非常愤怒。她竟恬不知耻地提起上次找他借钱的事,甚至连想从他身上揩点儿油水的话也说了出来。而莫琳先生和尤里克则显得理智很多，得知这个消息后，他们一如往常，表现得像个通情达理的绅士。

八

彭伯顿回英国后就立即开始工作了。那个富家子弟，彭伯顿也说不清他到底是不是很笨，也许是自己长期跟摩根那种聪明绝顶的家伙相处的缘故吧，相形之下，他就显得没那么聪明。摩根给他写了很多信：他的来信字句间透着孩子气，全都是大白话，附言则是用家里的莫琳语写的，字体有方形的，也有圆形的，洋洋洒洒，不受约束。看过这些信，彭伯顿感觉左右为难。一方面，他想让现在这个学生多读些书，多长些见识，这多少有鼓励他的成分，尽管可能不会有多大的成效；但另一方面，他又觉得摩根的有些言语和思想是不为大众所接受的，还是别让他知道为好。他现在的这个学生按部就班地学习各门功课，但到头来也没有顺利通过考试，这就更加印证了彭伯顿起初的担心，他并不奢望那孩子能在短期内有巨大的进步和优异的成绩。好在他的父母并不急躁，并不把这一次的失败看得很重，只是觉得彭伯顿还不够用心，所以恳请他留下来再执教一年。

如今，这位年轻的老师有能力借给莫琳太太六十法郎了，于是，他便把这笔钱用邮局的支票给她寄了过去。不料，这份好意换来的却是莫琳太太字迹潦草、令人发狂的一行字："摩根病情严重，望速回。"他们又一次去了巴黎，此时正在回程途中——他们情绪消沉的样子，彭伯顿已司空见惯，但他还从没看见过他们被彻底摧垮的样子——照此看来，沟通已迫在眉睫。他给摩根写了一封信，想确切弄清他的身体状况，却未见回信。于是，他当即辞别了那个富家子弟，渡过英吉利海峡，按莫琳太太给他的地址，找到了位于香榭丽舍住宅区的那家小旅店。一路上，他内心深处充满了对莫琳太太及其随从的难以言说的反感：他们连起码的诚实都谈不上，但他们照样能在欧洲最奢华的这座城市里寻欢作乐，住在酒店里铺着天鹅绒地毯的中二楼①里，置身于醉人的熏香之中。当初在威尼斯与他们分手之际，他就禁不住心生疑窦，生怕会出什么乱子；可是，无独有偶，他们安然无恙，全都好端端的。"摩根怎么样了？他在哪儿？"他向莫琳太太询问道；不过，还没等莫琳太太开口说话，这些问题就有了答案，答案来自紧紧搂着他脖子的那两只胳膊，衣袖已然短了一截，但可以充分表明，那两只胳膊具有一种热情奔放、充满朝气、令人刮目相看的力量。

"病情严重——我没看见有谁病情严重啊！"年轻人大叫道，随即又转向摩根，"你怎么这样让人不省心？你为什么不回信？"

莫琳太太言之凿凿地说，她写信的时候，摩根的确病得很重，而摩根当即对彭伯顿说，他寄来的每一封信自己都回了。由此可见，彭伯顿的来信中途被人拦截了。莫琳太太对真相的败露早有防备，正如彭伯顿与她一照面就看出来的那样，她早已准备了一大套毫不相干的说辞。她准备得最充分的理由是，她这样做完全是出于责任感，她满心欢喜的是，她终于让摩根恢复了健康，她不在乎别人会怎么说；此外，他也用不着再假装自己不知情了，说到底，此时此刻，他心里只有摩根。他已经把这孩子从他们身边夺走了，因此，他现在没有理由弃他不顾。他无中生有地为自己提出了如此重大的职责，他必须为自己的所作所为负责。

"带他走？离开你们？"彭伯顿愤怒地大声说道。

"带我走吧——带我走吧，求求你；我就想跟你在一起。这种状

---

① 原文为法语：entresols，意为"（底层与二楼之间的）中二楼"。

况——这种场面,我再也无法忍受了。他们太奸诈了!"这些话从摩根嘴里迸发出来,连拥抱也松开了,那尖利的叫喊声使彭伯顿急忙扭过头来望着他,却见他突然跌坐下来,显然在吃力地喘息着,脸色苍白。

"瞧他这副样子,您还能说他没病吗?我的心肝宝贝啊!"他母亲失声喊道,紧握着双手跪在他面前,抚摸着他,仿佛在抚摸着一尊镀金神像似的。"这病马上就会过去的——只是一时发作。可是,别再说这种吓死人的话啦!"

"我没事——没事。"摩根朝彭伯顿喘着粗气,双手放在沙发两边的扶手上,扬起头望着彭伯顿,脸上挂着诡谲的笑容。

"现在您还能说我奸诈——故意要骗您吗?"莫琳太太站起身来,飞快地朝彭伯顿白了一眼。

"这话不是他说的,是我说的!"摩根缓过神来,明显轻松多了,但依然瘫坐在地上,背抵着墙。彭伯顿这时就坐在他身边,握着他的手,俯身望着他。

"亲爱的孩子,做人做事得量力而行啊,要考虑的事情很多呢,"莫琳太太说,"这里才是他应该待的地方——他唯一的地方。你瞧,你现在一定也是这样想的吧。"

"带我走——带我走吧。"摩根苦苦恳求着,脸色苍白地朝彭伯顿微笑着。

"我带你去哪儿呢?怎么去——啊,怎么去?我的小男生?"年轻人结结巴巴地说,心里却在暗暗思忖,为图自己方便,在不能保证归期的情况下,他就这么抛开了雇主,他在伦敦的那几位朋友一定很为难;就算那位雇主因此而怨恨也无可厚非,或许他们已经找到新老师了,何况他也没能帮他的学生通过考试,要再想请朋友帮忙介绍工作,估计他们也爱莫能助。

"啊,这事好办。你以前就常说,"摩根说,"只要我们能离开这里,其他都不是问题。"

"您爱怎么说,就怎么说吧,但您休想把摩根拐走。莫琳先生是绝不会同意的——这事实在太荒谬了。"女主人对彭伯顿解释说。话音刚落,她便扭过脸去对摩根数落起来:"这样做会毁了我们家和睦的生活,这样做会让我们很伤心的。既然他已经回来了,一切都会恢复原样的。你照样过你的日子,做你的功课,享受你自由自在的生活,我们大家都会和以前一样快乐。你会茁壮成长,拥有一副健全的体魄的,我们别再做这些荒唐可笑的实验了,好不好?那些事情太荒诞不经啦。这就是彭伯顿先生的岗位——每个人都有他自己的岗位,你有你的,你爸爸有他的,我有我的——这样不是很好吗,宝贝儿?① 我们要把那些愚蠢的事情统统忘掉,我们的日子会过得很美满的!"

她还在喋喋不休地说着,声音时高时低,含混不清地回荡在这挂着布帘、气氛沉闷的小小客厅里,而彭伯顿则陪坐在那小男生身边,孩子的气色此时已渐渐复原了。莫琳太太越说越离谱,摆出了一大堆理由,说什么将来一切都会改变的,说其他几个孩子或许会各奔前程的(谁知道呢?——保拉就有她自己的想法),还说可以想见,将来年老的父母会有多可怜,就像两只老燕,到那时,他们会多么怀念当初雏燕嗷嗷待哺的旧巢啊。摩根望着自己的老师,可彭伯顿不许他动弹;彭伯顿心里很清楚,摩根听到自己被说成是嗷嗷待哺的雏燕时会是什么样的心情。摩根承认,自己确实有一两天身体不舒服,但他极其反感他母亲的恶劣行径,认为她不该利用这件事来骗取可怜的彭伯顿的恻隐之心。事到如今,可怜的彭伯顿只得苦笑,再加上莫琳太太

---

① 原文为法语:n'est-ce pas, chéri?

能言善辩，口若悬河，竟一下子拿出了这么多说辞为自己开脱（她好像能毫不费力地从她那气鼓鼓的衬裙底下抖落出这些话来，这些话把一张镀金小椅子都震翻了），因此，他看得出，这个疾病缠身的小男孩此刻已经毫无反驳之力了。

不管怎么说，他自己是骑虎难下，没有退路了。他吃不准是否应当重新接手摩根的事，尽管他的确心里有数，这少年自有一套办法，当能摆平这种局面。他要提前感激摩根为他所做的一切，不过，莫琳太太提出的那个修改方案丝毫也没有使他的心情放松下来，只不过没有妨碍他当场接受这个前景看好的安排罢了。此外，他也有信心，要是能吃上点儿晚餐，他的感觉甚至还会更好一些。莫琳太太一再暗示，情况将来会有所改变的，但是她实在令人捉摸不透，忽而春风满面，忽而又浑身发抖（她也承认自己过于神经紧张）。彭伯顿简直搞不懂她到底是处于情绪极佳状态，还是处于精神错乱状态。如果这个家庭最终真的会走向土崩瓦解，那她为何这样不明事理，不懂得将摩根送到某个救生艇上去的必要性呢？他萌生这个想法的时候，他们一家人正在巴黎这座穷奢极侈之都醉生梦死呢；鉴于这个家庭即将土崩瓦解，他们自然要再到这里去好好享受一番。此外，她刚刚不是说，莫琳先生和另外那几个人正陪着格兰奇先生观赏歌剧吗？那里不正是毁灭来临的前夕寻找他们的绝佳地点吗？彭伯顿想，那个格兰奇先生应该是个阔绰、浮夸的美国人——口袋里都是面额巨大的花花绿绿的钞票，实际上却是绣花枕头一个；所以，保拉的"想法"也许是，她这回真的钓到金龟婿了，家里也会出现史无前例的大震动，再也不用一大家子人挤在一起了。可是，假如他们全家人不住在一起了，那可怜的彭伯顿怎么办？他原本就跟他们不是一路人，万一翻船，他将是一块漂浮着的无依无靠的孤木。

到最后，还是摩根问起是否为他准备了晚餐；后来，坐在昏暗的灯光下，他们两个人吃着迟来的晚餐，桌旁堆着一大捆绿色长毛绒，放着一盘装饰用的饼干，房间里的倦怠气氛就像盼着下班的侍应生的心情。莫琳太太说过，他们理所当然要为客人另行安排住宿，不用再跟他们一家人住在一起，摩根也深感安慰（这个主意是他主动提出的，而彭伯顿当时只觉得面前那碗不冷不热的汤汁简直恶心极了），这便足以证明，这一安排无非为了方便他们日后的出逃。摩根说起他们的出逃计划时（后来也常常反复说到此事），就像他们在共同设计"孩童历险记"的情节一样。不过，他好像也说过，莫琳家族支撑不了多久了，因为他似乎发现了什么不好的迹象。事实果然如彭伯顿所料想的那样，在那之后，他们也就勉强支撑了五六个月。在此期间，摩根绞尽脑汁地想逗他开心。莫琳先生和尤里克是在他回来后的第二天才碰面的，他们表现得仍旧像通情达理的绅士。保拉和艾米的心思完全不在摩根身上，结果证明，她们的如意算盘又落空了，因为那天晚上，格兰奇先生压根儿就没去看歌剧。他只是把自己的包厢留给他们用了，还送给两位小姐每人一束鲜花。他出手如此大方，使莫琳先生和尤里克一想到他的慷慨，心里就不舒服。"他们总是这样，"摩根后来是这样评说的，"她们总以为已经把那些有钱的男人套牢了，其实人家压根儿就没把她们放在眼里！"

这段时间里，摩根对家人的评论越来越放肆了。他甚至说，在彭伯顿离开的那些日子里，家里人都小心翼翼地照顾着他，对他格外温柔体贴。啊，可不是嘛，他们待他再怎么好都嫌不够，目的就是想让他知道，他们都全心全意地护着他，愿意不惜一切代价弥补他。但也正因为如此，整个事情才变得如此糟糕，摩根开心极了，因为彭伯顿毕竟又回来了——他不得不尽量让自己少想些家人对他的关爱，这样，他内心的愧疚才会少一些。彭伯顿一听到他说的最后这条理由，不禁哈哈大笑起来，摩根也羞红了脸，说："你懂我的意思。"彭伯顿

45

当然明白他这话是什么意思,但他仍有一大堆事情还没有弄清楚。第二次旅居巴黎的这段日子枯燥无味,他们整日里也就是看看旧书,兜兜风,发发牢骚,也还常去码头淘淘旧书,去各家博物馆开开眼,天气刚转冷时,他们偶尔也会徜徉在旧皇宫里,站在圆室①丰富多彩、引人入胜的窗户前蹭蹭暖气。摩根很喜欢听彭伯顿说那个富家子弟的事儿——他竟对那名学生产生了十分浓厚的兴趣,一定要彭伯顿详细说给他听,在得知这位良师益友为了回到他身边而放弃了那么优越的条件后,摩根显然对他更为感激了。除此之外,他们之间还有比这更深一层的关系,那就是他一直在暗暗酝酿的要逃离家庭的小鬼点子,一想到他们长期被扣留在家里的日子已经屈指可数了,摩根就乐不可支。摩根断定,莫琳家族已经支撑不了多少时日了,他的信念在随着这尚未耗尽的动能同步发展,随着这月复一月的时光不断增生,他们就这样继续煎熬着。彭伯顿回到莫琳家过了三个星期之后,他们又搬到了另一家条件更差的旅店;但摩根依然很开心,因为他的老师独住一室的这个有利条件好歹还没有被牺牲掉。他满脑子想着的依然还是逃跑的事,说不定哪天,或者哪天夜里,老师的房间会被很浪漫地派上用场。

  处在这种错综复杂的关系中,彭伯顿生平第一次感到辛酸而又气恼。正如他曾在威尼斯对莫琳太太说过的,实在太过分了②——桩桩事情都太过分了。他既不能当真抛下这个折磨人的包袱,凭着一颗息事宁人的良心揽下这个包袱也无济于事,凭着一片已然受到褒奖的关爱之情去行事也毫无裨益。他在英国挣来的钱早已消耗殆尽,他感到自己的青春岁月也来日无多,照这样下去恐怕还是一事无成。摩根似

---

① 原文为法语:chevet,意为"圆室",指位于教堂、宫殿等建筑物后部的呈圆形或半圆形的内室,通常作休息室。
② 原文为法语:trop fort。

乎完全有理由认为,是他长此以往地拖累了老师,使老师陷入了如此麻烦的窘境,他日后一定要好好补偿老师——这种看法无疑也含有令人苦恼的缺陷。他明白这孩子的心思;既然他的良师益友宽宏大度地回到自己身边来了,他当然要好好报答老师的恩情,甚至不惜自己的生命。可是,这可怜的良师益友并不想要他这份报答呀——他要摩根的生命做什么呢?当然,与此同时,彭伯顿又恼火地想起了另一个缘由,这个缘由对摩根来说倒是很值得夸耀的,但他总是很容易让人忽略一个简单的事实,那就是,他毕竟还只是个孩子。假如人们站在截然不同的立场上对待他,那他们的意外不幸也是他们咎由自取。于是,在这种奇怪的交织着盼望和警惕的困境中,彭伯顿在等待着一直高悬在莫琳一家头上的灾难的降临,当然,他也能时时感受到灾难即将来临的征兆,至于这种灾难会以何种形式出现,他却百思不得其解。

　　大概也就是树倒猢狲散吧——惊慌失措地四散逃命[①],仓皇逃进自己的角落而不顾他人。他们肯定不如往昔那样可屈可伸;他们显然在不断寻找他们尚未发现的目标。杜林顿一家没再露面了,王公贵族们也都一个个散去了,难道这就是曲终人散的开端?莫琳太太再也记不清那些显耀的"日子"了,她的社交日历已经模糊不清——面朝墙壁翻过去了。彭伯顿估计,最明显、最残忍的狼狈景象莫过于格兰奇先生那出格的异常举动,他似乎不知道自己想要什么,更糟糕的是,他也不知道莫琳一家想要什么。他只是一味地送花,仿佛在为自己铺一条退路,一条一去不复返的退路。送花其实也没有什么不妥,但是——彭伯顿觉得,钓金龟婿的初衷算彻底没戏了。莫琳一家长期以来一无所获,这一点如今已经十分明朗,所以,这位年轻人简直要谢

---

① 原文为法语:sauve qui peut。

天谢地，因为这段日子已经不算短了。的确，莫琳先生偶尔还能够外出谈生意，然而，更令人惊奇的是，他居然也还能够回来。尤里克不再去俱乐部了，不过，你单凭他的外表是看不出任何蛛丝马迹的，因为他摆出的仍然是一副站在俱乐部的窗户前看世界的样子；有一回，彭伯顿偶然听到了他回答他母亲的一句话，听他那绝望的口气，就像一个尝遍了世间艰难困苦的人似的，彭伯顿就更感到诧异了。彭伯顿并没有听清莫琳太太的那句问话；听口气好像是在商量要找个什么人把艾米嫁出去。"把她嫁给魔鬼吧！"尤里克厉声吼道；所以，彭伯顿看得出，这家人不仅已经斯文扫地，连应有的自信心也丧失殆尽了。他也看得出，如果说莫琳太太是在想方设法地为自己的子女寻找可以托付的好人家，那她这样做等于是要关闭这个老窝，迎接暴风雨的到来。不过，她最舍不得的还是摩根。

那是一个冬日的下午——恰好也是星期天——彭伯顿和摩根一同外出散步，在布洛涅森林公园里走了很久。黄昏的景色如此美妙，冷冽的柠檬色的夕阳如此清朗，川流不息的车辆和行人如此盎然有趣，巴黎的神奇魅力如此美不胜收。不知不觉中，他们在外逗留的时间已然比往常长了很多，这才意识到，要想按时赶回家去吃晚饭，他们得加快脚步才行。于是，他们手挽着手匆匆往回赶去，尽管饿着肚子，心情却很好，两人一致认为，这世上毕竟没有哪个地方能比得上巴黎，但巴黎毕竟也不是久留之地，他们迄今还没有怀着单纯来享乐的目的这样描述过巴黎呢。回到那家旅店时，他们发现，尽管为时已晚，晚得简直要触犯众怒了，却也刚好赶上了一家人似乎正准备坐下来吃晚饭的时辰。莫琳家的寓所里一片狼藉（这次的住所虽然十分寒酸，却是这栋楼里最好的），饭菜还没有时断时续地端上桌来（桌上的餐具凌乱不堪，犹如发生过一场混战，桌上还有一只被打翻的酒瓶，一大摊酒渍），看来这里确实发生过由业主引起的哗变，彭伯顿对眼前这一幕不可能视而不见。暴风雨终于来临了——大家都在寻求各自的栖身之处。这个窝已经坍塌了——保拉和艾米不见了踪影（她俩从不在彭伯顿面前装样子，但彭伯顿认为，这两个姑娘还是挺在意他的，她们绝不愿在上衣都被没收了的情况下出来与他相见），尤里克似乎也如石沉大海般销声匿迹了。总而言之，房东和他手下那帮人不肯再"继续"按部就班地收留这些房客了，鉴于过道里堆放着一堆行李，箱口全都敞开着，于是，被尴尬地扣押在此的气氛，与愤然要撤离的气氛，便不可思议地混杂在一起。

等摩根明白了这一切时——他悟性极高，很快就明白了事情的原委——他那张脸顿时红到了耳根。他从婴儿时代起就生活在各种困难和危险之中，但他从未亲眼看见过这种公开撕破脸皮的做法。彭伯顿又朝他瞥了一眼，发现孩子的眼里噙着泪水，那是痛苦、屈辱的泪水啊。他顿时乱了方寸，为了这孩子，他不知自己是否可以假装成不明就里的样子。他感到没法假装下去，因为一见到他，莫琳夫妇便站起身来，看来他们根本没吃晚饭，一直就坐在早已熄灭了的壁炉旁，坐在这间使他们颜面丢尽的小客厅里，显然正在非常紧张地商量他们列在计划单上的下一笔可以起死回生的资本。他们并没有输得一败涂地，但他脸色煞白，而且很明显，莫琳太太刚刚大哭过一场。不过，彭伯顿很快就认识到，她的悲伤并不是因为连一顿晚饭也吃不上，晚餐通常是她非常惬意的时刻，而是由于一种更具悲剧色彩的紧迫性。她不失时机地把这种紧迫性赤裸裸地抖搂出来，把家庭变故的由来，走投无路的现状，以及他们都不得不各奔东西的实情一股脑儿统统都告诉了他。对他们来说，尽管与这个亲爱的孩子相分离很残忍，但她必须仰仗他再多施加一些影响，好在他已经如此有幸地获得了这孩子的好感——仰仗他来诱导他的小学童跟随他躲进某个毫不张扬的静修之地去。一句话，他们指望他来暂时保护一下这个讨人喜欢的孩子——唯有这样,莫琳先生和她自己才有可能更进一步地放开手脚,去全心全意地关注他们的事业(唉!他们给予的关注实在也太少啦!),以期能东山再起。

"我们相信您——我们觉得,我们可以相信您。"莫琳太太一边说,一边慢慢揉搓着她那两只白白胖胖的手,带着愧疚的表情,眼睛却恶狠狠地盯着摩根,摩根仰着下巴,没敢太放肆,她丈夫试探性地用食指戳了戳儿子,努力表现出慈父的样子。

"啊,是的,我们觉得我们可以相信您。我们完全相信彭伯顿先生,摩根。"莫琳先生随声附和道。

彭伯顿再次乱了方寸,不知自己究竟可不可以装作不明就里的样子;但他立即察觉到,摩根看懂了这一切,这就使他越发理不清头绪了。

"你们的意思是,他可以领养我——永远、永远和他生活在一起吗?"孩子哭喊道,"远走高飞,随他去哪儿都行吗?"

"永远、永远?你怎么说这种话!①"莫琳先生肆无忌惮地大笑起来,"只要彭伯顿先生心肠好,肯收留你就行。"

"我们含辛茹苦,我们忍辱负重,"他太太接着说,"可是,您却如此这般地把他培养成了您自己的孩子,我们做出了最痛苦的牺牲,已经彻底死心啦。"

摩根转过身去,从他父亲身边走开——他站稳脚跟,定定地望着彭伯顿,脸上露出了一丝笑意。他脸上的潮红已经渐渐褪去了,取而代之的是更为欢快、更有生气的笑意。他总算有了片刻的小男孩所特有的喜悦,这份喜悦丝毫也没有被方才那番责难所平息,由于这出乎意料的称心遂意的献身仪式——来得过于突然,过于猛烈,整个情景

---

① 原文为法语:Comme vous-y-allez!

与儿童历险记里的情节大不相同——"逃跑"的事已经完全掌握在他们自己手中了。小男孩所特有的那种喜悦之情有如昙花一现,彭伯顿也意想不到地发现,这片感恩之心,这份爱戴之情,都出自这孩子屡遭羞辱的处境,他感到有些惶恐不安。当摩根结结巴巴地对他说:"亲爱的老师,对于这件事,你有什么高见?"他觉得自己应该说点儿热情洋溢的话。但他依然还心有余悸,对随后而来的另一件事更感到害怕,果然,那少年很快就一屁股跌坐在离他最近的那张椅子上。他脸色惨白,抬起一只手按着自己的左胸口。他们三人都愣愣地望着他,还是莫琳太太最先反应过来,飞扑上去。"啊,宝贝儿,他那可怜的小心脏啊!"她失声喊道。这一回,她虽然又跪在摩根面前,却没有把他当作神像来顶礼膜拜,她心急如焚地一把揽住孩子,把他抱在怀里。"都怪您让他走得太远,都怪您催他走得太急!"她扭过头来,冲着彭伯顿吼道。摩根无法开口为老师辩解,紧接着,他母亲——依然抱着他——猛然站起身来,面目狰狞、惊恐万状地哭喊起来:"救命,救命!他不行了,他死啦!"彭伯顿同样也惊恐得慌了神,望着摩根那张痛苦不堪的脸蛋,他看得出,这孩子真的死了。他把摩根从他母亲手中拉过来,一时间,两个人都抱着这孩子,由于惊愕失措,他们都狠狠地瞪着对方的眼睛。"他体质虚弱,这种状况他受不了,"彭伯顿说,"这种冲击,这种场面,这种情感的剧烈波动,他没法承受啊!"

"可是,我还以为他就想跟您走呢!"莫琳太太恸哭道。

"我早就告诉过你,他不想走,亲爱的!"莫琳先生争辩道。他浑身发抖,他和他太太一样深爱自己的孩子,只是方式不同而已。不过,事过之后,他接受了痛失亲人的现实,依然表现得像个通情达理的绅士。

(刘媛媛 吴建国 译)

活生生的尤物

一

门卫老婆（门铃一响，她就会应声而起，前去开门）喊道："先生，是一位绅士——还带着一位贵妇人。"她话音刚落，我脑海中便立即浮现出前来画像的客人。那段时间，我时常这样想，毕竟愿望乃思想之父嘛。来者正是两位画像客人，却并不是我原本所期待的那样。不过，乍一看，你压根儿就猜不到，他们或许不是前来求画的。男人的年龄在五十左右，身材高挑、笔直，我从专业角度——我不是指理发师或裁缝的那种专业角度——注意到，他的胡须略显灰白，身着完美定制的深灰色大衣，俨然一位异乎寻常的名流，如果名流通常都惹人注目的话。有人说，打扮高调的几乎不可能是知名的公众人物，我深谙此理。女人的打扮也使我想起这个似是而非的法则：她看上去高贵得不像是个"名人"。况且，偶遇名人成双的概率也是微乎其微的。

进来后，两人都没有马上说话——他们只是礼节性地凝目观望了好一会儿，彼此似乎都巴不得把率先开口的机会让给对方。可以看得出，他们很害羞；他们站在那儿等着我自行领会他们的来意呢——我后来才察觉到，这是他们所能采取的最切合实际的办法。照这样看，他们那尴尬的表情反倒有助于我了解他们来访的原因。我之前也曾遇到过这样的人，他们既渴望当画像模特，却又觉得它鄙俗不堪，死活不愿意正面表达，而我这两位新朋友的道德顾虑看来几乎无法克服了。其实，男人不妨可以说："我很想要一张我妻子的画像。"女人也完全可以说："我很想要一张我丈夫的画像。"或许他们并不是夫妻吧——这样一来，事态自然就更加微妙了。或许他们是想来一幅合像吧——倘若是这种情况，他们应该携第三方来告诉我才是。

"我们是从里韦特先生那里过来的。"女人终于开口说道，嘴角滑过一丝淡淡的笑意，用一块湿润的海绵擦过一幅"凹凸有致"的油画，便会产生这样的效果，宛如美的消逝。她的身段同样高挑、挺拔，比男人年轻十岁。她面容愁苦，毫无表情，上了妆的鹅蛋形面容好似一张面具，如同裸露的表面经历了磨损一般。岁月之手无所顾虑地在她身上掠过，却仅仅使她变得更加朴实了。女人苗条而又拘谨，深蓝色的衣服上附带着垂饰、口袋和装饰纽扣，十分考究，明显和男人的衣服出自同一个裁缝之手。这对夫妻的打扮看上去似乎还算节俭，却透着一股无法言说的富裕——他们显然很有钱，拥有大量的奢侈品。如果我要成为他们名下奢侈品中的一件的话，应该考虑一下该如何叫卖自己了。

"噢，是克劳德·里韦特推荐我的吗？"我询问道，并且谈及了他的友善，尽管我心里明白他也没牺牲什么，因为他只画风景画。

女人紧盯着男人，而男人则四处张望。他盯着地板看了一会儿，轻轻捋了一下胡须，突然笑眯眯地对我说："他说，你就是我们要找的人。"

"只要有人想坐下来让我作画，我都会尽力而为的。"

"对，我们挺想的。"女人焦虑地说。

"你们两个人吗？"

我的两位访客互相看了一眼，"假如你用得着我的话，我想，那就是我们两个。"男人结结巴巴地说。

"哦，没错，两个人的话，收费自然要高一些。"

"我们希望能卖得贵一点儿。"男人承认道。

"你俩人真好。"我转过身去，非常感激他们不寻常的同情心——因为我以为，他的意思是要给画家支付一笔钱呢。

女人忽然觉得有点儿诧异，说："我们是说插画的价格——里韦特先生说，你可能需要放一个进去。"

"放一个进去——插画？"我同样也有点儿懵了。

"用她当速写原型，你知道的。"男人补充道，尴尬得脸都红了。

我这才明白克劳德·里韦特帮我介绍的这个活儿。他告诉他们说，我承担着为杂志、小说做黑白插画和现代生活素描画的工作，因而经常需要雇一些模特。这事不假，但一直以来，我也真真切切（在此我供认不讳——至于这个追求最终会修成正果，还是一败涂地，我姑且留给各位读者去猜吧）想成为一名伟大的肖像画家，收获高尚的荣誉，何况收入也颇丰呢。"插画"是我的艺术快钱，但我考虑的是，要用一种完全不同的艺术（我一直认为它才是最有趣的）赢得不朽的名声。名利双收本来没什么好羞耻的，但我的访客希望分文不掷就取得画像，这样一来，我的钱就怎么也赚不回来了。我很失望，因为从绘画层面上说，我一眼就"捕捉"到了他们。我抓住了他们的风格和绘点——想好了要采用的绘画技巧。后来回想起来，他们自然是不会满足于这些的。

"呃，如此说来，你是一个……是一个……？"惊讶之余，我开口问道。但我实在说不出"模特"这个寒碜的字眼，它太不符合眼前的画面了。

"我们没有多少经验。"女人说。

"我们必须找点儿事情干。我们想，干你这行的画家也许能提供一些机会。"丈夫坦白道。他又说，他们不认识多少艺术家，起初也是抱着渺茫的希望去找里韦特先生的（当然，他是画风景画的，但他有时候也画肖像——如果我没记错的话）。他们几年前在诺福克① 遇见里韦特的时候，他正在那儿画素描画。

"我们过去也给自己画过一些素描画。"女人话里有话地说。

"这事很尴尬，但我们真的必须找点儿事做。"丈夫接着说道。

"当然，我们没那么年轻了。"女人勉强向我微微一笑，承认道。

她丈夫劝我不妨多了解一下他们，随即便从崭新、整洁的袖珍书里（他们身上所有的东西都是最新的）抽出一张卡片递给我，卡片上写着"莫纳克少校"。这个名称令人印象颇为深刻，但并没有包含多少信息量，紧接着，男人补充道："我退伍了，又时运不济，赔了钱。事实上，我们的收入少得令人寒心呢。"

"简直糟糕透了，真让人心烦。"莫纳克夫人说。

他们显然很想表现出谨言慎行的样子——尽量赔着小心，免得自吹自擂，因为他们是上流阶层的人士嘛。我觉察到，他们倒是愿意承认这似乎是一个缺点的，与此同时，从他们对苦难如此宽慰的说法中，我也意会到一则潜台词——他们是有优势的。他们当然有优势，但在我看来，这些优点主要还是社交方面；比如说，怎样把一间客厅收拾得体体面面。然而，客厅向来就是，或者应当就是，一幅画嘛。

一听他妻子提到了年龄，莫纳克少校连忙说："合情合理地说，主要是因为我们的身材，我们才考虑干这个的。我们依然能继续保持

---

① 诺福克（Norfolk），英格兰东北部的非都市郡，濒临北海，直辖七个非都市区。

我们的好身材。"刹那间，我看出来了，身材确实是他们的强项。他的"合情合理地说"听上去一点儿也不像自视过高，反而亮明了主题。"她的身材是最好的。"他接着说道，一边朝妻子点了点头，犹如晚宴后在轻松愉悦地闲谈，丝毫不拐弯抹角。我只能回答说，这并不妨碍他夸耀自己的身材也很好呀，仿佛我们真的是在酒桌上一样；于是，他又接上一句："我们想，如果你当真想画我们这样的人，我们也许正合适。特别是她——你看，就是书中所描写的女子嘛。"

我觉得他们很有意思，为了得到更多的乐趣，我尽量接受了他们的看法；我忽然发觉自己正在干"鉴定肉体"的工作，仿佛他们是雇来的牲口或能干的黑人似的，尽管这样做让我感到颇为尴尬，这对夫妻本应该只能在某个社交场合遇到的，在那些社交场合上，品头评足的话一般不说为妙。我像个法官似的端足了架子打量着莫纳克夫人，审视了片刻之后，我总算能用坚定的口气喊出声来："啊，没错！真是书中所描写的女子！"说来也怪，她简直活像一幅拙劣的插画嘛。

"你喜欢的话，我们可以站起来。"少校说。随后，他便挺直腰板站在了我面前，果然是一副气宇轩昂的派头。

我一眼就能丈量出他的形体——身高六英尺二英寸[①]，是一位完美的绅士。任何一家正在组建的俱乐部想要有块招牌的话，花钱雇他站在主窗口，准能赢利。我忽然意识到，他们来我这儿当模特实在是入错了行呀；他们若转而从事广告业，肯定能派上更大的用场。诚然，我没法预见这一行当的具体细节，但我看得出，他们能使人发财——我不是指他们自己发财。他们身上的确具有某种潜质，完全适合为时装制造商、旅馆经营者或肥皂销售商提供服务。我可以想象得到，他们胸前别着"我们一直使用它"的广告牌会产生何等绝妙的效

[①] 一英尺约合 0.3 米，一英寸约合 2.54 厘米，故此处身高约为 1.85 米。

果；我脑海中立刻浮现出他们准点推广餐馆套餐的画面。

莫纳克夫人安安静静地坐着，不是出于骄傲，而是因为害羞。过了一会儿，她丈夫开口对她说："亲爱的，站起来，展现一下你有多标致。"她照做了，但她实在没必要站起来展示。她径直走到工作室的尽头，然后又红着脸走了回来，朝她丈夫眨巴着眼睛。这让我想起了我曾经在巴黎偶然瞥见的一幕——我当时正陪一个朋友待在那儿，他是个剧作家，正在着手创作一部剧本——有个女演员来找他，想求他指点一下该如何扮演某个角色。她在我朋友面前摆出各种姿势，来来回回地走着，跟莫纳克夫人现在的情景一模一样。莫纳克夫人走得也很漂亮，但我克制住没有鼓掌。这样的人物居然会来申请做报酬如此菲薄的工作，真是咄咄怪事。她看上去仿佛每年都有一万英镑进账呢。她丈夫用来形容她的那个词很贴切：这个女人，用伦敦当下流行的行话来说，无论从本质上看，还是从典型意义上看，都很"标致"。按照同样的思路来看，她的身材可谓"棒"到了惹眼和无可挑剔的地步。就她这个年纪的女人来说，她的腰肢细得惊人，胳膊肘也有标准的弯曲度。她把头抬到了符合常规的角度。可是，她为什么要来找我呢？她现在应该在大商场里试穿夹克才对呀。我担心我的这两位访客不仅一贫如洗，还具有"艺术才能"——这样一来，事情便极其复杂了。她重新坐定后，我向她道了谢，并提请她注意，一个画家在他的模特身上最看重的能力是保持安静。

"哦，她能保持安静。"莫纳克少校说。紧接着，他又诙谐地补了一句："我总是让她保持安静。"

"我可不是烦躁不安、惹人不快的人，对吗？"莫纳克夫人向她丈夫寻求安慰道。

他把话题转向了我，说道："现在提这个大概不算太过分吧——因为我们就应该就事论事嘛，对不对？——我当年娶她的时候，她可是远近闻名的'美丽的雕塑'呢。"

"哎呀,亲爱的!"莫纳克夫人苦笑着说。

"当然,我还希望有一定程度的表情。"我回答道。

"当然啦!"他们两人异口同声地喊道。

"那么,我估计你们也知道,这个工作会把你们累得吃不消的。"

"噢!我们绝不会喊累的!"他们急切地叫道。

"你们有没有这方面的经验?"

他们犹豫起来——两人面面相觑。"我们拍过照片,大量的照片。"莫纳克夫人说。

"她的意思是,是那些人主动来找我们拍照的。"少校补充道。

"明白——因为你们长得十分好看嘛。"

"我不知道他们是怎么想的,反正他们总是跟着我们。"

"我们的照片向来都是不花钱拿到的。"莫纳克夫人笑着说。

"亲爱的,我们应该带几张照片来才对。"她丈夫说。

"我吃不准还有没有剩下的。很多照片我们都送人了。"女人向我解释道。

"上面还有我们的亲笔签名以及诸如此类的东西呢。"少校说。

"那些照片店里可以买到吗?"我问道,纯粹是一句无伤大雅的客套话。

"可以啊,她的照片——商店里以前一直都有的。"

"现在没有了。"莫纳克夫人说着,垂下眼睑望着地板。

二

我可以凭空臆想到他们写在送出去的那些相片上的"诸如此类的东西",我也相信,他们写得一手好字。说来奇怪,与他们相关的每一样事情，我居然这么快就深信不疑了。倘若他们现在果真穷到了要来赚这些蝇头小利的地步，想必他们从来也不曾有过多少盈余。漂亮的皮囊一直是他们的资本，这份资源注定要使他们走上这个职业生涯，他们也以一副好心情充分利用着这个职业。那种茫然无知的表情，二十年来遍访乡村野店、追求心智平静的生活所赋予他们的一口悦耳动听的语调，这些都写在他们的脸上呢。我仿佛看见，莫纳克夫人始终坐在洒满阳光的客厅里，地上散落着她从未翻阅过的期刊；我仿佛看见，她走在湿漉漉的灌木丛中，一身运动行头，在一旁欣赏着眼前的任意一个运动场景。我仿佛看见少校参与拍摄的那些华丽的封面快照，以及那身令人啧啧称奇的服装，到了夜深时分，他便换上这身装束，前往吸烟室与人谈论那些照片。我可以想象出他们的护胫①和雨衣，他们时髦的粗花呢衣裳和旅行用的遮膝毯，成捆的手杖，成箱的装备和整洁的伞具；我的脑海中还能勾勒出他们的用人的确切模样以及他们堆放在乡村火车站月台上的各式各样的行李。

  他们给的小费很少，却照样讨人喜爱。他们自己什么都不干，却照样受人欢迎。他们无论走到哪里都神采奕奕。他们满足了普通百姓对身材、容貌和"形体"津津乐道的心理。他们对此了然于胸，从无半点儿愚拙或低俗的言行，由此可见，他们很有自尊。他们并不浅薄；他们襟怀坦白，而且始终使自己保持着良好的状态——这是他们的专长。具有这种品位、爱好社交活动的人总得有点儿专长才行。我能感觉到，即使在一间枯燥乏味的屋子里，人们也能从他们身上获得欢乐。如今遭遇变故——发生了什么并不重要，可是，他们本来就微薄的收入变得越来越少了，少到捉襟见肘的地步了——他们只好做点

---

① 护胫（leggings），用帆布或皮革制成的护腿。

儿什么来赚些零用钱。朋友们喜欢他们，却不愿意接济他们。他们身上似乎有那么点儿象征"信用"的东西——他们的衣着、举止和特征；然而，如果信用是一只又大又空的口袋，里面只偶尔响起钱币的叮当声，那种叮当声起码也必须能让人听得见。他们求之于我，便是希望我能帮忙做到这一点。幸运的是，他们没有子女——这一点我很快就猜到了。他们或许还希望对我们的关系加以保密，这就是他们为什么"因为身材"而来的原因——画出脸部会让他们暴露无遗的。

我喜欢他们——他们十分单纯；如果他们合适的话，我也毫无异议。但是，不知何故，他们的尽善尽美却令我无法轻易相信他们。毕竟他们是业余的，而支配我人生的主导感情便是对业余艺术的深恶痛绝。非但如此，还要再加上一条刚愎自用——我天生偏爱被赋予了象征意义的对象而不太喜欢真实的对象：真实的对象有一大缺陷，往往很容易导致表现力的缺失。我喜欢表现出来的东西；这样就具备了确定性。至于是否真实，那只是一个次要而且几乎总是吃力不讨好的问题。除此之外，我还另有别的考虑，首要的一点是，我已经雇了两三个人来做模特，最值得一提的是一个小青年，长着一双大脚，身着羊驼绒针织衫，来自基尔伯恩①。两年来，他定期来为我的插图做模特，我仍然对他十分满意——这么说或许有点儿不光彩。我坦率地向两位访客解释了眼下的情况，但他们预先就准备好了对付我的办法，比我所预料的还要多。他们早就算准了此次机会，因为克劳德·里韦特已经告诉过他们，我们这个时代的作家中有一位正计划推出一套精装版作品②——他可是那些小说家里凤毛麟角式的人物，长久以来备受大多数格调低下的读者的冷落，却深得有心之人的珍视（需要我说出

---

① 基尔伯恩（Kilburn），英格兰东南部的一个地区，少数族裔聚居地。
② 原文为法语：edition de luxe。

菲利普·文森特的名字吗？），到了迟暮之年，他终于有幸看到了更高层次的文学批评的曙光，进而又看到了满天霞光——这样的评价，对公众来说，确有赎罪的意味。此处所说的这套精装版是由一位颇有鉴赏力的出版商筹划的，差不多也算一种高规格的补偿行为吧；用于增色添彩的木刻，是英国艺术特意向英国文学最具独立性的代表作之一表达的一份敬意。莫纳克少校和他夫人向我坦言说，他们很希望我能将他们俩纳入此项计划中由我承担的这部分。他们知道，我将为这套书的第一部《拉特兰·拉姆齐》制作插画，但我不得不跟他们说清楚——这第一本书必定是一个测试——我能否参与后续系列，要取决于我的作品所达到的满意度。倘若我能力有限，我的雇主们会毫不犹豫地甩下我的。因此，对我来说，眼下是关键时期，我理所当然要做专项准备，四处寻觅新人，如有必要，先确保最佳人选。不管怎样，我承认说，我倒真想定下两到三名什么角色都能做的优秀模特呢。

"我们需要经常——呃——穿特殊衣服吗？"莫纳克夫人羞怯地问道。

"哎呀！是的——那是工作内容的一半。"

"那我们要自备服装吗？"

"哦，不用，我这儿多得很。画家的模特们什么样的服装都得穿……或者脱……要依照画家的喜好换装。"

"你是说……呃——穿同样的服装吗？"

"同样的服装？"

莫纳克夫人又一次看向了她丈夫。

"哦，她只是有点儿疑惑，"男人解释说，"不知那些服装是不是公用的。"我只好坦白说，确实是。我还进一步提到，有些衣服（我有很多沾满油渍的上世纪的真品），上百年前就穿在那些生龙活虎、满世界跑的男男女女的身上。"只要合适，我们穿什么都行。"少校说。

"哦，我都安排好了——它们在画里都很合适。①"

"我恐怕更适合于现代画册。我可以按你的喜好穿好了过来。"莫纳克夫人说。

"家里有很多她的衣服，那些衣服也许适合当今的生活品位。"少校说。

"哦，我可以设想一些场景，让你显得十分自然。"的确，我脑海里浮现出陈旧道具被胡乱重新摆放的画面——我试着为之作画却从不浪费感情去阅读的那些故事，而这位好心的太太或许可以有助于人们去理解故事中乏味无奇的部分情节。可是，我不得不回到现实，为了这门营生——每日机械而又辛苦地工作——我已经配备好了人选；目前与我合作共事的这几个人足以抵挡过去。

"我们只是认为，或许我们更像某些角色。"莫纳克夫人温和地说着，站了起来。

她丈夫也跟着站起身来；他伫立在那儿看着我，眼神暗淡而又怅惘，如此高洁的男人，实在令人于心不忍。"有时候，这样不是更有吸引力吗？比如说——呃——具备一些……"他忽然缄口不说了。他想让我帮他表达他的言下之意呢。可是，我也爱莫能助啊——我不明白他是什么意思。于是，他只好尴尬地说了出来："活生生的东西；你知道的，一个绅士，或者一位淑女。"我恨不得当即就笼统地表示赞同——我承认，他说得很有道理。我这话对莫纳克少校不啻为一种鼓励，紧接着，他强压住一阵哽咽，动情地说："太难啦——我们什

---

① 此处为双关，少校说的"合适"，意为"适合（自己）"，即"合身"。主人公"我"所说的"合适"，意为"适合（画作）"，即与画作相协调。

么都尝试过。"这声哽咽挺有感染力,他太太显然禁受不住了。我还没回过神来,莫纳克夫人已经再次跌坐在一张可当床用的长沙发上,放声恸哭起来。她丈夫在她身边坐下来,握着她的一只手;她随即用另一只手迅速擦干眼泪,抬起头来望着我,我尴尬极了。"没有哪份讨厌的工作我没申请过、等待过、祈祷过。你可想而知,我们起初有多糟糕。你大概想问是不是秘书之类的工作。你还不如索性说我想要一个爵位呢!其实,让我干什么都行——我身强力壮的;跑腿送信、运煤工都行。我愿意戴着金边小帽,站在男士服饰用品商店门口为顾客开车门;我愿意在火车站转悠,当脚夫替人扛行李;我愿意当一名邮差。可是,没有人会正眼瞧你的,已经有成千上万和你一样能干的人在为他们干活儿呢。绅士啊,过去可都是喝美酒、养猎犬的主儿,如今都沦落成可怜巴巴的乞丐了!"

我竭尽所能,极力安慰着他们,两位访客立即又重新站起身来,因为我们一致同意,要约一个时间来试一试。我们正商量着,门忽然开了,彻姆小姐拿着一把湿淋淋的雨伞走进屋来。彻姆小姐得先坐公共汽车到梅达韦尔[①],然后再步行半英里。她看上去有些凌乱,身上有点点滴滴的泥水。几乎每回看到她走进来,我总忍不住暗自称奇,如此娇小的身躯究竟是如何演绎出如此丰富的角色的。她既是娇小、瘦弱的彻姆小姐,又是浪漫爱情故事中的血肉丰满的女主角。她不过是一个满脸雀斑的伦敦女子,却可以扮演从高贵淑女到牧羊女的一切角色。她确实有这方面的才能,恰如她也可能有一副好嗓子或一头长发一样。她不会写字,还酷爱啤酒,但她有两三个"优点",有经验、有绝活、有娘胎里带来的聪慧,似乎还有令人匪夷所思的敏感力。她爱跑剧院,有七个姐妹,但对什么都没有丝毫的尊重,尤其是

---

① 梅达韦尔(Maida Vale),位于伦敦西部的住宅区。

"h"的发音①。我的两位访客首先看到的是她那柄湿淋淋的雨伞,他们这般完美无瑕的人,面对此情此景显然蹙起了眉头。自从他们来了之后,这场雨一直在下个不停。

"我全身都淋透了。公交车上挤得一团糟。你要是住在哪个火车站附近就好了。"彻姆小姐说。我要求她尽快准备好,她便径直朝她经常换装的那个房间走去。不过,临走之时,她问我这次她要扮演什么角色。

"俄国公主啊,你不知道吗?"我回答说,"就是'金色的眼睛'、穿黑色天鹅绒的那个角色,是给《切普塞德街》杂志画的。"

"金色的眼睛啊?哇!"彻姆小姐叫道,随即便抽身走开了,我那两位客人一直在目不转睛地盯着她。每逢她迟到,我还没来得及转身,她总能把自己收拾打扮好。我特意让这两位访客多留了一会儿,让他们多看看她,或许就能知道我想要什么了。我告诉他们说,她就是我心目中优秀模特的典范——她真的非常聪明。

"你认为她看上去像一个俄国公主吗?"莫纳克少校问道,带着一丝隐隐的惊慌。

"我把她包装一下,就像了。"

"噢,如果你还得把她包装一下才行的话……"他找准了问题的症结,分析道。

"你最多也只能这样要求了。有很多人想包装都包装不了呢。"

"好吧,你瞧,眼前就有一位女士……"他马上挽起他妻子的胳膊,朝我露出富有说服力的微笑,"她可是现成的!"

"哎呀,我可不是俄国公主。"莫纳克夫人冷冷地抗议道。我看得出来,她曾结识过几个俄国公主,却并不喜欢她们。这下可好,麻

---

① 在伦敦东城区口音中,词首的"H"往往略去不发。

烦似乎即刻就出现了，这种事若放在彻姆小姐身上，我根本用不着担心。

这位年轻女郎穿着黑天鹅绒回来了——那件礼服已经旧得败了色，领口也特别低，垂在她瘦削的双肩上——红红的手里拿着一把日本扇子。我提醒她说，我稍后开始绘画时，她得在场景中盯着某个人的头顶上方看。"我忘记是哪个人的头了，这不重要。只要盯着某个脑袋的上方看就行了。"

"我宁愿盯着灶台的上方看。"彻姆小姐说罢，便在壁炉旁站定。她很快进入角色，摆出一个高昂的姿态，头部略微后仰，扇子前倾低垂。至少以我带有偏见的审美意识来看，她显得既高贵又妩媚，既富有异域风情，又令人想入非非。我们丢下她兀自在那儿摆着姿势，我陪莫纳克夫妇下楼去了。

"我觉得我差不多也可以做到那个样子。"莫纳克夫人说。

"噢，你认为她很寒酸吧，但是要知道，艺术有点石成金的功效呢。"

不管怎么说，他们显然是带着备感宽慰的心情离开的，这种宽慰基于他们那可以论证的优势，因为他们就是"活生生的事物"。我能想象到他们是如何对彻姆小姐嗤之以鼻的。返身回到屋里后，我把他们的来意告诉了彻姆小姐，她也觉得他们十分滑稽可笑。

"好吧，要是她也能当模特的话，我丫就改行干会计得了[1]。"我的模特说。

"她很有贵妇人派头。"我煽风点火地回答说，并没有任何恶意。

"对你来说，只会更糟糕。那就意味着，她没法转变角色。"

"她可以当通俗小说的模特。"

"哦，没错，她可以干这种模特！"我的模特挺风趣地表态说，

---

[1] 彻姆小姐说话时常常带有浓重的英格兰东北部约克郡口音和粗鲁的词汇。

"难道他们还嫌不够差劲,没有她就玩不转吗?"我常在闲谈的时候向彻姆小姐痛斥这些小说。

三

我第一次试用莫纳克夫人,正是为了给其中一部作品里的一则悬案绘制解释性插画。是她丈夫陪同她一起来的,以便必要时可以帮忙——种种迹象表明,一般情况下,他都喜欢陪她一起来。我起初有些纳闷,不知他这样做是否只是出于"礼节"——之后是否会吃醋,甚至添乱。这个念头太讨厌了,如果真是这样,我们的交情只好到此为止了。但我很快发现,这完全是子虚乌有的事,陪伴她(加之也有可能临时需要他帮忙),仅仅是因为他没别的事可干。只要她一走,他就什么事情都没了——她从来就没有离开过他。我估计,应当没错,以他们目前尴尬的处境,相依为命是他们的一大慰藉,这种相依为命的关系是无懈可击的。这是一桩真正的婚姻,对踌躇之人是一种鼓舞,对消极之辈则是一块难啃的硬骨头。他们的住所很简陋(遥想当年,我还以为他们唯有这一点真正符合职业模特标准呢),我也可以想象到少校独自一人留在令人悲哀的寓所里的情景。这些苦难他跟妻子在一起还能承受——倘若没有她,他就没法承受了。

帮不上忙的时候,他很会变着法儿来讨人喜欢;当我专注于作画而不想说话时,他干脆就坐在一旁听候吩咐。但我喜欢让他说话——只要不来捣乱就行,这会使我的工作不那么卑污、不那么特殊。听他讲话,既可以感受到出游的刺激,又可以体味到居家的节俭。唯独有一个障碍:这对夫妇所认识的人,我似乎都不认识。我想,在我们交谈的过程中,他一定非常纳闷我究竟认识谁。他压根儿就没什么值得让人去忖度的心思;因此,我们的交谈并不顺畅——我们的话题自然而然地只局限在皮革甚至烈酒上（马具商，制作马裤的皮匠，以及怎样少花钱买到优质红葡萄酒），再加上"愉快的列车"和小野禽的习性之类的话题。他在后两个话题上的学问令人啧啧称奇，居然能集火车站站长和鸟类学家于一身。讲不了比较重大的事情时，他就兴高采烈地谈小事，由于我没法陪他去追忆那个繁花似锦的世界，他也能不动声色地把交谈降低到我的水平线上。

一个本可以轻易击倒任何一名对手的男人，现在却如此热切地想取悦于别人，着实令人于心不忍。还没等我发话，他便照看起壁炉来，对灶台的通风也发表了意见，我看得出来，他认为我的许多布置连半点儿精巧都够不上。我记得我跟他说过，要是我很有钱该多好，我会给他开一份工资，让他来教我怎么过日子。他有时会随而便之地叹息一声，意思是："就算给我一间像这样没有任何陈设的旧工棚，我也能搞出些名堂来！"我想用他的时候，他便独自一人前来，这说明女人的胆识比男人强。他妻子可以耐得住寂寞，孤零零地守在阁楼里，而且从总体上说，她也更加谨慎；她在各种细节上都有所保留，注意分寸，将我们之间的关系保持在明显的职业范畴——不滑入社交聚会的偏轨。她希望明确这一点：她和少校是受雇来工作的，而不是来交友的，再说，即使她认可我是个老板，可以高高在上，她也认为，我根本不够格做一个与他们地位平等的人。

她摆好姿势让我作画时，精神高度集中，全心全意地投入在这件事情上，而且能做到个把钟头都纹丝不动，犹如坐在摄影师的镜头前似的。我看得出，她经常是人们拍摄的对象，然而不知何故，她为拍出靓丽的照片而摆出那套习惯性的姿势，却完全不适合我作画。起初，我对她那副贵妇人的派头极为满意，接下来再细细端详她的线条，想看看这些线条究竟有多优美，看看我这支铅笔能把这些线条画到何等程度，这真是令人赏心悦目的事。不料，几次下来之后，我才发现她太呆板，简直让人无计可施。尽管我使出浑身解数，我的画看上去仍然跟照片或照片的复印件没什么两样。她的画像没有任何表情变化——她自己就没有要变换表情的意识。你也许会说，这是我的事，不过是一个怎样引导她摆姿势的问题嘛。但凡能构想出的每一种姿势，我都让她摆了，可她也真能做得到，竟然把各种姿势之间的不同之处都忘得一干二净。她确实永远是一位贵妇人，而且还是永远都一成不变的贵妇人。她是活生生的尤物，却也是永远都一成不变的尤物。有的时候，我也感到很憋闷，因为她心安理得地坚信，她就是活色生香的尤物。她与我之间的关系以及她丈夫与我之间的关系无不暗示，我是何等的幸运。与此同时，我忽然发觉自己正在努力创造尽可能接近她本色的各种类型，而不是让她转变自己的本色——譬如，以某种灵巧的方式，对浅薄的彻姆小姐来说，这并不是办不到的事。尽管我做了各种安排，尽管我采取了各种预防措施，在我的画里，她却总是显得太高——倒使我陷入了进退两难的窘境，因为我居然把一位迷人的少妇画得有七英尺高，大概是由于我自己的身高相形见绌的缘故吧，这与我对这样一个人物的构思相去甚远。

  少校的情况则更糟糕——我根本没法把他的身高降下来，所以，他只适合用来表现强健威猛的巨人形象。我崇尚多样性和幅度感，我珍惜人的机缘，即那种可作为例证的特征；我想细致地刻画出人物的性格特征，这世上我最憎恨的事情就是被某种类型所左右的危险。关于这一点，我曾与一些朋友发生过争执——我和他们不再来往了，他们坚持认为谁都得这样，如果这个类型是美丽的（有拉斐尔和列奥纳多[1]为证），这种奴役反而有益。我既不是列奥纳多，也不是拉斐尔；

---

[1] 列奥纳多·达·芬奇（Leonardo da Vinci，1452—1519），意大利学者、艺术家，与米开朗基罗和拉斐尔并称"文艺复兴三杰"。

我也许只是一个自行其是的年轻的现代探索者，但我坚信，性格特征是万万不可牺牲的。当他们断言说，那个挥之不去的类型很可能就是人物的性格特征时，我反驳道，也许略显肤浅："谁的特征？"它不可能是每一个人的——到头来也许不属于任何人。

画过莫纳克夫人十多次之后，我比以前更加明晰了，像彻姆小姐这样的模特，其价值恰恰就在于她没有明确的类型烙印，当然还要再加上另一条，她的确具有一种奇特而又难以言说的模仿天赋。她平常的外表好比一幅布幔，需要做一次绝妙的表演时，她可以把这幅布幔拉上去。这种表演完全是挑逗性的，但它却给智者传递了一个信息——这样才既鲜活、又漂亮。尽管她本人相貌平平，有时候我甚至觉得她的表演漂亮得过了头，反倒变得寡淡无奇了；我责备说，根据她的模样画出来的人像都是千人一面（过去叫"愚蠢"[①]）的优雅。最令她动怒的就是这种话——能够扮演迥然不同的角色是她格外引以为豪的事。每当这时，她便会指责我是在诋毁她的"棉声"[②]。

随着我这两位新朋友的频繁来访，忍受这些奇谈怪论的次数便有所减少了。彻姆小姐十分抢手，从不缺少工作，因此，我对偶尔取消与她的预约也没什么顾虑，就心安理得地让他俩多试了几回。画活生生的事物一开始当然是有趣的——画莫纳克少校的裤子就挺有趣。那是活生生的东西，尽管他的确显得十分庞大。还有他妻子脑后的头发（像数学公式一样十分整齐），以及她那紧绷绷的胸衣所显露出的那种特别"活泼"的张力，画起来也有趣极了。她尤其适合于脸部微侧或面容迷离的姿势；她那颇有贵妇人派头的背影或侧面像[③]也韵味无穷。直立时，她本能地摆出的是宫廷画师们所描绘的王后和公主们

[①] 原文为法语：Bêtement。
[②] 彻姆小姐发音不准，说不清"名声"（reputation）这个词。
[③] 原文为法语：profils perdus，意为"四分之三侧面像"。

的某个姿态。我不由得暗自思忖，为了展露这一成就，我是否可以让《切普塞德街》的编辑出一部真正的皇家浪漫史《白金汉宫秘闻》。话说回来，活生生的事物和以假乱真的赝品有时会碰撞在一起；我指的是彻姆小姐，她或者如约前来，或者在我手头有很多事要忙的日子闯进门来预约，便会遇到这两位令她反感的竞争对手。这种遭遇战其实并不在他们这一方，因为他们根本没把她放在眼里，顶多只以为她是个女用人而已；并不是他们有意要摆出高傲的架势，仅仅是因为到目前为止，从职业角度说，他们还不知道该怎样与对手和睦相处，我可以估计到，他们是愿意的——或者至少说，少校是愿意的。他们没法聊公交车——他们向来步行；他们不知道还有别的什么话题可以试着聊一聊——彻姆小姐对愉快的列车或便宜的红葡萄酒都不感兴趣。此外，他们一定觉察到了——从那种气氛中——她觉得他们很好笑，在偷偷嘲笑他们根本不懂该怎么做。彻姆小姐并不是一个会把她的怀疑论藏在心里的人，一有机会便要和盘托出。另一方面，莫纳克夫人认为她不整洁；要不然她何必要处心积虑地对我说（对莫纳克夫人来说，这已经是出格的行为了）她不喜欢肮脏的女人呢？

有一天，我的这位妙龄女子碰巧与我的其他几个模特都在场（得便时，她甚至会顺道过来聊天），我请她好歹也要插把手去弄些茶水来——这种活儿她已习以为常，由于我生活不拘小节，家用开支也不足，便经常让我的模特们帮忙干点儿此类活儿。她们喜欢摆弄我的物件，捣乱让我画像的模特的静坐，有时还打破点儿瓷器——我让她们觉得我就是个放浪不羁的文化人。这个小插曲过后，我再次见到彻姆小姐时，她为这事跟我大闹了一场，使我颇为惊讶——她指责我是在有意羞辱她。她当时并没有怨恨这种冒犯，反而是一副既乐意效劳、又觉得好笑的样子，见莫纳克夫人面无表情、默不作声地坐在那儿，她便喜滋滋地跑去问她要不要加奶油和糖，还夸张地一边问，一边假惺惺地笑着。她尝试了各种语调——仿佛也想蒙混过关,成为活生生的尤物似的,直到我生怕其他访客会生气。

哦,他们俩是铁了心不生气的,他们感人的气量是他们极度困难时的应对措施。他们会毫无怨言地坐等几个小时,直到我准备启用他们;一有上场的机会,他们会再过来,如果没有,他们也会欣然走开。我常陪他们走到门口,想看看他们是怎样堂而皇之地撤退的。我试着替他们找别的工作——我把他们介绍给了好几个美术家。但他们都"不上相",原因我能理解,我也相当焦急地意识到,经过如此这般的几次失望之后,他们重新压在我身上的担子更重了。他们使我荣幸地以为,我几乎就是他们的靠山。对于那些画油画的人来说,他们不够生动形象,而那年头又没有那么多认真致力于黑白画像的人。何况他们也看中了我曾向他们提起过的那个重大项目——由我来绘制插图为我们那位优秀的小说家增光添彩,他们便暗暗横下心来要为之提供恰如其分的要素。他们知道,对于这项任务,我不需要任何戏装效果,也不需要任何旧时代的俗艳服饰——在这种情况下,所有东西都是现代的,有讽刺意味的,想必还应该是斯文阶层的。如果我启用他们,他们的未来就能得到保障,因为这项工作的工期必定很长,职业也就稳定了。

有一天,莫纳克夫人前来,丈夫没有陪同——她解释说,他没来是因为有事必须去一趟伦敦城。她同往常一样忧心忡忡、面无表情地坐在那里,这时,突然有人敲门,我立马听出大概是哪个失业模特抑郁地求告来了。紧接着,一个年轻男子闯进门来,我一眼就看出是个外国人。事实证明,他果然是意大利人,不会说英语,只叫得出我的名字,而我的名字从他口中出来,听上去就像在叫在场的每个人一样。我那时还没去过他的祖国,又不通晓他那门语言;不过,他的长相还不算十分寒碜——有哪个意大利人长得不好看呢?——不至于只能靠五官向我表达他的意思,他用司空见惯而又优雅得体的模仿告诉我,他在寻找像我眼前这位女士正在从事的一模一样的工作。起初,他并没有给我留下多少深刻的印象,我顾自继续作画,时不时还发出一些刺耳的声音来表示我的阻拦和驳斥。但他定定地站在那里,不胡搅蛮缠,眼睛里含着一种默默的、像狗一般的忠诚,可谓既放肆、又无辜,犹如一个忠心耿耿的仆人(大概已经在主人家干了好些年了)受到了不公正的怀疑。我忽然发现,这种姿态和表情就是一幅画,于是,我马上吩咐他坐下来,等我忙完手头的事。他俯首帖耳地听从我吩咐的样子又是一幅画,我一边工作一边观察着他,只见他仰着头惊疑地环视着高高的画室,那神态又是一幅接一幅的画。他大概是在圣彼得大教堂①里在自己胸前画十字呢。我还没完工,心里就暗暗想道:"这小子是个破产的柑橘小贩,却是块宝呢。"

莫纳克夫人起身准备离开时,他闪电般穿过屋子去为她开门,然后便站在那里,用痴迷、纯情的眼神凝望着她,犹如年轻的但丁被少女贝雅特丽齐迷住了一样②。在目前这种处境下,由于我坚决不肯雇请表情漠然的英国家仆,我便暗暗寻思,他倒是既有做模特的潜质,又有做用人的潜质(况且我也需要一个用人,但我不能雇他来只当用人);长话短说,我拿定主意准备收留这个聪明伶俐的冒险家,如果他同意履行双份职责的话。他抢着接受了我的提议,而到头来,我的草率决定(我确实对他一无所知),并没有使我痛悔不已。他果然是一个虽然散漫却招人喜欢的侍从,还在一定程度上具有绝妙的"仪态感"③。这不是后天培养的,而是出于天性;是这份喜人的天性引导他

---

① 圣彼得大教堂(St. Peter's),位于梵蒂冈的一座天主教圣殿,为天主教会重要的象征之一。
② 但丁(Dante,1265—1321),意大利诗人,欧洲文艺复兴时期的开拓人物之一。贝雅特丽齐(Beatrice)为其创作的长诗《神曲》中的女主人公,也是但丁曾经的恋人的名字,在但丁的一生中,她有着十分重要的意义。
③ 原文为法语:sentiment de la pose。

来到了我的门前,并帮他识别出我钉在门上的卡片上的名字。他仅凭一个猜测,没经任何人介绍就找上门来,根据我高高的北窗的外形,他在屋外一眼就看出我这个地方是一个画室,而既然是画室,里面就有美术家。与其他漂泊者一样,他漂荡到英国来寻求致富之路,找了一个搭档和一辆绿色的小推车,兜售起物美价廉的雪糕来。结果是,雪糕化掉了,搭档也散伙了。这小伙子穿着带有浅红条纹的黄色紧身裤,名字叫奥朗特。他面色蜡黄,但皮肤白皙,穿起我的旧衣服后,俨然一个英国人。他同彻姆小姐一样出色,若有需要,她也能扮意大利人。

四

莫纳克夫人偕丈夫再度回来时,一进门就发现,奥朗特已经安顿下来了,我感到她那张脸微微抽搐了一下。真是咄咄怪事,一个不足挂齿的意大利流浪汉[①]居然会成为她那仪表堂堂的少校的竞争者。倒是莫纳克夫人率先嗅到了危机,因为少校还在浑然不觉地大谈逸闻趣事。奥朗特纵然有一百个亟待解决的困惑(他从来就没见过如此奇怪的沏茶工序),但他还是给我们沏上了茶,我觉得莫纳克夫人对我的看法也已有所好转,因为我终于有一个"有用人的家"了。他们看到了我为这个"家"所作的两三幅画,莫纳克夫人示意说,她根本看不出为这几幅画当模特的人就是他。"瞧这些画,你就是照我们的样子画出来的嘛,看上去跟我们一模一样。"她提醒我说,脸上挂着洋洋自得的笑容;而我却意识到,这恰恰正是他们的缺陷。画莫纳克夫妇时,不知怎么,我总是摆脱不了他们——无法进入我想要描绘的角色中来;我压根儿就不希望在我的画作中可以找出我的模特。彻姆小姐

---

① 原文为意大利语: lazzarone,意为"以行乞和做杂工度日的流浪汉"。

是根本找不出来的，莫纳克夫人认为我把她隐藏起来了，藏得非常好，因为她很粗俗；如果她不复存在了，那不过像去了天堂的逝者不复存在了一样——换得的至多是一个天使。

　　此时，我已经在一定程度上着手于《拉特兰·拉姆齐》的插画了，是为计划要推出的那个庞大系列中的第一部长篇小说所作的；也就是说，我已经画出了十多幅画，其中有几幅是在少校和他妻子的帮助下完成的，并已送交出版社审核。正如我之前已经提及的，我和出版商达成的共识是：就这一具体案例而言，鉴于全书归我负责，我可以自作主张，按我的喜好作画；但我与该系列其余各卷的关系，只能视情况而定。有的时候，坦白地说，手里有活生生的事物的确是一种宽慰；因为《拉特兰·拉姆齐》里的有些角色非常像活生生的事物。有身形挺拔如少校这样的人，也有时髦程度不亚于莫纳克夫人这样的女人。有大量乡间豪宅的生活场景——当然是经过处理的，以一种美好、奇特、讽刺、笼统的方式表现出来——还有很多与灯笼裤和苏格兰男裙密切相关的暗示。有些事情我在一开始就得确定下来；譬如男主角的确切长相和女主角特有的青春红颜。当然，作者也给了我一点儿提示，但还有诠释的余地。我拿莫纳克夫妇当知己，坦率地跟他们讲了我的构想，也提到了我的各种难处和取舍。"啊，用他呀！"莫纳克夫人看着丈夫，甜甜地喃喃细语道，"还有比我妻子更好的人选吗？"少校接着问道，因为我们彼此之间此时已经可以从容不迫、坦诚相见地谈工作了。

　　我没有回答这些话的义务——我只有安排我的模特们的义务。我心里忐忑不安，把解决这一问题的方案一推再推，也许是有点儿怯懦的缘故吧。这本书就是一块巨大的画布，连次要人物都为数众多，我决定先把一些不涉及男女主角的插曲慢慢画完。一旦确定了他们的角色，我就得坚持用他们——我总不能让我的小伙子一会儿七英尺高，一会儿五英尺九吧。总的来说,我倾向于后面这种身高,但少校不止一次地提醒过我,不管跟谁比,他看上去都一样年轻。为塑造人物起见,给他做适当安排,让人很难察觉出他的年龄,这也不失为切实可行的办法。我与天真率直的奥朗特相处了一个月,多次在不同场合设法让他明白,他那种意大利人所特有的生机勃勃的劲头很快就会对我们的进一步交往构成无法逾越的障碍,我后来才如梦初醒地意识到,他具有当主角的能力。他身高只有五英尺七,好在剩下的那几英寸是潜在的。我起初试用他时几乎是偷偷进行的,因为我真的非常担心我的其他模特会对这种挑选评头论足。如果他们认为画彻姆小姐不过是一个圈套,那么,由一个与其真实身份相去甚远的意大利街头小贩来扮演一位英国公学出身的主人公,他们又会作何感想呢?

如果说我渐渐有点儿怕他们了,那并不是因为他们胁迫我,因为他们已经盛气凌人地站稳了脚跟,而是因为他们虽然处境悲惨,却硬充体面,故弄玄虚,穿着打扮常换常新,如此热切地把全部希望都寄托在了我的身上。因此,当杰克·霍利回国时,我高兴极了:他向来不乏好主意。他自己画得很糟糕,但在准确挑刺儿这方面,谁都比不上他。他离开英国一年了,去了某个地方——我不记得是哪里——换一种新的眼光。我非常惧怕这类眼光,但我们是老朋友;他离开几个月后,空虚感便悄然蔓延在我的生活里。我无须躲避他的攻击已经有一年了。

他带着那种新的眼光回来了,身上却仍然穿着原来那件黑色丝绒衬衣,回来的第一个晚上,他就待在我的画室里,我们抽着烟,一直熬到了凌晨时分。他自己没有什么作品,他只有那道新眼光。因此,我腾出地方,摆开我画的那些小玩意儿。他想看看我给《切普塞德街》作的那些画,陈列开来后,他大失所望,至少那两三声伴随着香烟的烟雾一同从他唇齿间发出的叹息声似乎能证明这层意思。他懒洋洋地躺在我那张宽大的可当床用的长沙发上,一条腿盘在身下,端详着我的最新画作。

"你是怎么回事?"我问他。

"你是怎么回事?"

"我没事,只是有点儿摸不着头脑了。"

"你确实是摸不着头脑了。你简直是精神错乱了。这个新时尚是什么意思?"紧接着,他满脸不屑地把一幅画朝我扔了过来,那幅画上恰好画的是我那两位气度不凡的模特。我问他是不是画得不够好,他回答说,按照我一贯向他表白我很想达到的那种艺术效果来看,他认为这幅画简直糟透了;但我没去接这个茬,尽管我的确急于想弄明白他这话究竟是什么意思。画里的两个人物看上去很庞大,不过,我估计,他指的并不是这个,也许他的意思正好相反也未可知,因为我说不定正在追求那种效果呢。我坚持说,我作画的方式同我上次有幸受到他表扬的那次完全一样。"得了吧,一定有什么地方出了大纰漏,"他回答说,"稍许等一下,我会找出来的。"我相信他能找出来:新眼光此时不用,更待何时?岂料,最后他只冒出了一句:"我不知道——我不喜欢你这些类型。"除此之外,再无任何有见地的评价。对他这样一位批评家来说,这话是站不住脚的,因为除了绘画技巧、笔触运用和价值的奥秘这些问题之外,他从不愿意与我讨论别的东西。

"你一直在盯着看的那些画,我觉得人物类型都很端庄。"

"啊!他们不行的!"

"我有两个新模特了。"

"我看出来啦。他们不行的。"

"你这么有把握?"

"那当然——他们很蠢。"

"你是说我蠢吧——我应该抽时间来解决这个问题。"

"你解决不了的——碰上了这种人。他们是什么人啊?"

我把该说的话都告诉了他,可他毫无同情心地说:"他们这种人就应该撵出门去。"①

"你从来就没有见过他们。他们很善良的。"我同情地反驳道。

"没见过他们?好家伙,你的这些新作品都被他们糟蹋完啦。够了,我可不想再看见他们了。"

"还没别的人说过一句反对的话呢——《切普塞德街》那帮人挺满意的。"

"别的人都是蠢驴,而《切普塞德街》的那帮人则是所有蠢驴中最大的蠢驴。得啦,时至今日,就别再假装对公众,特别是对出版商和编辑,抱有美好的幻想了。你绝不是为这种畜生卖力的——你是为那些懂行的人卖力的,真正懂艺术的大师②;所以,要是你不能为了你自己堂堂正正地做人,那就为了我堂堂正正地做人吧。有那么一种东西你当初就追求过——那是一种非常好的东西。不过,这种蠢话可不包括在内。"之后,我与霍利谈起《拉特兰·拉姆齐》以及这套书可能会有哪些后继者时,他宣布说,我必须重新回到我原来的船上,否则我将会葬身海底。总之,他用的是那种警告的口吻。

我注意到这个警告了,但我并没有把我的这两位朋友撵出门去。他们固然让我非常厌烦;可是,他们让我厌烦这一事实也告诫我不要去牺牲他们——如果有什么办法能帮扶他们一下的话,以免惹恼了他们。当我回顾这段经历时,我似乎觉得,他们已经在一定程度上渗透

---

① 原文为法语:Ce sont des gens qu'il faut mettre à la porte。
② 原文为意大利语:coloro che sanno,意为"真正懂(艺术)的人"。出自但丁长诗《神曲》第一部《地狱》(*Inferno*)第四章第131页,原文为"Il maestro di color che sanno",意为"那些真正懂行的大师",是对古希腊哲学家亚里士多德的赞誉。

进我的生活了。我眼前至今依然还浮现出他们守在我画室里的情景，为了不挡道，他们大部分时间都背靠墙坐在一条老式天鹅绒长凳上，看上去就像一对很有耐心的皇家接待室的侍臣。我深信，在冬季最寒冷的那几个星期里，他们也在坚守阵地，因为这样就节省了他们自家的炉火。他们的新气象渐渐失去了其光泽，让人情不自禁地感受到，他们就是救济的对象。只要彻姆小姐一来，他们便离开，在我有幸受到抬举正式投入《拉特兰·拉姆齐》的插画绘制后，彻姆小姐来得很频繁。他们竟然以心照不宣的方式向我表明，他们揣测我要用她来画书中的底层生活，我也让他们这样揣测，因为他们曾试图研读这部作品——书就放在画室里——却没有发现它描写的仅仅只是最上层的社交圈。他们浏览了我国最杰出的小说家们的作品，却没有理解其中的很多篇章。尽管有杰克·霍利的警告，我仍然时不时地照他们的模样画上一个小时。要辞退他们有的是时间，如果确实非辞退不可，也要待严冬过去之后再说。霍利已经结识了他们——是在我的壁炉边相见的，他认为他们是荒唐可笑的一对。得知他也是画家后，他们便设法接近他，想让他也看看他们是活生生的尤物。他却站在这间大屋的另一边看着他们，仿佛他们在千里之外似的：在他那个国家的社会体系中，他们就是他最反感的一切事物的总和。像他们这样的人，墨守成规，漆革加身，还时不时突然口出狂言打断交谈，根本没有权利待在画室里。画室是学会看的地方，你怎么能透过一对羽毛褥垫去看呢？

他们在场给我造成的主要不便是：起初，我不大好意思让他们识破真相，我那个机智灵活又很不起眼的用人已经开始坐在我面前让我为《拉特兰·拉姆齐》画像了。他们知道我很古怪（如今他们已有心理准备，能接受艺术家的古怪了），居然会从街头随便挑了个外国流浪汉，我完全可以用一个蓄着络腮胡子、拥有各类证书的人嘛。但时光荏苒，他们过后才得知我对他的才艺评价有多高。他们不止一次地发现他在摆姿势，却从不怀疑我是在拿他当模特画一个街头手摇风琴师。有几件事他们压根儿就没猜到，其中之一是，小说里有一个引人注目的场景，需要一个男仆短暂出场，我心念一动，想用莫纳克少校来扮演这个奴仆。我再三打消了这个念头，我不愿让他穿上仆人的制服——何况找一件合他身的制服也很费事。终于，在暮冬里的一天，我当时正在忙着画那个遭人鄙视的奥朗特（他能在几秒钟之内领会你的意图），加之画得也得心应手，不禁喜形于色起来。岂料，他们忽然走了进来，少校和他的妻子，带着他们那不涉及任何事情的社交型的笑声（可以发笑的东西越来越少了），如同乡下那些爱串门的人一样——他们总是让我联想到这种人，做完礼拜后，他们穿过公园走过来，不一会儿就被留下来吃午饭了。午饭吃完了，但他们还可以留下来吃茶点——我知道他们想吃。不管怎样，我画兴正浓，我不能让我的激情冷却下来，不能放下手头的活儿等着，让我的模特去准备好茶点，再说天光也渐渐暗了下来。因此，我问莫纳克夫人，能否劳驾她帮忙把茶点摆上桌来——这个请求顷刻间使她血气翻涌，脸涨得通红。她和她丈夫面面相觑对视了有一秒钟，两人之间传递着无声的电报。紧接着，他们的愚蠢之举便结束了，是他那乐呵呵的精明劲儿叫停了它。我必须再加上一句，我非但一点儿也不同情他们那受了伤的自尊心，甚至都打算给它一次尽可能彻底的教训。他们俩一起忙碌起来，拿出杯碟，烧好开水。我知道，他们觉得自己好像是在伺候我的用人，于是，茶沏好后，我说："给他也来一杯吧，有劳你——他累了。"莫纳克夫人给奥朗特端来了一杯，送到他站立的地方。他从她手里接过茶杯，有如一位出席宴会的绅士，胳膊肘下还夹着一顶可折叠的礼帽。

随后，我猛然意识到，她已经为我做了一次很大的努力——是带着一种尊贵的气质付出这份努力的，所以，我应该补偿她一下。打那以后，每次见到她，我都在考虑该怎么补偿。我不能为了答应他们的请求再继续画这种错误的东西了。对，这就是错误的东西，用他们当模特所画的那些作品的标志性特征——如今，霍利可不是唯一说这种话的人了。我寄出了为《拉特兰·拉姆齐》所作的一大批画，但收到的警告比霍利所说的还要正中要害。我效劳的那家出版社的艺术顾问认为，我的插画与他们所期待的不相符合。这其中大部分插画都是以莫纳克夫妇为主题的作品。姑且不去深究他们到底期待什么样的画这一问题，事情到了这个份上，我明白，我得不到为其他几本书画插图的机会了。绝望之余，我一心扑在了彻姆小姐的身上，逼着她把自己的所有本事都施展出来。我不但公开启用了奥朗特作为我的男主角，而且，有一天清晨，当莫纳克少校探头探脑地走进门来，问我是否没有安排他继续做完他从上星期开始的为《切普塞德街》当模特的工作时，我告诉他说，我改变主意了——我打算用我那个用人来画。一听这话，我的访客顿时变得脸色煞白，愣愣地望着我。"他就是你心目中的英国绅士吗？"他问道。

我很失望，我很紧张，我希望能顺利开展我的工作；所以，我气呼呼地回答说："啊，我亲爱的少校——我不能为了你自毁前程啊！"

他又愣怔了一下；随后，他一句话也没说就离开了画室。他走之后，我深深吸了一口气，因为我暗自思忖，我应该不会再看见他了吧。虽然我没有明确告诉他，我正面临着画作被拒绝的危险，但令我恼火的是，他居然没有那种大难临头的感觉，没有和我一起去认清我们之间合作无果的寓意，没有去记取这个教训：在具有欺骗性的艺术氛围里，即使最体面的人也会因为没有可塑性而望洋兴叹。

我并没有欠我这两位朋友的钱，却再次见到了他们。三天后，他们又出现了，是结伴而来的，既然这样，这种事情似乎就有点儿悲剧的意味了。在我看来，这是他们在现实生活中找不到任何别的事情可做的佐证。经过一番郁闷的商量后,他们总算把这件事琢磨出了点儿眉目——他们体会到了这是个坏消息:他们不适合在该系列小说里担当任何角色。如果他们连在《切普塞德街》中对我都没有什么用处的话,那他们的作用似乎就很难确定了,但我起初也只能做出这种判断:他们是前来告别的,做得既仁义厚道,又落落大方。这使我偷偷高兴起来,我可没这闲工夫当众大吵大闹,因为我的另外两个模特都已各就各位,我正在孜孜以求地画一幅画,我还希望靠这幅画来获得荣誉呢。画这幅画的动因来自书中的这一细节:拉特兰·拉姆齐将一把椅子拉到阿蒂米西娅的琴凳边,对她说着一些非同寻常的话,而她表面上正在弹奏一首很有难度的曲子。我之前就画过彻姆小姐弹钢琴——她知道该如何摆出绝对优雅又富有诗意的姿势。我很想让这两个人物热情奔放地共同"作词谱曲",我那个很不起眼的意大利小伙已经心领神会地融入了我的构想。这一对人儿鲜活地呈现在我面前,那架钢琴已经拉了出来;这是一幅青春交融、情话绵绵的迷人画面,我只需捕捉和保存下来就行。我那两位访客站在一旁看着,我扭过头去,朝他们友好地打了声招呼。

他们毫无反应,不过,我对于默不作声的客人已经见惯不怪了,便继续忙我自己的事,只是心中隐隐有些不安(尽管画兴正浓,感觉这至少是理想的东西),因为我最终还是没有打发掉他们。忽然间,我听见了莫纳克夫人那甜美的声音,那声音就在我身边,甚或就在我头顶上:"要是她的头发做得稍微再好看一点儿就好了。"我抬起头来看了看,却见她是在用一种异样的、固执的眼神盯着彻姆小姐,而彻姆小姐是背对着她的。"我只碰一下,你不反对吧?"她接着说——这一问吓得我顿时一跃而起,带着本能的恐惧,生怕她会伤害这个妙龄女子。但她朝我投来的那一瞥却使我放下心来,那是我终生难忘的一瞥——坦白地说,我真希望能把那一幕画下来——她迟疑了一下,便朝我那模特走去。她把一只手搭在彻姆小姐的肩膀上，弯下腰去，细声慢语地跟她说了句什么；那姑娘听懂了她的意思，感激地表示同意，于是，她理了理后者那乱蓬蓬的鬓发，快速捋了几下，这样一弄就使彻姆小姐的脑袋双倍的迷人了。这是我迄今所见过的最崇高的献身于他人的壮举之一。随后，莫纳克夫人低声叹了口气，转过身去，朝四下里张望着，仿佛想找点儿事情干，接着便俯下身去，高贵中透着谦卑，从地板上捡起一块从我的颜料盒里掉下来的脏分的布片。

与此同时，少校也在四处找活儿干，不一会儿便溜达到我画室的另一头，望着眼前堆放着的我吃完早饭还没顾得上收拾走的东西。"我说，我能不能在这儿派上点儿用场呢？"他抑制不住颤抖的声音朝我喊道。我哈哈一笑，表示同意，我那笑声恐怕也很尴尬。在接下来的十分钟里，我一面作画，一面时不时地听到瓷器轻轻的咔嗒声，听到汤匙和玻璃杯的叮当声。莫纳克夫人在一旁协助她丈夫——他们把我的餐具全部洗净、收好。他们又踱进了我那小小的洗涤室，事后我才发现，他们把我的刀具也擦洗得干干净净，我那为数很少的备用餐盘也露出了前所未有的真容。当他们正在做的这些事情所潜在的那种雄劲的说服力感染了我时，不瞒你说，我的画当即变得模糊起来——画面仿佛在我眼前旋转着。他们虽然接受了自己的失败，但他们不能接受自己的命运。他们在有悖常理的残忍的法则面前惶惑地低下头来，凭借这条法则，活生生的事物很可能远不及虚幻的事物珍贵，但他们不愿挨饿。如果说我的用人是我的模特，我的模特不妨也可以做我的用人。他们愿意转变身份——别人可以当模特扮演淑女和绅士，他们则可以来干活。他们依然可以待在这间画室里——不要赶走他们，这是他们向我发出的无声而又强烈的吁求。"雇用我们吧，"他们想说——"我们什么事情都愿意做。"

当这一画面真真切切地悬挂在我面前时，那份灵感突然化为乌有了——画笔从我手里滑落下来。既然我的画像被破坏了,我便把那两位模特打发走了,他们显然也大惑不解,充满了敬畏。随后,由于独自面对着少校和他的妻子,我一时间感到极不自在。少校把他们夫妇的祈求汇成了单单一句话:"我说,你也知道——就让我们替你干活吧,行不行?"我做不到——看着他们替我清理厕所实在让人受不了;但我还是假装能做到,只是为了答应他们的请求。他们做了大约有一个星期,后来,我给了他们一笔钱,让他们离开了,我从此再也没有见到过他们。我获得了为其余各部作品作画的机会,但我的朋友霍利一再对我说,少校和莫纳克夫人对我造成的危害是永久性的,使我落入了二流画家的行列。如果真是这样,我甘愿付出代价——为的是这份回忆。

(宋文烨　吴建国　译)

中年岁月

四月天,风和日丽,可怜的邓库姆,由于抱着复原定然有望的念想,心情也好起来,站在宾馆的花园里,一边比对着信步闲逛时看到的那些引人入胜的景致,一边暗自思量,不管怎么说,自己的身子骨毕竟还有些羸弱乏力。他喜欢置身南方的这种感觉,就像你或许会喜欢待在北方的那种感觉一样。他喜欢那些布满沙尘的悬崖,喜欢那些遒劲繁茂的松树,他甚至喜欢这片色彩暗淡的大海。"疗养胜地伯恩茅斯"[1],听上去犹如一条就事论事的广告,可是,现如今,他也只好将就着认同这一缺乏诗意的言辞了。那位善结人缘的乡村邮递员,从花园里横穿过来时,刚刚给他送来了一个小包裹。他把这个小包裹取出来带在身边,离开宾馆,冲着右前方,蹑手蹑脚地朝就近的一条长凳走去。他知道那个地方,那是一个隐匿在悬崖里的稳妥幽僻的去处。它坐北朝南,面对着怀特岛[2]色彩斑斓的城垣壁垒,而且有丘陵草原那道缓

---

[1] 伯恩茅斯(Bournemouth),位于英国英格兰西南部的多塞特郡境内,濒临英吉利海峡,是英国著名海滨疗养胜地。
[2] 怀特岛(The Isle of Wight,又称 The Island),位于英吉利海峡,岛上有多处自维多利亚时代以来的著名海滨休闲度假胜地,是英格兰最大、人口最稠密的岛屿之一。

坡状的山脊作为屏障。到达此处时，他竟累得疲惫不堪了，一时间，失望之感不禁油然而生；他已经好些了，毫无疑问，可是，到底与什么相比好些了呢？他总不至于再次跟自己相比，才感觉好些了吧，就像从前遇到一两次重大关头时那样。无穷无尽的生命力早已一去不复返，这番苦斗所留下的结局，不过就是一只像温度计一样标着刻度的小玻璃杯，剂量由那位药剂师配给。他坐在那儿，两眼凝望着大海，大海显现出的全都是表面文章，浮光掠影，比人的精神要浅薄得多。唯有人类幻想的深渊才最真实、最深邃，连潮汐都没有。他掏出随身携带的小匣子（那是他在书摊上偶尔淘来的），把它摆放在膝头上，却并没有打开它。他喜欢这样，在数不胜数的令人高兴的事情渐渐烟消云散的过程中（这场疾病使他感受到了自己的年龄），他只想知道，这只小匣子就在身边，但是也会心安理得地认为，小匣子里所装载的那些欢乐不可能全部更新，对于青春时代的体验而言，那些欢乐是弥足珍贵的，从中可以看到一个人的自我"闪亮登场"。邓库姆，这位享有盛名的人，不但抛头露面太过频繁，而且也太有先见之明，知道该以什么样的方式登台亮相。

他的迟迟不肯露面自有其不便道明的原因，与那一行三人有关，待会儿便见分晓。是两位女士和一个青年男子，那个青年男子，此刻就在他正下方，不仅老是掉队，好像还不爱说话。他看得出，此人沿着沙滩一路走来时，步子很慢，而且一直在埋头看一本书，读到这卷书的精彩之处时，偶尔还会情不自禁地停下脚步。这卷书，邓库姆即使隔着一段距离也能察觉到，有一个红艳艳的封面。过了一会儿，他那两个同伴，由于走得稍远了些，在等他跟上来，便把她们的女式阳伞插在沙滩里，时而左顾右盼，时而眺望海天，显然对这良辰美景很有感触。对于这些景物，那个在埋头看书的年轻人照样还是一副全然事不关己的样子，走走停停，将信将疑，专心致志。对一个正在冷眼

85

旁观的人而言，他倒不失为一个让人羡慕的对象，按照邓库姆与文学界的交往来看，所有这类朴实纯真的书卷气早已荡然无存了。那两位女士中有一位体态臃肿，老成持重；另一位相比之下则还很年轻，身材苗条，其社会地位大概也较为低下。那位体态臃肿的女士不禁勾起了邓库姆对盛行圈环裙①的那个时代的遐想；她头戴一顶蘑菇形的帽子，配一条蓝色的罩纱，就其异常丰腴的身段来看，她仿佛对某种早已消亡的时尚还恋恋不舍，甚或对某项失败的事业仍耿耿于怀。这时，她的女伴从一个收拢起来的华盖下拖出了一把软绵绵的便携式折叠椅，把它撑开来，然而这把座椅却让那位体态臃肿的女士给占据了。这一幕，再加上双方各司其职的姿态，顿时构成了她们彼此所扮演的角色（她们为邓库姆的身心调节上演了一出独幕剧）：雍容华贵的富婆和出身卑微的养女。更何况，倘若连这类人物之间的关系都无法确定，一个功成名就的小说家还有什么用处？有那条妙不可言的理论为证，比方说，那个青年男子就是这位雍容华贵的富婆的儿子，而那个身份卑微的养女，大概是某个牧师或者军官的女儿，不是正春心荡漾地暗恋着他吗？瞧她偷偷躲到她监护人的背后回眸朝他张望的那副模样，这一点难道还看不出来？——她扭头望着他驻足停留的那个位置，他母亲坐下来歇息时，他也顺势完全停下了脚步。他那本书是一部小说，封面是那种只求好卖的花哨样式；鉴于人生的浪漫传奇无视他这一方，他便自得其乐地沉溺在流动图书馆各类小说的浪漫传奇之中了。他呆板地朝沙质较为柔软的地方走去，最后一屁股坐在沙滩上，想平心静气地看完他那一章。那个出身卑微的养女，被他那孤傲冷漠的态度气得黯然神伤，一副受苦受难的样子，耷拉着脑袋，徘徊

---

① 圈环裙（crinoline），19 世纪中叶盛行于欧洲的一种女裙，腰部以下用裙衬撑起，使裙摆四周鼓出，以突显女性纤细、妩媚的身段。

不定地朝另一个方向走去。而那位颐指气使的贵妇人,两眼望着海浪,一脸茫然不知所措的表情,活像目睹一架飞机坠毁了。

眼看这出戏就要演不下去时,邓库姆这才想起,不管怎么样,反正他还有别的消遣方式。尽管从出版商那一方来说,如此爽快的做法实属罕见,但他总算能够解开出版商寄来的这个邮包,见到他的"最新作品",说不定也是他的封笔之作了。《中年岁月》的封面略嫌艳俗,刚印出的书页所特有的油墨味,那才是让人有神圣之感的地地道道的书香;不过,此时此刻,他并没有再深究下去——他渐渐意识到了一种奇异的间离效果。他不记得这本书描写的究竟是哪方面的内容了。难道这次旧病复发使他的记忆变成了一片空白,以至于此前的事情全都想不起来了?他如此荒谬地来到伯恩茅斯,不就是为了防止旧病复发吗?离开伦敦前,他已经完成了清样的修改,不料,随后两周的卧床不起,竟像海绵抹过水彩画一样,把这段往事抹得一干二净了。他不可能为自己唱过一句赞歌,不可能出于好奇或满怀信心地翻看过书中的任何一页。他的创作主题已经离他而去,连一个迷信的想法几乎都没能留下。他深切体会到了这种阴森森的空虚感有多令人心寒,不禁微微呻吟了一声,这种空虚感如此令人绝望,似乎代表着人生一段灾难性历程的完结。泪水涌上了他温和的双眼;某种值得珍惜的东西已经悄然流逝了。这种痛苦是最近这几年来最刻骨铭心的痛苦——对势如退潮的光阴的感知,对日趋渺茫的机遇的体会;事到如今,他感到,与其说这最后一搏的机会去势已定,倒不如说这个机会其实早就不复存在了。凡是他该做的事情,他都做了,然而他想做的事情却一事无成。这才是切肤之痛——结果是,就实际情况来看,他的创作生涯已经结束了。这种伤痛如此剧烈,有如一只粗壮有力的手扼在他的喉咙上。他紧张得从座位上一跃而起,如同一只遭到可怕的强敌追杀的动物;随后,由于身体虚弱，他又颓然坐了下来，紧张地翻开他这本书。这是一部单行本；他情愿出单行本，甚而还指望出一版袖珍本。他翻开书看了起来，渐渐地，在这种全神贯注的状态中，他平静下来，心境也坦然了。一切又重新浮现在他眼前，然而重新回归的每一件事都带着一份惊奇，最为重要的是，重新回归的每一件事都带着一份崇高而又壮丽的美感。他读着自己的文章，一页页翻看着自己的书。他坐在那儿，伴随着洒落在书页上的春天的阳光，心中洋溢着一种奇特而又强烈的情感。他的创作生涯已经结束了，毫无疑问，但毕竟是写完那本书才结束的。

卧病期间，他忘了去年完成的那部作品了；然而他首当其冲忘了的事情却是，那部作品的确非同凡响。他又一次生活在自己的故事之中，而且越陷越深，在小说的茫茫世界里，仿佛有一位塞壬[①]在执手牵引着他，把他引向了烟波浩渺的艺术之湖，诸多素不相识、静谧无声的题材在随波荡漾。他认清了自己的创作动机，也甘愿倾情奉献自己的创作天赋。这份天赋，虽然不过如此，却从来没有像现在这么美妙，也许吧。他的种种困难依然摆在那儿，但是，按照他的看法，别人谁也不会有这种看法的，尽管可以这样说，唉！他的创作艺术也同样摆在那儿呢，在绝大多数情况下，创作艺术足可克服那些困难。由于喜出望外地领略到了这项本领，他脑海中忽然闪过一个念头，死刑还有望得到暂缓执行。当然，缓刑令的效力并没有被滥用殆尽——生命和奉献精神依然与它同在。这份缓刑令本来就来之不易，它始终落在后面，始终在周围徘徊。它是时光的宠儿，它是延宕的乳婴；他一直在为获得这份缓刑令而奋力拼搏，呕心沥血，做出的牺牲不计其

---

① 塞壬（Siren），古希腊神话中半人半鸟的女海妖，常以美妙的歌声诱惑经过的海员而使航船触礁沉没。

数,既然它真的已经到期了,难道它就再也不肯退让,自甘一败涂地了?一想到勤勉可以征服一切①,邓库姆便感到有一种魔法无边的神力,因为他以前从来没有体会到这一点。他这本小书所产生的结果,竟然是一个大大超出了他的创作初衷的结果:这就好比是他亲手种下了自己的聪明才智,信赖自己的创作手法,于是,它们便茁壮成长,鲜花怒放,结出了这个甘甜的果实。倘若这项成就果然是真的,不管怎么说,其过程也是够有阳刚之气的。他今天怀着如此热切的心情所看到的,他像板上钉钉一样亲身感受到的,就是这一事实,唯有在此时此刻,在这苟延残喘之际,他才实至名归地拥有了这项成果。他的进展一直异常缓慢,简直按部就班到了荒诞不经的地步。是经验阻碍了他,是经验耽误了他,在漫长的各个发展阶段中,他总是在摸索着向前走。他耗费了太多的人生,拿出的创作技艺却太少。创作技艺虽然到手了,却来得比其他一切东西都晚。按照这样一种速度,这第一个人生未免也太短暂了——短暂得仅够收集素材;因此,要想出成果,要想利用这些素材,人必须有第二次生命,有一段延续才行。这种延续正是可怜的邓库姆所思慕的。翻到他这卷书的最后一页时,他喃喃自语道:"啊,要再接再厉!——啊,要再争取一次更好的机会!"

沙滩上,他刚才一直在留意观察的那三个人忽然不见了踪影,过了一会儿又再次冒了出来;他们此时已经漫步走上了一条小径,一条人工修筑的简易坡道,坡道直通一面悬崖的顶端。邓库姆的这条长凳恰好处在坡道的中段,位于一块隐蔽的岩石架上。那位体态臃肿的女士,一个身躯庞大、非常另类的人,生着一双乌黑发亮的大眼睛,脸颊慈蔼红润,几次想坐下来歇歇脚。她套着污秽不堪的长手套,戴着

---

① 原文为拉丁文:vincit omnia。

硕大无朋的钻石耳坠；乍一看，她显得很粗俗，但是她身上有一种娴雅淡定、随遇而安的气质，与这个先入为主的看法相矛盾。尽管她那两个同伴伫立在那儿等候着她，她却提起裙摆，铺在了邓库姆座位的另一头。那个年轻人戴着一副金丝眼镜，一根手指头依然夹在他那本红色封面的书里。他透过眼镜朝邓库姆的这册书瞥了一眼，当即便愣住了，因为这册书的装帧和颜色与他那本完全相同，就搁在坐在这条长凳上的人的膝头上。顷刻间，邓库姆明白过来，他是被这本一模一样的书迷住了，他已经认出了这绯红色布封面上的烫金印花，正在盯着看"中年岁月"字样。他到现在才意识到，世上另外还有人与他不相上下。这个素不相识的人，忽然发觉自己并不是唯一拥有初版赠书的人，不免有些吃惊，甚至还可能有点儿窝火。两位拥有赠书的人四目相对愣怔了片刻，随后，邓库姆便拿对方双眼里射出的那种光芒自寻开心起来。从对方的那种别有意蕴的眼神来看，不妨推断，那是一个仰慕者的眼神。那双眼睛明显带着些许的怨恨——那双眼睛似乎在说："该死的，他已经把这本书搞到手啦？——当然，他是个评论家嘛，一个人面兽心的评论家！"邓库姆悄悄把自己这本书藏了起来。就在这时，那位丰乳肥臀的富婆已经休息好了，她站起身来，脱口说道："我已经感受到这种空气的好处啦！"

"我可不敢这么说，"那位骨瘦如柴的女士说，"我总觉得很失望。"

"我总觉得简直要饿坏了。你什么时候订的午餐？"她的监护人追问道。

那位年纪较轻的女士把这个问题踢给了别人。"午餐向来是休大夫预订的。"

"我今天什么饭菜都没预订——我打算让你们节食了。"她们的那位同事说。

"那我干脆回家睡觉得了。人只要睡着了,肚子就不饿了。①"

"我能不能把你托付给维恩汉姆小姐来照看?"休大夫朝年长的那位同伴问道。

"难道我就信得过你吗?"她俏皮地反问道。

"不太信得过!"维恩汉姆小姐两眼望着地面,总算勉强开了口。"你至少得陪我们回到疗养院才行。"她接着说,在这当儿,他们似乎在悉心照料的那个大人物开始向更高的地方攀去,她已经走到几乎听不见他们说话的地方去了;然而,维恩汉姆小姐,在邓库姆看来,还是用不怎么听得清的声音对那个年轻人嘀咕道:"我觉得,你并没有清楚地认识到,你的一切都得仰仗伯爵夫人!"

休大夫有些心不在焉。他顿了顿,扶了扶金边眼镜,似乎想讨好她一下。

"这就是我留给你的印象吗?我明白——我明白啦!"

"她对我们太好啦。"维恩汉姆小姐又接着说。尽管那位对话者与她谈论的是个人私事,但是看到他站在那儿一副无动于衷的样子,她迫于无奈,只好这么说。假如他没有以那种无动于衷的态度宣称,这座坐落于蔚为壮观、颇有户外气息的海角上的宁静古老的疗养院具有一种不可思议的感化力,那么邓库姆对于这些细微变化如此敏感又有什么用处?维恩汉姆小姐倒好像突然悟出了这种关联性,因为她片刻后又补充了一句:"要是你想自己在这儿晒太阳,等你把我们送回家之后,你还可以再回来嘛。"

休大夫听了这话,犹豫了一下,而邓库姆呢,尽管巴不得被当成一个无心去听别人说话的人,还是忍不住偷偷朝他瞥了一眼。这一回,他迎面碰见的,真可谓无巧不成书,竟是那位年轻女士颇为古怪

---

① 原文为法语:Qui dort dîne!

的横眉竖眼，自然是白眼。由那种眼神到她的模样，使邓库姆不由得想起一出舞台剧里的人物，要不就是哪本小说里的人物（他一时说不出名字来），大概是某个多灾多难的家庭女教师，抑或是某个命运悲惨的老处女吧。出于万般无奈的怨恨，她似乎在仔细打量着他，似乎要向他质疑，似乎想说："你到底跟我们有什么关系？"偏偏就在这同一瞬间，伯爵夫人那极富幽默感的话音从高处传来："来呀，快来呀，我的小羊羔们，你们应该跟着我这个老牧羊女① 才对呀！"一听到这喊声，维恩汉姆小姐转身便走，沿着坡道追了上去，再看休大夫，只见他默默地再次朝邓库姆投去吁请似的一瞥之后，分明还有些犹豫不决。他把自己那本书端端正正地摆放在长凳上，仿佛想预先占好这个位子，甚而是有意摆出一个姿态，表明他还会回来，然后才连蹦带跳地冲上坡道，毫不费力地朝更加崎岖不平的悬崖高处攀去。

　　同样纯真烂漫、同样其乐无穷的是冷眼旁观的种种乐趣，还有那些由解析人生的习惯累积而成的聪明才智。邓库姆自得其乐地徜徉在这温热的空气浴里，一想到自己居然在期盼着一名优秀青年发自心灵深处的某种感悟，他就觉得好笑。他以严峻的态度审视着摆在长凳尽头的那本书，但无论如何没去碰它。这样做符合他的宗旨，他要寻求一种理论，这种理论不至于遭到驳斥。他是患了抑郁症，但他已经感觉好多了；按照他的老规矩，他已经把脑袋贴在窗口上了。一位路过的伯爵夫人可以带走这不切实际的幻想，就像刚刚撒走的那两位女士中年长的那位，因为她是那样让人了然于目，有如一支穿越沙漠的商旅队的女首领。的确，那些流于一般的见解才是最要不得的；目光短浅的见解，与人们时常表述的某种观点恰恰相反，是权宜之计，是补救措施。休大夫十有八九是一名评论员，他对初版一定很有研究，与

---

① 原文为法语：bergère。

出版商或者与报界的关系一定也很融洽。他不到一刻钟就再次露面了，发现邓库姆仍待在原地，明显松了一口气，虽有些不好意思，却落落大方地笑了笑，露出亮晶晶的一口白牙。看到这本书的另一个复本，他显然感到很失望；这种架势不过是一种先声夺人的假托，只是不便对一个素不相识的人明说罢了。没想到，他还是不揣冒昧地讲开了。他拿起他自己的那本书，辩解似的朗声说道：

"如果你有机会谈一谈这本书，一定要说，这是他迄今为止写出的最好的作品。"

邓库姆报以哈哈一笑。"迄今为止写出的"在他听来十分好笑，但也不失为一条通向未来的康庄大道。更加好笑的是，这个年轻人居然把他当成评论家了。他把《中年岁月》从风衣下抽了出来，不过，出于本能，他隐瞒了事情的真相，没有喜形于色地透露自己就是这本书的原作者。他之所以这样做，部分是因为，假如一个人要动员别人去关注自己的作品，那他一定是个笨蛋。"那是你打算吹嘘你自己的说法吧？"他朝这位访客问道。

"我还不敢肯定我要不要写点儿什么。一般情况下，我不写——我喜欢息事宁人。不过，搞创作是一件很高雅的事情。"

邓库姆权衡了一下。假如与他交谈的这个人开始对他横加指责，他会当即亮明自己的身份的，不过，诱导他再多说几句赞扬的话也无伤大雅。他的诱导非常奏效，短短几分钟之后，这位刚认识的朋友就开始侃侃而谈起来。他坐在他身边，坦坦荡荡地敞开心扉说，唯有邓库姆的小说他才会再看第二遍。他是前天从伦敦过来的，他在伦敦有一个朋友，是一名记者，这部新作就是那个朋友借给他的——这个版本是寄给编辑部的，已经有一篇"短评"讨论这个话题了。这篇短评似有弄虚作假之嫌（不过，总得有人"吹牛皮"才行啊），是花了整整一刻钟时间写出来的。他推心置腹地说，他真替那个朋友感到羞愧，对于一部需要认真加以研究、值得反复推敲的作品来说，这种做法未免太拙劣了；随后，由于他那富有新意的正确评价，由于他急于抒发己见的那种不可名状的愿望，对可怜的邓库姆来说，他顷刻间便幻化成了一个值得注意的倏然再现的灵魂、一个令人欣喜的神奇幻象。是机缘使这位心灰意冷的文豪与这位最超乎寻常的新生代崇拜者面对面坐在了一起，可以想象，这位崇拜者已经成了他的俘虏。事实上，这位崇拜者使文学变得越发神秘了，因为这种情况十分罕见，这位崇拜者居然是一位意气风发的年轻大夫——他看上去就像一个德国生理医生，却如此倾心于文学的表现形式。虽说这种情况纯属意外，却比绝大多数意外之事更令人欣慰，因此，邓库姆惊喜交集之余，便花了半个钟头的时间鼓励这位来访者畅抒胸臆，他自己只是默默地听着。随后，邓库姆对自己提前拿到《中年岁月》样书的缘由做了点儿解释，隐隐提及了他与出版商的友好关系。出版商由于知道他在伯恩茅斯疗养，便把这本书惠赠给他了，以示关心。他没有否认自己有病在身，因为休大夫绝对可以准确无误地推断出这一点；他甚至把话说到了这种地步，说自己不知该不该向某位人士寻求保健方面的"小贴士"，要是这位人士既有光明向上的热情，又很可能熟知目前流行的某些特效疗法，那该多好啊。不得不把医生的话当真，而医生也真把他的话当回事儿，这多少会有点儿动摇他的信念，不过，他很欣赏这种喷薄而出、富有现代感的青春气息。他痛彻心扉地感受到，世间依然还有值得大干一番的事业，在这个世界上，这种德才兼备的奇才大有人在。自我克制起见，他曾试图去相信的观点是，所有德才兼备的人全都江郎才尽了，这种观点其实不对。他们没有江郎才尽，他们没有——他们的才华取之不尽、用之不竭；江郎才尽只是这个蹩脚的艺术家的内心想法。

　　休大夫是一位热情奔放的生理医生，充满了时代精神——换句话说，他才刚刚拿到学位；但是他很有主见，而且多才多艺，谈吐间宛如换了一个人，大有宁愿把文学当作他的最爱的架势。他本来也很乐意从事优美辞章的创作，然而天意不可违，他放弃了这个行当。《中年岁月》里有一些极其优美的片段使他大为感动，为了支持这个托词，他竟不揣冒昧，当着邓库姆的面朗读起这些精彩的片段来。在这书香飘溢的气氛中，当着这个同伴的面，他越发眉飞色舞起来，仿佛他就是身不由己地冲着这位同伴深刻而又令人耳目一新的见解而来的；谈起他近来如何开始了解这位独一无二的作家，如何立即被他迷得如痴如狂时，他显得格外天真烂漫，在艺术靠迷信吃饭被饿得半死不活的状况下，这位作家使艺术得到了充实，使之变得血肉丰满起来。他迄今还没有给他写过信——由于怀着一片敬仰之情，他不敢妄自造次。此时此刻，邓库姆真为自己从不答应那些摄影师的要求而感到无比庆幸。这位访客的态度使他对这场颇为受用的交谈充满了期待，但是，他也心存疑惑，对休大夫而言，能否保证这场交谈不受干扰，在很大程度上恐怕得取决于那位伯爵夫人。他毫不迟疑地打听起他们与伯爵夫人究竟是何种关系，以及将这奇特的三人组维系在一起的那根纽带究竟属于何种性质。那位体态臃肿的女士，原本是一个地地道道的英国妇女，一个赫赫有名的男中音歌唱家的女儿，继承了父亲的品位，却没继承到父亲的天赋。她如今是一位法国贵族的遗孀，是那笔所剩无多的财产的女主人，这笔财产外加她父亲所挣得的收入，构成了她应得的遗产。维恩汉姆小姐嘛，她既是一个性格乖僻的尤物，又是一个颇有才艺的钢琴演奏家，因有一份薪酬而对伯爵夫人百依百顺。这位伯爵夫人为人慷慨，特立独行，行事古怪；她走到哪里都带着这个音乐家和私人医生。尽管愚昧无知且性情暴躁，她也有得意的时候，得意时，她的做派简直令人不可抗拒。通过休大夫的这番直言不讳的描述，邓库姆对她的真实面目总算心中有数了，也由这番白描感受到了这位青年朋友与她的关系。这位青年朋友，作为新兴心理学派的一名代表，自己却很容易被假象所迷惑，倘若他忽然变得异乎寻常地健谈起来，那也只是表明他真的被降服得俯首帖耳了。根据这一点，邓库姆随心所欲地与他聊起来，甚至都没有让对方知道自己就是邓库姆。

伯爵夫人在瑞士的一次旅行中得了病，住进一家宾馆时偶然认识了休大夫，而后者恰好是她想物色的人选，这种纯属巧合的事情促使她当即就向他开出了条件。以她那既专横又豪爽的做派，她开出的价码难免会让一个刚刚开业、还没有病人的医生眼花缭乱，何况他的钱财早就被他的学业耗干了。虚度光阴绝不是他愿意选择的人生之路，但是光阴荏苒，转瞬即逝啊，再说她也是出于一片好意。她虽然霸道，强行提出了终身护理的要求，可是，要说不喜欢她，恐怕谁也做不到。他详细谈起了自己这位特殊病人的情况，一个"典型病例"，如果世上真有这种病人的话，她除了患有面红耳赤的肥胖症，以及由一份遭到篡改且目标不明的遗嘱所造成的病态的心理扭曲之外，还患有非常严重的器质性失调症。说到这里，他话锋一转，又接着谈起了他情有独钟的那位小说家。他煞有介事地说，那位小说家绝对堪称一位诗人，而许多自称酷爱写诗的人，其实根本不值一提。他的话语中带着一种有感而发的激情，仿佛他的满腹牢骚一股脑都被激发出来了一样。是缘分使他有幸遇见了意气相投的邓库姆，而且他们的消遣方式居然也不谋而合。邓库姆承认自己与《中年岁月》的作者略有点儿私人交情，可是，他还没来得及按照自己原本打算的那样准备好措辞，他这位同伴就开始迫不及待地追问起了细节，因为他迄今为止还没有碰到过一个如此享有盛名的人呢。邓库姆甚至认为，休大夫的目光在那一瞬间射出的是一丝怀疑的神色。不过，这位年轻人此时已经愤激得如火上浇油，不可能怀有什么心机，也不可能反复再三地被他这本书所吸引而大声疾呼："你注意到这本书没有？"或者说："难道这本书就没有给你留下极其深刻的印象吗？"他终于脱口说道："接近尾声时有一段文字写得非常优美。"他再次把手放在那本书上。翻开书页时，他似乎发现了什么，邓库姆看到他突然脸色大变。由于书就放在长条凳上，他顺手拿起的竟然是邓库姆的那本书，而不是他自己的那本，于是，邓库姆立刻便猜到了他大吃一惊的原因。休大夫顿时虎下脸来，迟疑了一下才说："我明白了，你一直在修改这个版本！"邓库姆向来对校对工作十分认真，对文风一丝不苟；他最不愿看到的结果是，最终由他亲自把关的格式出现问题。他最理想的目标原本是，先把书不露声色地出版出来，然后在这个版本的基础上，独自享受惊天动地的修订所带来的乐趣。总归要牺牲第一版，总归要以第二版作为开端，才能使作品传世，甚至对那些爱好藏书的人和可怜的亲人们，也概莫能外。今天早晨，在《中年岁月》中，他的铅笔已经刺破了十多条人生哲理。看到这位年轻人似乎一脸谴责的样子，他反倒觉得很有趣；他在书中划划写写的做法，居然会使这位青年瞬间脸色大变。不管怎么样，反正他结结巴巴地说了句什么，说得含混不清；紧接着，在意识变得越来越模糊的朦朦胧胧的状态中，他看见了休大夫那双迷惑不解的眼睛。他猝然感到，自己怕是又要犯病了——激情、兴奋、疲劳、炽热的太阳、撩人的气氛，至今都还在捉弄他，他还没来得及朝他的访客伸出手去，还没来得及发出一声哀鸣，便完全失去了知觉。

他后来才知道，他当时突然晕倒了，是休大夫用巴斯椅[①]把他送回来的。管理巴斯椅的那位工作人员，当时正在听得到招呼声的范围

[①] 巴斯椅（bath-chair），一种供老人、妇女、儿童或残疾人使用的、带折叠雨篷的轮椅，由英国人詹姆斯·希（James Health）大约于1750年发明，并以其家乡巴斯（Bath）命名——巴斯为英格兰温泉旅游胜地，因温泉而得名。

内按惯例来回巡视,恰好也记得曾看见过他待在宾馆的花园里。他在中途就已恢复了知觉,到了下午,他躺在床上,依稀回想起休大夫那张充满朝气的脸庞。他们一起回来时,休大夫不时地俯下身来望着他,宽解地朝他呵呵一笑。那笑声所表达的含义,似乎远远不只是对他的身份的怀疑。那个身份看来是抹不掉了,他越发失望、越发嫌恶起来。他太性急、太愚蠢了,跑出去太早,在外面待得太久了。他真不该在陌生人面前暴露自己的身份,外出时,他应该带着自己雇来的用人才是。他感觉自己仿佛掉进了一个窟窿,深得望不见天。他糊里糊涂,不知时间过去了多久——他把这些零零碎碎的记忆都拼在一起了。他看过自己的大夫,那位地地道道的大夫,那位自从他第一次发病就给他治疗的大夫,那位待他一如既往、非常和蔼可亲的大夫。他那个用人一直在踮着脚尖忙里忙外,一副事过之后显得特别聪明的样子。他不止一次说起过那位精明强干的年轻绅士。其余的事情都朦朦胧胧记不清了,好在还没到令人绝望的程度。话说回来,朦朦胧胧的状态本身就证明,他还能做梦,还能昏昏沉沉地挂念那些令人忧心的事情,他终于从这亦真亦幻的状态中苏醒过来,看到了一间黑乎乎的屋子,以及一片昏暗的烛光。

"你还会再好起来的——你的所有情况我现在都摸清楚了。"有一个声音在他身边说道,他知道那是一个年轻人的声音。随后,与休大夫不期而遇的情景又再次浮现在他眼前。他感到很气馁,没心情再拿这件事来开玩笑了,但是,片刻之后,他能察觉到,他的这位访客对这件事的兴趣反倒十分浓厚。"当然,从专业角度说,我照顾不了你——你有你自己的医生,我已经跟他谈过了,他很优秀,"休大夫接着说,"但是,你得允许我以一个好朋友的身份来看你。你上床前,我刚刚进来检查过。你现在恢复得非常好,不过,我陪你一起待在悬崖上那会儿,你那一手玩得可真漂亮啊。我明天一早就过来看你。我要为你尽一份绵薄之力。我要竭尽全力。你为我付出的实在太多啦。"小伙子握着他的手,躬身望着他,而可怜的邓库姆,尽管虚弱地意识到了要活下去的压力,却只能躺在那儿,接受他这片赤诚之心。他别的什么也做不了——他太需要帮助啦。

这天夜里,需要帮助的念头一直萦绕在他心间,在神志清醒、万籁俱寂的状态中,他辗转难眠,由于数小时的昏迷,思维的张力竟构成了一种心理上的错乱反应。他已经完蛋了,他已经完蛋了——万一抢救不过来,他就彻底完蛋啦。他不怕吃苦受罪,他不怕死,他甚至都没有眷恋过生命;但是,他深深地怀着一种要证明自己的渴望。在这漫长宁静的数小时里,他忽然想到,唯有《中年岁月》让他真的开始起飞了;唯有在这一天,伴随着无声无息接踵而来的种种灾难,他才认清了属于他自己的王国。他已经展示了他所擅长的领域。他最担忧的是,不知自己的声誉会不会就建立在这部未竟之作上。应当妥善考虑的不是过去,而是未来。疾病和年龄,犹如两个目露凶光、心肠狠毒的妖魔,幽然浮现在他眼前;他该怎样做,才能买通这些命运之神,让他获得人生的第二次机会呢?他已经获得了人皆有之的这第一次机会——他已经有幸获得了生命。他熬到深夜才再次睡着了,醒来时,发觉休大夫就坐在他床头边。此时此刻,他内心深处已然有了某种美妙而熟悉的感觉。

"千万别以为是我赶走了你那位内科大夫,"他说,"我是征得了他的同意才来接替他的。他一直守在这儿照看你。不知为什么,他好像挺信任我。我跟他说了我们昨天是怎么碰巧走到一起的,他也认为,我应该有这个特权。"

邓库姆审慎而又诚恳地望着他。"你是怎么摆平伯爵夫人的?"

小伙子羞红了脸,随即又哈哈大笑起来。"哦,不用担心伯爵夫人!"

"你告诉过我,她霸道得很呢。"

休大夫沉默了一会儿。"她确实如此。"

"而维恩汉姆小姐则是个阴谋家①。"

"这一点你是怎么知道的?"

"我无所不知呀。要想得体地写作,一个作家必须什么都懂!"

"我觉得,她是鬼迷心窍了。"心底敞亮的休大夫说。

"好吧,别跟伯爵夫人争吵——她是你现成的帮手。"

"我才不争吵呢,"休大夫回答道,"不过,我跟爱犯傻的女人处不好关系。"话音刚落,他又补了一句:"你好像挺喜欢独来独往嘛。"

"对于我这把年纪的人来说,这是常有的事。我命大,活过来了,这一路走来,我已经失去了很多。"

休大夫犹豫起来。随后,他鼓足勇气,于心不忍地柔声问道:"你失去了什么人?"

"每一个人。"

"啊,不。"小伙子咕哝了一声,把一只手搁在邓库姆的胳膊上。

"我曾经有过一个妻子——我曾经有过一个儿子。我孩子出生的时候,我妻子死了,没想到,我那可爱的儿子,在上学的时候,让伤寒夺走了性命。"

"要是我在那儿就好了!"休大夫只好说。

"唉——要是你在这儿就好了!"邓库姆回答道,并报以微微一笑,那一笑,尽管有些悲伤,却表明他是多么想确切地知道这位同伴的行踪啊。

"你说起自己年龄的那种口气,简直让人不可思议。你并不老啊。"

"伪君子——这么早熟!"

---

① 原文为法语:intrigante。

"我是从生理学角度说的。"

"最近这五年来，我一直是用这种口气说话的，我也一直这样告诫自己。我们总不能等到自己真的老了，才开始自欺欺人地说，我们还没老！"

"但是，我知道我自己还很年轻。"休大夫直言不讳地说。

"不及我有自知之明啊！"他的病人哈哈大笑起来。这位来访者的确应该用实话来确定这件事的真相，也正是因为实话实说，他才改变了自己的观点，还特别指出，这一定是年龄产生的魅力——不管怎么说，对享有很高知名度的人而言——觉得自己已经努力了，也功成名就了。谈及一个人在其他方面的收获，休大夫援引了一句司空见惯的话，不料，这句话刹那间把可怜的邓库姆气得差点儿要发怒。但是，他努力克制住自己，头脑十分清醒地解释说，如果他——毫不客气地说——对这种止痛膏药一无所知的话，那无疑是因为，他虚度了不可估量的宝贵年华。他从早年时代起就开始追求文学了，可是，为了与她同行，他却耗费了一生的精力。只有在今天，说到底，他才算明白过来，所以，他迄今所做的一切，完全是一种毫无方向的活动。他成熟得太晚，加上生性鲁钝，因此，他不得不从自己的诸般错误中吸取教训，才能有所进展。

"这么说吧，我宁可欣赏你的花儿，也不愿欣赏其他人的硕果；我宁可欣赏你的错误，也不愿欣赏其他人的成功。"豪兴大发的休大夫说，"正因为你有错误，我才崇拜你的。"

"你真幸福——真的。"邓库姆回答说。

小伙子看了看自己的手表，站起身来。他说了个下午的具体时间，说他会在那个时间点再来看他的。邓库姆告诫他千万不要陷得太深，并再次表达了自己的担忧，唯恐他会怠慢了伯爵夫人——也许会惹得她大为不快的。

"我要成为像你这样的人——我要从错误中学习！"休大夫笑着说。

"当心点，千万别犯过于严重的错误！不过，你一定要回来啊。"邓库姆忽然想到了一个新的主意，又补了一句。

"你应该还有虚荣心吧！"休大夫说，仿佛他知道自己还需要付出多大努力，才能让一个大文豪正常起来似的。

"没有啦，没有啦——我只盼自己还有时间。我想再拼一次。"

"再拼一次？"

"我想再延续一段时间。"

"再延续一段时间？"休大夫把邓库姆的话又重复了一遍，仿佛被这句话打动了。

"难道你没听懂？我还想所谓的'活下去'。"

作为告别，年轻人一把握住了他的手，邓库姆立即攥紧了它，用力握了握。他们彼此深情地对视了一眼。"你会活下去的。"休大夫说。

"别敷衍我。情况太严重啦！"

"你一定会活下去的！"邓库姆的这位访客言之凿凿地说，脸色却变得惨白。

"啊，这样说要好听一些！"休大夫离开时，他那位体质羸弱的病人强作欢颜地笑了笑，满意地躺倒在床上。

整整这一天，以及随后而来的整整一夜，邓库姆都在纳闷，不知该不该做这种安排。他的大夫又回来了，他的用人也很殷勤，但他发觉，自己的精神依托还是那个可以推心置腹的青年朋友。他在悬崖上突然昏倒这件事已经有了貌似合理的解释，他的解放，既然有更好的依据，看来也指日可待；然而，与此同时，这番极度紧张的苦思冥想反倒使他镇静下来，使他对其他事浑不在意了。一直盘旋在他脑海中的那个念头依然还是那样引人入胜，因为那是一个病态的异想天开的幻想。眼前就有这样一位精明能干的时代的骄子，既足智多谋，又充满热情，而且还偏偏把他尊奉为需要顶礼膜拜的鉴赏大家。这位甘愿拜倒在他圣坛前的崇拜者既拥有科学领域里的全新知识，又对所有老一代的威望坚信不疑；他会不会因此而让他的学识任由他的同情心支配，让他的本领任由他的爱心支配呢？鉴于他那么推崇他的创作艺术，能不能拜托他为一个可怜的艺术家发明一种特效疗法呢？如果他办不到，抉择就成了一大难题：邓库姆将不得不缴械投降，沦落到默默无闻的地步，既无人替他辩解，也无人为他预言。这一天的其余时间和接下来的所有时间里，他都在暗自玩味这甜美而又无望的念想。除了这位既如此头脑清醒、又如此满怀激情的年轻人之外，还有谁愿意为他创造奇迹？他想到了科幻童话故事，便让自己陶醉其中，想努力忘却他是在找寻一种人世间所没有的魔法。休大夫不失为一种灵魂再现，这一点也使他得以凌驾于法律之上。他来去自由，而他的病人，往往会坐起身来用祈求的目光细细打量着他。出于对这位大作家的浓厚兴趣，年轻人开始重读起《中年岁月》，这会有助于他发现蕴藏在作品字里行间的深刻意义。邓库姆曾把他的"创作意图"告诉过休大夫；尽管休大夫绝顶聪明，然而他在第一次细读时，也没能揣摩出来。于是，这位屡受挫折的文学界名流就深感困惑了，不知这世上还有谁愿意去揣摩他的创作意图：他又一次感到很好笑，他的写作手法固然精湛、完美，却很可能让人忽略了其创作意图。虽然如此，他也不会责怪当今流于一般的见识，只会一如既往地自我安慰：从他自己的缓慢进展中悟出来的道理，似乎可以让一切蠢行变得神圣起来。

休大夫没过多久就面带愁容了。问起来时，他才坦言相告说，是家里出了点儿挺让人尴尬的事情。"跟紧伯爵夫人——别管我！"邓库姆对他说，而且再三强调；因为他这位同伴在谈到那位体态臃肿的女士时，态度向来十分坦率。她嫉妒心太强，因此才落下病根的——她对这种背信弃义的行为非常不满。她付出了这么大的代价，就是为了让他忠心耿耿地跟着她，因此，她绝不允许他怀有二心。她剥夺了他对别人怀有同情之心的权利，指责他阳奉阴违，想逼迫她一个人孤零零地死去——因为，不消说，维恩汉姆小姐没什么能耐，并不是一个可以在困境中求助的对象。休大夫说，要不是他坚持让伯爵夫人多卧床休息的话，她恐怕早已离开伯恩茅斯了。可怜的邓库姆听了这番话，紧紧搂着他的胳膊，毅然决然地说："那就干脆带她走吧。"他们肩并肩地走出屋子，再次来到那个隐蔽的角落里，那一天他们就是在这儿邂逅的。休大夫，这位曾亲手救助过他这个同伴的年轻人，强调指出，他是问心无愧的——他可以同时驾驭两匹马。难道他就没有憧憬过，为了他自己的前途，有朝一日，他得同时驾驭五百匹马吗？由于同样向往美德，邓库姆回答说，在这个黄金时代，为了得到他的全面照顾，没有哪个病人会弄虚作假地与他签订合同的。就伯爵夫人那一方而言，这种利欲熏心的做法难道不合法吗？休大夫断然否认了这一点，说根本就没有什么合同，只有无所拘束的相互理解，出于一己私利而奴役他人的做法，对一个胸怀博大的精英分子来说，是万万行不通的，更何况他还喜欢谈论艺术呢。于是，此时此刻，艺术便成了他们共同的话题。当他们并肩在这洒满阳光的长凳上坐下来时，他竭力想把《中年岁月》作者的注意力吸引在这个话题上。邓库姆，尽管又再次展开他那双还在康复期的弱不禁风的翅膀稍微翱翔了一会儿，尽管心中依然还怀着那个无比快乐、祈盼能得到很有条理的救治的念想，却忽然发觉口才又成了一项重负。他没法滔滔不绝地为他的事业辩护，为某种灿烂辉煌的"最新颖的艺术风格"辩护，这是他的声誉赖以生存的城堡；这一点日后会得到证实的，这是他的坚强堡垒，他真正的金银财宝都将收藏在这座堡垒里。既然他的听众放弃了这个早晨，既然这辽阔而又风平浪静的大海似乎也在等待着，他便有了这无限美好、可以侃侃而谈的一个小时。他说起了他的金银财宝的具体内容——他将从这座富矿里挖掘出贵重金属、稀世珠宝、珍珠项链，他会把这些宝物悬挂在他的艺术殿堂的廊柱之间。说到这里时，连他自己都深受鼓舞了。他真为自己感到高兴，他的万千思绪居然会如此密集地奔涌而来，但他更为认识了休大夫而感到高兴。休大夫依然如故，言之凿凿地对他说，他刚出版的这本书中已然镶满了各种精美绝伦的宝石。但是，这位年轻人依然在激动不已地盼望着还会有更多更好的妙招接踵而来。接着，面对这无限美好的日子，他再次向邓库姆重申了他的保证，他的职业操守会使他对这条如此宝贵的生命负责到底的。随后，他突然用手拍了拍腰间的表袋，请求允许他离开半个钟头。邓库姆待在原地等候他回来，不料，等到最后，等到他将思绪重新集中到眼前的现实时，突然映入眼帘的却是从对面走来的一个人影。那条人影渐渐化成了维恩汉姆小姐的身影，就是那位一直在照料伯爵夫人的年轻女士；邓库姆一认出她，就十分清楚地意识到，她是来找他说话的，于是，他从长凳上站起身来，彬彬有礼地冲她打了声招呼。事实证明，维恩汉姆小姐的确不是特别懂礼貌；她显得很莫名其妙，一脸焦躁不安的神色，她属于何种类型的人，现在看来绝对错不了。

"对不起，我想问一下，"她说，"姑且不论有没有希望，是不是可以奉劝你一句，别再打扰休大夫了。"紧接着，没容张皇失措的邓库姆有机会声辩，她继续说道，"我应该提醒你一下，你阻碍了他眼看就要大功告成的机会。你也许真是在坑害他。"

"你的意思是，伯爵夫人不想要他伺候了？"

"她要取消他的继承权了！"听了这话，邓库姆惊讶得目瞪口呆，维恩汉姆小姐则喜不自胜地发觉自己的话有可能奏效，便穷追不舍地

105

接着说,"要不要接手这笔非常可观的财产,完全取决于他自己。他已经有了一个非常好的发展前景,可是,我认为,你已经成功地毁掉了他的前程。"

"我不是存心的,我向你保证。这种纯属意外的事情也许有办法弥补,难道一点儿希望也没有了吗?"邓库姆问道。

"她本来是准备把什么都交给他的。她特别爱胡思乱想,她喜欢随心所欲——这是她的处世方法。她没有什么亲戚,她可以随便处置自己的钱财,再说,她已经病入膏肓了。"

"听了这些话,我感到很难过。"邓库姆结结巴巴地说。

"难道你就不能离开伯恩茅斯吗?我就是为这事专门跑来问你的。"

可怜的邓库姆浑身无力地在长凳上颓然坐下来。"我自己也病入膏肓了,不过,我会尽力而为的!"

维恩汉姆小姐依旧站在那儿,两眼黯淡无光,昧着良心狠毒起来。"趁现在还不算太晚,请你走吧!"她说。说完这句话,她立即转过身去,仿佛在这桩生意上,她只舍得拿出宝贵的一分钟似的,随即便飞快地逃出了他的视线。

啊,没错,经历了这一幕之后,邓库姆当然要病入膏肓了。维恩汉姆小姐用这些莫名其妙、令人难堪的消息把他搅扰得心烦意乱;对他最为厉害的冲击莫过于突然看清了一个才华横溢却又身无分文的青年在危若累卵的情势下所面临的问题。他坐在长凳上,浑身直哆嗦,两眼呆呆地望着一片汪洋。遭到这一记直截了当的重击之后,他感到头晕目眩。他确实太虚弱、太摇摆不定、太顾虑重重了。不过,他会做出努力离开此地的,因为他无法承受妨碍他人的罪过,何况他的名誉也确实受到了牵连。不管怎么样,他都得一瘸一拐地回家去,接下来,他得考虑该把哪些事情做完。他径直踏上了返回宾馆的路,走着走着，他对维恩汉姆小姐的强大动机渐渐有了一个鲜明的看法。伯爵夫人不喜欢女人，这是不言而喻的，邓库姆对这一点看得很透彻。所以，这个利欲熏心的钢琴演奏家是毫无希望的，她只能用这个大胆的设想来安慰她自己：帮助休大夫，等他把这笔钱搞到手之后，要么嫁给他，要么引诱他，迫使他承认她有权获得补偿，然后出钱让她封口。假如她能在一个富有成效的转折点上与他亲近起来，他作为一个有情有义的男人，就真的必须认真对待她了，她知道该如何考虑那个转折点。

到了宾馆，邓库姆的用人坚持要他回到床上去休息。这个有气无力的病人却说起了赶火车的事，并且吩咐起该怎么整理行李的事。吩咐完之后，强打起来的精神终于垮了下来，他终于意识到了自己的病情。他同意再看看那位内科医生，要求立刻去请他来，但是，他这扇门不再对休大夫开放了，这项要求不可取消，他希望能得到谅解。他有他自己的打算，这个打算非常完美，因此，回到床上后，他感到很欣慰。休大夫如果突然发觉自己被人毫不留情地冷落了，自然会憎恨他，而维恩汉姆小姐则会很开心：这样他就会重新效忠于那位伯爵夫人啦。等到他的内科医生赶来时，邓库姆才得知，自己正在发高烧，而且他这种行为是非常要不得的。他必须学会静养，而且，如果做得到，尽量别再动脑筋想问题。这天的剩余时间里，他巴不得变成一副呆头呆脑的样子。可是，有一种痛依然使他感觉很敏锐："再延续一段时间"很可能就此化为泡影，他的病程很可能走到极限了。他那位医疗顾问只会感到高兴，他接下来的一次次病情恶化都将凶多吉少。他要主动出击，迫使这位重要人物伸出一只强有力的手来，把休大夫从他的脑海中赶出去——这会大大有助于他静下心来。这个令人激动不已的名字，在他的房间里再也没有被提起过，然而他是否会平安无事，却让人担忧得喘不过气来。后来，事情总算得到了证实，当晚十点钟，他收到了一封电报，用人打开电报，把电文念给他听。电报从伦敦发来，附有维恩汉姆小姐的签名："恳求您不遗余力奉劝我们的朋友明晨与我们在此汇合。伯爵夫人不堪旅途劳顿，病情急剧恶化，不过也许一切都还有救。"原来是那两位妇人自己憋足了劲儿，居然有能力在当天下午就发起了一场充满恶意的革命。她们动身去了伦敦，即使年长的那位，按维恩汉姆小姐的说法已经病入膏肓了，她也希望把这一点交代清楚，她这样不计后果的做法是成比例升级的。可怜的邓库姆啊，他可不是这种不计后果的人，他只盼望一切都真的"有救"，他当即派人把这封可笑的函件送到那个年轻人的寓所去了。第二天他便高兴地得知，休大夫已经乘早班火车离开了伯恩茅斯。

两天后，休大夫强行闯了进来，手里拿着一本文学杂志。他竟然又回来了，因为他心急如焚，因为他要享受这份快乐，要把这篇有关《中年岁月》的重要书评拿过来炫耀。这篇东西至少还算过得去吧——这是一篇异军突起、可破解难题的书评；这是一篇为他喝彩的评论，一篇匡谬补缺的评论，一篇富有批判精神的评论，目的是为了巩固本书作者的神圣地位，尽管他早已名正言顺地赢得了这个地位。邓库姆欣然接受了，也心悦诚服；他既没有表示反对，也没有提出异议，因为那些顽固的纷繁复杂的念头故态复萌了，因为他度过了心情极端恶劣的两天。他已经认识到，他不但应当从此决不再离开这张床，这样他这位青年朋友也许会情有可原地留下来，他还应当非常温和地对待旁观者的耐心，大可不必向他们提出苛刻的要求。休大夫去过伦敦了，因此，他努力想从他眼中看出点儿蛛丝马迹来，想知道他是否把那位伯爵夫人安抚好了，那笔遗产是否最终敲定了；然而他看到的只是休大夫读到报纸上的两三句话时所流露出的那种稚气未脱的喜悦之情。邓库姆没法看清报纸上的这些话，可是，当这位访客坚持要把这几句话再念一遍时，他却摇了摇头，没有被这三言两语的话冲昏头脑。"啊,算了吧;不过,对于我应该能够做成的事情而言,这些话还是适用的!"

"所谓'应该能够做成'的事情,主要是指事实上已经做成的事情吧。"休大夫强词夺理地说。

"'主要是',没错。可我偏偏就是一个白痴啊!"邓库姆说。

休大夫果然留了下来,最后的结局很快就要来临了。两天之后,邓库姆对他说——虽然用的是开玩笑的口吻,却一点儿也不好笑。他说,不管有没有第二次机会,现在看来不会有任何问题啦。一听这话,休大夫惊得瞪大了眼睛。他愣了一下,然后大声说道:"哎呀,事情终究会过去的——事情终究会过去的!这第二次机会是给读者大众的——是一个如何去找准角度、如何去发现珍珠的机会!"

"啊,珍珠!"可怜的邓库姆心神不宁地叹了口气。一丝微笑,寒冷得犹如冬日的残阳,从他憔悴的嘴唇上一掠而过,随即他又补了一句:"珍珠是还没来得及写出的东西——珍珠是还没有雕琢成的璞玉,是长眠不醒,是一命呜呼!"

从这一刻起,他变得越来越置身事外了,把发生在他周围的一切事情都当作耳边风。他的病无疑是致命的,自从那次心搏骤停使他有幸与休大夫偶遇之后,他的病情就开始持续恶化了,严重得犹如一艘巨轮被撞出了一个漏洞。这艘巨轮在持续不断地下沉。尽管这位访客,一个出类拔萃、多才多艺的人,如今已经获得了他那位内科医生的恩准,使出浑身解数日夜守护着他,减轻他的痛苦,可怜的邓库姆照样还是一副既不表示赞许、也不置之不理的样子,丝毫没有显示出遗憾或者臆想的症状。然而,在奄奄一息之际,他却露出了生命的迹象,说他注意到了,休大夫有两天没来过他的房间。他突然睁开眼睛,问他这两天是不是去照看伯爵夫人了。

"伯爵夫人已经死啦,"休大夫说,"我心里明白,万一突然犯病,

109

她就挺不过去了。我是去给她下葬的。"

邓库姆瞪大了眼睛。"她留给你那笔可观的财产了吗?"

小伙子笑了笑,在这愁云密布的病房里,那笑声轻微得几乎听不到。"一分钱都没有。她临死前还在恶狠狠地诅咒我呢。"

"诅咒你?"邓库姆嘀咕了一声。

"因为我放弃了她。我是为了你才放弃她的。我不得不做出选择。"他的同伴解释说。

"你的选择就是让一笔财富付诸东流?"

"我的选择是接受我为之醉心的东西所产生的重大成果,无论这些成果可能会是什么。"休大夫微笑着说。随后,他又说了一句更加诙谐有趣的话:"一笔财富,绞死它得了!要是我没法把你那些东西从我的脑袋里挤出来,那就是你自己的过错啦。"

他的幽默立刻迎来了一阵连续、低沉的呻吟声。之后,不知过了多少个小时,不知过了多少日子,邓库姆都一动不动、神情恍惚地躺在那儿。一个如此毅然决然的回答,对一个已成定论的结果如此一目了然的一瞥,以及如此令人放心的一种信任感,都在他脑海中交相辉映,接着便产生出一种奇异的骚动,慢慢改变、化解了他的绝望感。那种寒冷的湮没感脱离了他——他仿佛毫不费力地浮游上来了。这件小事显然非同小可,而且散发着一种更加强烈的光芒。在生命垂危之际,他朝休大夫做了个手势,示意他过来听他说话,当休大夫双膝着地跪在他枕边时,他又把他拉近了一些。

"你已经使我认识到,这种事情完全是一种妄想。"

"不是你的荣誉吧,我的朋友。"年轻人结结巴巴地说。

"不是我的荣誉——是又怎么样呢!这就是荣誉——去经受考验,去获得我们小小的品质,去散发我们小小的魅力。关键问题是,要让某个大人物喜欢才行。当然,你恰好特别热心,可是,这丝毫也影响不了这条律令。"

"你就是一位功成名就的大人物啊!"休大夫说。他那朝气蓬勃的声音里犹如注入了清扬悦耳的婚礼的钟声。

邓库姆躺着接受了这句话;随后,他勉强打起精神,再次发表起自己的观点来。"第二次机会——那是妄想。世间只有一次机会,永远不会再有第二次机会。我们在黑暗中奋力拼搏——我们竭尽全力——我们倾情奉献。我们的怀疑就是我们的激情,而我们的激情则是我们的使命。剩下的就是对艺术的痴迷。"

"即使你有过疑问,即使你绝望过,你向来都把事情'做成'了。"他的访客巧妙地争辩道。

"我们总算做成了一桩什么事情。"邓库姆退让地说。

"做成了一桩什么事情,就等于做成了所有的事情。这是走遍天下都行得通的道理。这就是你!"

"马屁精!"可怜的邓库姆挖苦地叹息道。

"可是,我这话是大实话呀。"他的朋友不依不饶地说。

"这话的确不假。即使有挫折,那也算不了什么。"

"挫折是唯一的人生。"休大夫说。

"是啊,挫折终究会过去的。"可怜的邓库姆的话语声几乎听不见了,但是,他却用这句话为他的第一次也是仅有的一次机会画上了圆满的句号。

(吴建国 译)

地毯上的图案

一

我写过几篇东西,也挣了几个便士——甚至还有了时间可以动脑筋想一想,我觉得我比那些总爱居高临下看我的人所认为的要有修养些;不过,当我对自己所走过的路做一番评价时(一个爱为琐事而瞎操心的习惯,因为这条路至今也没有走多远),我把乔治·科维克气喘吁吁、心急如焚地跑来请我帮个忙的那天晚上算作我真正意义上的开端了。他写过的东西比我多,因而挣的钱也比我多,尽管耍小聪明的机会有的是,但我认为,他有时也会错失良机。无论如何,那天晚上,我只能向他表态说,他从未错失过一次助人行善的机会。他提出让我为《中间》周刊准备一篇文章,得知他的来意后,我简直喜不自胜,这可是我们发表严肃文学作品的重要喉舌啊。它之所以被称作《中间》,是因为其出版日期在一周中的中间位置。这篇文章原本是由他亲自负责撰写的,现在倒好,他把写这篇文章所需要的素材用一根结实的绳子捆扎好,摆到了我的写字台上。我一把抓住他赐予我的这个机会——评论这部作品的第一卷——却没太注意我朋友是怎么解释他的请求的。还有什么解释比我显然能胜任这个任务更有说服力吗？我曾写过有关休·维雷克的文章，却还没有一个字登载在《中间》上呢。在报社，我打交道的主要都是些女流之辈和没什么名气的诗人。这部小说是维雷克的新作，是发行前的样书。不管这部作品会对他的声誉产生多大或多小的作用，我当即就很清楚，我的名声将会随之发生怎样的改变。再说，如果我总是一拿到他的作品就读起来的话，我现在又多了一个特殊的翘首以待他的作品的理由。我接受了邀请，下周日就去布里奇斯，何况吉英夫人也在请柬里提到过，维雷克先生必定到场。我阅历尚浅，同他这般赫赫有名的人物见面难免会心情激动，而且还十分天真地以为，出席这种场合势必要求我表现出我是拜读过他的"最新作品"的。

科维克虽然答应了要为维雷克的这部新作写一篇书评，但他甚至连读这本书的时间都挤不出来。他已经焦头烂额，事情起因于一份急件——要求他务必赶乘那趟夜班邮车前往巴黎；他断定，那是情急之下仓促想出的应对之策。他收到了格温多琳·欧姆发来的一封电报，回应了他之前主动要求赶过去帮助她的那封信。对于格温多琳·欧姆，我略知一二；虽然我从没见过她，但我有自己的看法，大体是，只要她母亲一去世，科维克便会与她结婚。那位太太现在倒好像要以一种公平的方式来成全他了：大概是因为严重水土不服的缘故，她在归国途中突然病倒了。她女儿既无依无靠，又顾虑重重，既希望能兼程回国，又担心会有风险，于是便接受了我们这位朋友的帮助。我私下里认为，欧姆夫人一见到他，身体准会好起来。科维克自己的想法简直不算什么秘密，反正也看得出，与我的想法截然不同。他给我看过格温多琳的照片，说她虽然不漂亮，却特别有吸引力。她十九岁的时就出版了一部三卷本小说《内心深处》。在《中间》周刊，他曾为这部小说写过极尽溢美之词的书评。他赞赏我现在的满腔热忱，并且保证说，他推荐的这家刊物也理当对我热忱相待。最后，他一手撑着

113

门对我说:"当然,你不会出什么问题的,你心里有数。"见我有点儿茫然,他又补了一句:"我的意思是,你总不至于犯傻吧。"

"犯傻——关于维雷克!哎呀,我只知道他特别聪明,还能看出什么名堂来吗?"

"唉,这不就是在犯傻吗?'特别聪明'到底是什么意思?看在上帝的分上,尽量读懂他吧。别因为我们之间的调整让他为难。说到他的作品,你知道的,如果你做得到,就参照我的书评风格来写。"

我一时有些摸不着头脑。"你的意思是,要把他当作整个作家群体中最出类拔萃的大腕儿——像那样来写吗?"

科维克差点儿憋得说不出话来。"哦,你知道的,我不会像那样按他们的名气论先后;那样做就还停留在艺术的初级阶段!不过,他给我带来的那种愉悦还真难得一见。那种感受,"他沉思了片刻,"还真有点儿说不清呢。"

我又纳闷了。"请问,那究竟是什么样的感受呢?"

"我亲爱的老弟,这正是我想让你来说的啊!"

甚至还没等科维克"砰"的一声带上门,我就赶紧捧起书,为自己该怎么写这篇书评着手准备起来。维雷克的这部小说,我一直拜读到深夜;科维克大概都不会如此卖力的。维雷克特别聪明——我坚持这一点,但他怎么也称不上最出类拔萃的大腕儿。不管怎么说,反正我没有提及整个作家群体;我自鸣得意的是,这一回我总算脱离了艺术的初级阶段。"这篇东西还行吧。"编辑部的那帮人喜形于色地表了态;所以,等这一期一出来,我感觉,我与那位大人物见面也就有了谈资。起初一两天,我对此还是有信心的,然而,没过多久,这份自信心就慢慢泄了下去。我曾料想,科维克会津津有味地读这篇书评的,可是,倘若连他都不满意,维雷克本人又岂会满意呢?我不禁寻思,仰慕者的热情有时甚至会比写作者的胃口还要大。无论怎样,科维克从巴黎写给我的信中反正带着点儿不高兴的情绪。欧姆夫人的身体正在复原中,至于维雷克给他的感受到底是什么,我在书评中只字未提。

二

我的布里奇斯之行的用意,就是要让自己走出来,好去挖掘更多的奥秘。等在那儿见到休·维雷克时,我才发现,他居然是一个很平易近人的人,我不由得为自己在准备那些小小的应对措施时想象力竟如此贫乏而羞红了脸。如果他情绪尚佳,那并不是因为他读过我那篇书评。事实上,我在那个周日的早晨就知道了,他没读过那篇书评,尽管《中间》出刊已有三天了,而且我心里有底,它正像鲜花一样绽放在并不景气的期刊百花园里。那些期刊使其中的一张镀金桌子看上去宛如火车站里的书报摊。从我个人角度来说,他给我造成的印象就是这样的,因此,我很希望他能看一看我写的那篇文章。为了达到这个目的,我偷偷摸摸地伸出手去,装着漫不经心的样子,把《中间》移到了更加显眼的位置。不瞒你说,我甚至在留意观察着我这一招的效果,可是,直到午餐时分,我的留意观察纯属枉费心机。

后来,在大家前呼后拥地一同去散步时,我才忽然发觉,我居然陪伴在这位大人物身边走了半个钟头,若不是另施小计,大概也办不到。由于他那平易近人的样子,我便油然生出一个更为强烈的愿望:我对他做过别出心裁的评价,他不该再这样毫不知情了。这倒并不是说他好像渴望得到公正的评价似的,恰恰相反,从他的言语中,我还听不出有一星半点儿的牢骚话——要是有这层意思,凭我这初出茅庐的阅历,也早该听出来了。近来,他的名气越来越响,正如人们过去常在《中间》上所说的,能看到他脱颖而出也不失为一桩可喜可贺之事。他当然不算众人热捧的对象,不过,据我判断,他兴致好的原因之一恰恰就在于，他的成功与此无关。从某种意义上说，他依然还在风头上，批评家们至少也是一蹴而就地跟上了他的步伐。他到底有多聪明，我们也终于看清了，但他也得好自为之，免得丧失了这种神秘感。走在他身边时，我恨不得让他知道，这一曝光有多少是我的功劳。有一刻，要不是我们这伙人当中有一位女士抢占了他另一只胳膊肘的位置，我说不定就把我的想法和盘托出了，无非也就是出于比较自私的情感向他邀功而已。这种事情着实令人沮丧，我甚至觉得，这种冒昧的举动是我咎由自取。

平心而论，我已经话到嘴边了，是一两句应该在恰当的时刻表达的恰当的话；不过，我后来也很庆幸，我没把话说出口，因为散步回来后我们聚在一起吃茶点时，我看到吉英夫人挥舞着《中间》，胳膊伸得老长，原来她压根儿就没跟我们一起外出散步。她闲来无事，拿起了这份刊物，她很喜欢她所看到的内容。于是，我便想，我自己没法办到的事情，她倒说不定能替我办到呢，正所谓男人身上的错误放在女人身上，往往就是一件大好事。"有些妙不可言的实话还是需要有人说出来的。"我听到她在大声说着，并顺手把那篇文章塞给了坐在壁炉旁的一对满脸困惑的夫妇。我们散步回来后，休·维雷克就上楼换衣服去了，一看见他焕然一新地出来，吉英夫人又把那篇文章从他们手里夺了过来。"我知道，你一般是不看这种东西的，不过，你这次实在有必要看一看。你还没看过吧？那你一定得看看。这个人确实把你琢磨透了，他抓住了我一贯的感受，你知道的。"吉英夫人的眼睛里流露出一种别样的神情，显然想表达一下她那一贯的感受是什么；可她又补了一句，说她形容不出来。那个人在文章里以一种惊人的方式说出了这一点。"你就看看这儿吧，还有这儿，看看我画线的地方，瞧他是怎么阐明这一点的。"她确实把我这篇文章中最精彩的段落为他标了出来，不过，倘若连我都感到有点儿好笑，维雷克本人大概也会有同感。当吉英夫人要当着我们大家的面朗读某段话时，他到底感到有多好笑也就再明显不过了。不管怎样，我喜欢他那份潇洒的做派，他无限深情地把刊物从她手里拽走，没让她的意图得逞。他准会把这份东西带到楼上去，在换晚礼服时看这篇文章的。半个小时之后，他果然这么做了——他准备回房间时，我看见他手里就拿着那份刊物。机不可失，想着吉英夫人会感到高兴，我便对她说，我就是这篇书评的作者。我估计，我的确让她高兴了一下，只不过不如我原本所期望的那么高兴罢了。倘若作者是我"独立署名"的，这篇东西似乎就不会那么引人瞩目。那我岂不是非但没有为自己增光，反倒削弱了文章的光彩？她的贵妇人派头无疑会被这些最为反常的落差所左右。这倒无关紧要；我唯一关心的是，我这篇文章对坐在楼上那间卧室炉火旁的维雷克会产生什么样的效果。

晚宴上，我便留意寻找这一感想的蛛丝马迹，满以为他眼里总该露出点儿喜色了；然而，令我失望的是，吉英夫人压根儿就没给我印证的机会。我本来希望她会神采飞扬地招呼全桌的人，当众询问她说得对不对。出席这次晚宴的客人很多——还有不少是局外人，但我从没见过有哪一张餐桌能长得足以剥夺吉英夫人那大获全胜的喜悦之情。实话实说，我当时正在暗暗寻思，这张长得一眼望不到头的桌台没准会剥夺了我喜获成功的愉悦之情呢。岂料，就在这时，坐在我身边的那位客人，那位可亲可敬的女士——她是波伊尔小姐，本教区牧师的妹妹，一个体格健壮、嗓门很大的人儿——忽然乐呵呵地来了灵感，一反常态地鼓足了勇气，隔着桌子主动与维雷克搭讪起来。维雷克的确就坐在她对面，但并非面对面地坐着，所以，他答话时两个人都得向前探身。真是个缺心眼儿的家伙，她居然问起他对吉英夫人的"高见"有什么看法，她也读过那篇文章——不管怎么说，反正她没有把那篇文章与她右手边的邻座扯在一起；我竖起耳朵等着听维雷克回答。令我目瞪口呆的是,我听到他含着满嘴的面包愉快地朗声回答说:"哦,还行吧——不过是那种老生常谈的废话!"

我看见维雷克说这话时朝我瞥了一眼,幸好有波伊尔小姐那一脸惊讶的表情替我做了挡箭牌。"你是说,他对你的评价有失偏颇?"这个智商无与伦比的女人说。

维雷克哈哈大笑起来,我也很开心,因为我居然还能跟着笑出声来。"那是一篇妙趣横生的文章呢。"他冲着我们俩说。

波伊尔小姐的下巴颏简直要横跨桌布戳到那边去了。"啊,你这人太深沉啦!"她一针见血地说。

"深沉得像汪洋大海呢!我能姑妄言之的只是,那篇文章的作者看不到……"就在这关键时刻,一盘菜从他肩头传了过来,我们只好等着他先给自己拨了菜再听下文。

"看不到什么呢?"我的邻座接着问道。

"什么也看不到。"

"我的天哪——怎么会那么愚蠢啊!"

"不是一丁点儿愚蠢呢,"维雷克又笑了起来,"谁都不行。"

坐得离他稍远些的那位贵妇人引得他谈兴大发,波伊尔小姐只好缩回身子,重新坐回到我身边。"谁也看不出任何名堂!"她兴冲冲地大声说道。我回答说,我常常也这么想,不过,对我来说,由于某种说不清道不明的原因,我把这种看法当作自己独具慧眼的佐证了。我没告诉她那篇文章是我写的;但我注意到,在餐桌的另一头,吉英夫人正忙着,没听到维雷克的这番话。

晚餐后,我刻意避开了他,因为他太刚愎自用了;坦白地说,这就是他在我心目中留下的印象,这种顿悟不啻为一件令人痛苦的事情。"老生常谈的废话"——我那篇笔锋犀利的评论!人们固然仰慕他,但也有权保留一两点个人见解嘛,难道这一点竟会让他恼羞成怒到那种地步？我还以为他是个心平气和的人呢，他确实够心平气和的；这种外表不过是一块冷酷无情、被打磨得锃亮的玻璃板，内里却暗藏着他那不足挂齿的虚荣心。我真的感到有些恼火了，唯一聊以自慰的是，假如谁也看不出任何名堂，那就意味着乔治·科维克也看不出多少名堂，他和我并无区别。然而，这种安慰似嫌不够，不足以让我在女眷们都散了后仍保持着优雅得体的风度——我指的是，穿上一件斑斑点点的夹克衫①，哼着一支小曲儿，走进吸烟室去。我垂头丧气地径直朝卧室走去；不料，在过道里，我却迎面撞见了维雷克先生，他恰好从他的房间里出来，是再一次上楼来换衣服的。他哼着小曲儿，穿着一件吸烟夹克衫，一看见我，他吓了一跳，那副怡然自得的样子顿时没了踪影。

"亲爱的年轻人，"他高声说，"能抓到你，我太高兴啦！我恐怕有口无心地伤害了你的感情呢。我是说，我在晚宴上对波伊尔小姐说的那些话。半个小时前，我才从吉英夫人那儿得知，《中间》上的那篇短评是你写的。"

我连忙申明，好在骨头还没断。没想到，他竟一路陪着我走到我的房间门口，一手搭在我的肩头上，善意地试探着我是否骨折了。一听说我是上楼来睡觉的，他便请求我允许他跨过我的门槛，用三言两语告诉我，他对我这篇文章所作的那种评价到底意味着什么。他确实怕我受到了伤害，这是明摆着的，对我来说，他的这种挂念之情顿时起到了天翻地覆的作用。我那不值一提的书评飘向了九霄云外，我在书评里说的那些最精彩的话与他本人此时此刻的光辉相比，已然变得平淡无奇了。我现在依然还能回想起他当时的模样：他站在我的地毯上，在壁炉火光的映衬下，穿着那件斑斑点点的夹克衫，他那张眉清

---

① 此处指烟装，即吸烟时穿的衣服，通常用丝绸制成，印花图案，罗缎翻领。

目秀的脸庞神采奕奕，怀着要向我这个年轻人表达他的关爱之情的热望。他起初到底想说什么，我并不知道，但我认为，他是在看见我就此释怀之后才受到触动，把他的肺腑之言说出口的。的确如此，我当即就听懂了那些话的言外之意，我事后才知道，那些话他之前从来没有向任何人吐露过。我对别人要慷慨陈词的冲动向来听之任之，这便使他打开了话匣子；他这样做纯粹出于愧疚，因为他无意间怠慢了一个地位远不及他自己的文人，更何况还是一个如此这般对他大加赞赏的文人呢。为了纠正这种错误，他确实是以平等的身份对我说话的，而且站在我们彼此最喜欢的立场上说话。时间、地点、意想不到的方式，都加深了我的这一印象：他的做法不可能比这更精妙、更富有成效了。

三

"我真不知道该怎么对你解释才好，"他说，"不过，正因为你为我这本书写的短评透着那么点儿悟性，正因为你那异乎寻常的敏锐眼光，我才产生了那种感觉——对我而言，这是由来已久的事了，请你相信。由于一时失控，我才借题发挥，对那位好心的女士说了那些你理当反感的话。我不大看报纸上的那些东西，除非人家像那样硬塞给我看——这种事情通常也只有最好的朋友才干得出来！不过，我从前还是偶尔看看的——十年前吧。我敢说，那时候，报纸上的那些东西从总体上看比现在还要愚蠢；不管怎么说，我向来认为，他们并没有切中我那小小的要害之处。他们赞许我也好，抨击我也罢，结果都同样令人叹为观止。无论什么时候，每当我偶然朝他们瞥上一眼，就会看到，他们依然还在那儿激情澎湃地高谈阔论——依然不得要领，我是说，照样还是那副怡然自得的样子。我亲爱的老弟，你没切中要害啊，尽管你怀着无与伦比的自信；你是特别聪明，你这篇文章也特别好，却连一根头发丝大的作用都没起到。正是在你们这些后起之秀面前，"维雷克笑着说，"我才痛心疾首地感到，我是个多么失败的人啊！"

我怀着强烈的兴趣聆听着，随着他越说越多，我的兴趣也愈发强烈起来。"你是一个失败者——天哪！那你的那个'小小的要害之处'到底是什么呢？"

"这么多年过去了，这么多年辛勤探索的结果，难道非得我告诉你们不可吗？"这句亲切友好的责备似乎话里有话——虽然是以诙谐的口吻夸大其词地说出来的，使我这个热切追求真理的年轻人不禁羞惭得面红耳赤。从某种意义上说，尽管我早已习惯了自己生性愚钝，至今也依然和从前一样懵懵懂懂；然而在那一刻，维雷克那种乐呵呵的腔调却让我自惭形秽，活像一头笨得出奇的蠢驴，大概在他看来也是。我正要大声疾呼："啊，没错，别告诉我。为了尊重我的面子，为了尊重职业操守，别说啦！"岂料，他还在继续往下说，那种态度似乎表明，他已然看透了我的心思，对我们有朝一日总会幡然醒悟的那种可能性，他也胸有成竹。"说到我那个小小的要害之处，我的意思是——我该怎么说呢？——那个独具一格的东西就是我所写出的这些作品所刻意追求的。每一个作家难道不都有一个诸如此类的独具一格的东西吗？这个独具一格的东西就是最能激励他专心投入创作的东西，那种不费力气就能得到的东西，他是根本不会去写的。对一个作家来说，他的创作激情中最重要的激情，他的创作事业中最重要的组成部分，艺术的火焰燃烧得最炽热的那一部分，不就是这个独具一格的东西吗？唉，这就是问题的关键所在啊！"

我思考了片刻。我已经听得入迷了——你会说，这么轻而易举就入迷啦；话虽这么说，但我绝不会就此放松警惕的。"你的这番形容确实很漂亮,却并没有使你所形容的东西十分确切地显现出来。"

"我向你保证,一旦你开始认识到这一点,它就会十分确切地显现出来了。"我看得出,我们正在讨论的这个话题所具有的魅力同样也感染了我的这位同伴,他那热情洋溢的程度丝毫不亚于我自己。"不管怎么说,"他接着说,"我总可以为我自己辩解一下吧:我的作品中都有一个立意,倘若没有这个立意,我的整个创作就会毫无意义。它是我所有这些作品中最精妙、最完整的创作意图,而充分运用这个立意,我认为,就是一种成功,它胜在有韧性,胜在有独创性。我应当把这些话留给别人去说才对;可是,这个迄今为止没人讨论的问题,恰恰就是我们正在讨论的问题。从一本书到另一本书,我的这个小花招一直贯穿其中,相比之下,其他的一切不过是表面文章。兴许有一天,我那些作品的层次、表现形式、结构肌理,会给那些刚入门的人树立起一套全面再现这一立意的标杆呢。所以,它理所当然是留给那些批评家去寻求的东西。在我看来,"我的这位来访者微笑着又补充了一句,"甚至是有待那些批评家去发现的成果呢。"

看来这的确是一个事关重大的使命啊。"你称它为一个小花招?"

"那不过是我稍稍自谦的说法罢了。它倒真是一个精巧的谋略呢。"

"那你认为,你的这一谋略已经实现了吗?"

"实现这一谋略的方法可以说是我一生中颇有点儿洋洋自得的事情。"

我一时默然无语。"难道你不觉得你应当——稍微——帮助一下那位批评家吗?"

"帮助他?除此之外,我一笔一画写出来的东西还有什么意义呢?我已经对着他那张茫然不知所措的大脸直接喊出我的意图啦!"说到这里,维雷克又放声大笑起来,把一只手搭在我的肩头,想以此来表明他这话并非针对我的相貌而言。

"可是,你谈的是刚刚入门的人啊。因此,你瞧,还是应当先有个入门的程序才行啊。"

"看在老天爷的分上,除此之外,文学批评还有什么别的意义?"一听这话,我恐怕又脸红了,但我重复了我的看法,认为他这番自我粉饰的话或多或少缺乏一个普通人借以理解事物的常识,想借此来逃避与他正面交锋。"那只是因为你们从来不曾正眼看一看的缘故,"他反驳道,"如果你们正眼看一看,我们所讨论的这个要素很快就会转化成你几乎能一目了然的东西啦。对我来说,它就像这个烟囱的大理石一样具体,完全是触手可及的。此外,批评家也绝不是一个普通人。假如他是一个普通人,那么请问,他在他邻居的花园里干什么呢?你自己就绝不是一个普通人,你们诸位'存在的理由'[1]也正是因为你们都是机敏过人的小精灵。如果说我自以为了不起的事情是一个秘密,那也只是因为它本身就是一个不便告人的秘密——是这令人惊奇的事件迫使它成了一个秘密。我不仅从来没有采取过一丁点儿预防措施来干这种事,而且从来也没有梦想过会出现这种意外情况。假如我曾想到过,我事先就不会有这份勇气继续写下去了。事实上,我也是在写作过程中逐渐意识到的,而在此期间,我已经完成了我的作品。"

"那你现在很喜欢它吗?"我壮起胆子问道。

"我的作品?"

"你的秘密。这都是一码事嘛。"

"你果然猜到了这一点,"维雷克回答道,"这就是一个佐证,证明你很聪明,如我所说的那样!"这句话使我备受鼓励,于是,我便说,他显然不会忍痛割爱的。他也推心置腹地说,现在看来,这的确

---

[1] 原文为法语:raison d'être。

是他人生的最大乐趣。"我活着的目的差不多就是要看一看,这个秘密究竟会不会被人发现。"他看着我,仿佛想提出一个开玩笑似的难题,他的眼睛深处好像有什么东西在向外窥望着。"不过,我大可不必担心——这个秘密不会被人发现的。"

"你点燃了我从来没有被点燃过的激情呢,"我回答道,"你使我下定决心要追究到底啦。"随后,我又问道:"那是一种只有内行才能揣摩得出的启示吗?"

一听这话,他的脸色顿时沉了下来——他伸出一只手来,仿佛要向我告别似的。"啊,我亲爱的老弟,那种东西是无法用平庸的新闻语言来描述的。"

我当然知道,他会变得特别爱吹毛求疵,不过,我们的这场谈话却让我感受到,他的痛处有多少已经暴露出来了。我并不满足于此——我握着他的手不放。"那么,在我最终宣布我的新发现的那篇文章里,我就不用这个说法好了,"我说,"不过,我敢说,即使不用这个说法,我也会勉为其难认真去做的。但是,为了加快那篇难产的文章的进度,你就不能给老弟透露一点儿线索吗?"说完这句话,我感觉轻松多了。

"我的整部作品——每一页,每一行,每一个字母——都清清楚楚地为他提供了线索。那东西就好比笼中的鸟儿,鱼钩上的钓饵,捕鼠夹里的奶酪,很具体地摆在那儿呢。它塞在每一卷中,如同你的脚塞在你的鞋子里一样。它管辖着每一行,它挑选着每一个字,它遍布在每一个笔画之中,它安排着每一个逗号的位置。"

我挠了挠头。"它是文体风格中的某种东西吗?或者是创作思想中的某种东西?它是一种形式上的因素,还是一种情感上的因素呢?"

他再次宽宏大量地握了握我的手,我感觉我的问题问得毫无深度,我的区分方法也很蹩脚。"晚安,我亲爱的老弟——别再为它自寻烦恼啦。不管怎样，你毕竟还是喜欢我的。"

"那么，要一点儿小聪明会不会毁了它呢？"我仍然不肯放他走。

他犹豫起来。"唔，你的身躯里有一颗心脏，你说它是一种形式上的因素，还是一种情感上的因素呢？我的观点是，在我的作品中至今还没有任何人提及的东西，可归划为生命的器官。"

"我明白了——它是跟生命有关的某种思想，或者是某种哲学。要不然就是，"我脑瓜子一热，大概比刚才还要随心所欲地补充了一句，"那是你在文体风格上所玩弄的你特别擅长的游戏之类的花招，那是你在语言文字上所刻意追求的某种东西。那或许就是对字母 P 的一种偏爱吧！"我不揣冒昧、信口开河地胡诌起来。"诸如 papa（爸爸）、potatoes（土豆）、prunes（梅干）——是那类东西吧？"他还是那副与他的身份相称的包容我的态度；他只是说，我说的那个字母不对。不过，他谈笑风生的兴致已经荡然无存，我看得出，他已经厌倦了。无论如何，我还有别的事情非得打听清楚不可呢。"你自己是否有本事一拿起笔来，就能把这一点清清楚楚地写下来——给它定一个名称，用贴切的言语把它表达出来，系统地对它加以阐述呢？"

"呃，"他情不自禁地叹了口气，"但愿我是你们这帮年轻人当中的一员，一拿起笔来就能写！"

"对你来说，这当然是一个绝好的机会。可是，你为什么瞧不起我们这帮年轻人呢？就因为我们不做你自己也做不了的事情吗？"

"做不了？"他睁大了眼睛。"难道在那二十卷著作里我还没把这一点讲清楚吗？我以我的方式行事，"他接着说，"你们却不按你们的方式行事。"

"我们的方式实在太难啦。"我软弱无力地说。

"我的也是啊。我们每个人都可以选择自己的方式。这并没有强制性。你不想下楼去抽支烟吗？"

125

"不了。我要把这件事想想明白。"

"这么说,你明天早晨就能告诉我,你已经彻底揭开了我的秘密?"

"我得考虑一下我有没有那个本事呢,我就枕着这个问题睡觉啦。不过,我还有一句话要说,"我又补了一句,我们这时已经离开了房间——我又陪着他沿着走廊走了几步,"照你的说法,这不同寻常的'总的创作意图'——因为这是我能促使你做出的对这个谜团最为形象逼真的形容——总的说来,是不是一种被埋没了的不可多得的艺术瑰宝?"

他脸上露出了喜色。"没错,可以这样说吧,尽管这种话由我来说大概不太合适。"

"胡说八道!"我笑着说,"你知道的,这是你最引以为豪的事情呢。"

"好吧,我本来不想对你说这种话的;不过,这的确是我灵魂深处的一大乐事。"

"你的意思是,那是一种超凡脱俗、蔚为壮观的美感吗?"

他迟疑了片刻。"是这世上最令人赏心悦目的东西!"我们已经停下了脚步,他一说完这话,便扬长而去了。然而,在走廊的尽头,当我还在依依不舍地望着他的背影时,他蓦地转过身来,看见了我满脸困惑的样子。于是,他便真诚地摇了摇头,又摆了摆手,我的确感到忧心忡忡。"算了吧——这件事就算了吧!"

这并不是在出难题——这是父辈般的忠告。假如我手头有一本他的书,我肯定会重复我最近出于一片赤诚之心的行动——我肯定会熬夜苦读他的作品。凌晨三点,由于睡不着觉,更由于回想起他对吉英夫人来说是多么不可或缺,我便拿着一支蜡烛,蹑手蹑脚地下了楼,径直朝图书室走去。就我所能查找到的范围来看,这间屋子里竟没有一行他写的东西。

四

　　回城后，我拼命收集他的所有作品；我把它们按顺序一本本地挑出来，对着夜灯仔细研读。对我来说，那不啻为疯狂的一个月，在这期间发生了好几件事。其中一件事，也是最难以启齿的一件，我不妨提前先说了吧，那就是，我接受了维雷克的忠告：我放弃了我那荒唐可笑的努力。在这件事情上，我到头来真有可能一无所获；事实证明，这是一大损失。毕竟，如同他本人所看到的那样，我从前还是喜欢他的，而目前出现的状况简直是适得其反，我的焕然一新的理解力和劳而无功的苦思冥想，破坏了我对他的一片喜爱之情。我不仅没能找到他那个总的创作意图——令我意想不到的是，我居然还把我之前已经找到的那些次要的创作意图也弄丢了。他的作品甚至都不再是那种很有韵味、令我着迷的东西了。我苦苦寻求的这个惹人恼火的结果，使我不再喜欢他的那些作品；它们非但不能增添一丝乐趣，反而让人越读越没法消遣。从我顺着作者所给的线索追究不下去那一刻起，我就自然而然地感觉到，能否十分内行地利用我对这些作品的了解，是一个事关面子的问题。我没有一知半解——谁都没有。这是令人丢脸的事，不过，这一点我还可以忍受——它们现在只是让我感到很窝火。到最后，我甚至都觉得十分无聊了。于是，我把造成这一切混乱的原因都归结为——是维雷克愚弄了我。我承认，这种想法有悖常情。那个被埋没了的不可多得的瑰宝就是一个恶作剧，那个总的创作意图是一种极其荒谬的装腔作势。

　　不管怎么样，这段时间里发生的最重要的插曲，是我把这件事的来龙去脉全都告诉了乔治·科维克，而我提供的这些信息对他也产生了不小的作用。他终于回来了，然而不幸的是，欧姆夫人也跟着回来了，所以，我看得出，他的婚姻大事暂时还不成问题。听了我从布里奇斯带回来的种种轶事，他大为激动；他起初就有这种感觉，维雷克的作品中还有很多单靠肉眼无法发现的东西，这件事完全印证了他最初的感觉。我说，印刷品之所以被专门发明出来，似乎就是给眼睛看的。我话音刚落，他就立即指责我说，我是因为碰了壁，才这样满腹怨言的。我们俩之间的交流向来那样畅所欲言、无所顾忌。维雷克跟我提到的东西，恰恰正是科维克本想让我在书评中谈论的东西。最后，我建议说，有了我如今为他提供的这些帮助，毋庸置疑，他会做好充分准备，亲自上阵来讨论这个问题的，他马上直言不讳地坦言，在动笔写这篇书评之前，他还有很多东西必须弄明白。倘若这部新作的书评当初由他来写，他大概也会这么说，这位作家的艺术深处显然暗藏着玄机，有待人们去理解。我并没有把话说到那个份上：难怪这位作家一直不受抬举呢！我问科维克，对那位作家自己所说的那个过于微妙的东西，他到底是怎么看的。毫无疑问，我这话立即使他激动起来，他回答说："那绝不是庸俗之辈所能理解的——那绝不是庸俗之辈所能理解的！"他似乎抓住了什么东西的尾巴，他要生拉硬拽，把它完全拽出来。维雷克莫名其妙地对我说的那番推心置腹的话，都被他点滴不漏的盘问榨干了。然后，他一面说我是凡夫俗子中最幸运的人，一面又列举了五六个问题，说我当时要是机灵点儿，当即就提出这些问题，那该多好。然而，另一方面，他又不希望我知道得太多——那会破坏看到谜底被揭晓的乐趣。我的乐趣在我们见面时还没有完全丧失，但我知道，这份乐趣眼看就要丧失殆尽了，科维克也心知我预见到了这个结局。就我自己这一方面言，我同样也看出，他马上要做的第一件事，就是迫不及待地跑去找格温多琳，把我的故事告诉她。

就在我和他促膝谈心之后的第二天，我出乎意料地收到了休·维雷克的一封来信。按他在这封信里的说法,他是因为在一本杂志上偶然看到了某一篇由我署名的文章,才回忆起我们曾在布里奇斯不期而遇的情景。"我怀着十分愉悦的心情拜读了这篇文章,"他在信中写道,"在这篇文章的感染下,我回顾了我们在你卧室炉火边的那场热烈的交谈。这次面谈的前因后果关系重大,我开始思量起来,我那样做是不是过于鲁莽了,我把某种认识强加给了你,你也许会认为这是一种负担。既然那股冲动已经过去了,我现在简直无法想象我当时怎么会情绪激动到如此失态的地步。在此之前,无论膨胀到何种程度,我都从未提到过我那个小小的秘密的根由,我今后也绝不会再谈论这种事情了。我完全是出于偶然,才这样直言不讳地与你交谈的,这种做法已经远远超出我过去在我的游戏中应有的风度;因此,我发现,这种游戏——我指的是玩这种游戏的乐趣——已经遭受了相当大的损失。总而言之,但愿你能理解,我已经大大破坏了我的兴致所在。我确实不想把你们这些聪明的年轻人称之为内情的那种东西透露给任何人。当然,这是出于一种只为自己着想的焦虑心态,因此,我对你的直言相告,不论是真是假,姑且供你参考吧。倘若你肯屈尊迁就于我,就不要把我透露给你的东西转而告诉别人。权当我是个狂人好了——这是你的权利;但是,请不要把个中缘由告诉任何人。"

这封信直接导致的后果是,翌日一大早,我就驱车闯到了维雷克先生的家门口。那些年,他就住在肯辛顿广场[①]附近的一座古色古香的豪宅里。他立即接待了我,一进屋我就看出,我还没有丧失能引起他欢笑的那种生理机能。他一看到我这张脸,就忍不住哈哈大笑起来,毫无疑问,这说明我当时正哭丧着脸。我太不谨慎啦——我深感

[①] 肯辛顿广场(Kensington Square),伦敦繁华街区,坐落在金士顿大街南部,是上流社会时髦人物常去的地方。亨利·詹姆斯在写这篇小说时,就住在与之相隔仅几条马路的海德公园附近的住宅区。

愧疚。"我已经告诉某某人了,"我气喘吁吁地说,"我敢断定,那个人这时候已经告诉了另外某某人!而且还是个女人!"

"你已经告诉的那个人吗?"

"不是,是另外那个人。我完全相信,他肯定已经告诉过她了。"

"那样干对她有什么好处——对我有什么好处!女人永远也查不出真相。"

"没错,但她会到处散播消息:她会干出一些你恰恰最不希望发生的事情。"

维雷克思索了片刻,但他并不像我担惊受怕时那样慌了神。他认为,即使祸事已经酿成,那也是他自作自受。"没关系——别发愁啦。"

"我向你保证,我会尽力而为的,你跟我说这些的话,我不会再外传。"

"很好。你量力而行吧。"

"与此同时,"我不依不饶地说,"乔治·科维克所掌握的那个内情,对他那一方而言,说不定真能提供点儿线索呢。"

"那将是美妙的一天。"

关于科维克的聪明才智、他对维雷克的那份仰慕之情,以及他对我的轶事所表现出的那种强烈的兴趣,我都告诉了他。即便我并没有过多谈及我们彼此所提到的这些评判存在多大差距,我的这位朋友也已经有了他自己的看法,因为他看待某一特定事物的眼光要比绝大多数人远得多。他已经被激发得跃跃欲试了,与我在布里奇斯时的状态一样。再说,他跟那位风华正茂的女士正沉浸在爱河之中呢,这两个人加在一起或许能琢磨出什么名堂来。

维雷克似乎对这一点特别在意。"你是说,他们准备结婚了吗?"

"我敢说,那是早晚的事。"

"那也许会对他们有所帮助的,"他承认,"不过,我们也得给他们些时间才行!"

我说起了我自己准备发起的新一轮进攻,并向他坦言了我所遇到的诸多困难。我话音刚落,他就重复了一遍他此前曾给过我的那句忠告:"算了吧,这件事就算了吧!"他显然认为,我还不具备去冒这个险的智慧。我在他家待了半个小时,他倒也十分温厚,可我又没法不认为他是一个情绪多变的人。他时而心血来潮,对我很直爽,时而又懊悔不迭,现在忽然又变得漫不经心起来。这种随随便便的轻率态度更让我确信,就内情这一话题而言,内里其实并没有多少名堂。即便如此,我还是设法让他回答了几个与此相关的问题,尽管他在回答时已经明显很不耐烦了。毫无疑问,就他本人而言,我们大家都如此茫然不解的那个东西明明就摆在那儿呢。我猜想,大概就是原始规划中的某种东西吧,如同一条波斯地毯上的一个错综复杂的图案一样。他极为赞成我所采用的这个形象比喻,但他自己又换了另一种说法。"它就是那根生命线,"他说,"我的珍珠就串在那根线上!"他给我写那封信的理由是,他实在不想给我们提供一星半点的援助——我们的命运是一种过于完美的东西,有其自己的规律,不可教化。他已经养成了靠这个秘密吃饭的习惯,因此,要想破除这个符咒,必须通过其自身的某种力量才行。如今,他的形象又栩栩如生地浮现在我眼前,与最后那次见面的情景一样——因为从此我再也没和他说过话——他是一个为自娱自乐而严守某个秘密的人。离开他家时,我心里还在纳闷,不知他究竟从哪儿弄到他的那个内情的。

五

当我向乔治·科维克说起我收到的那封告诫信时,他却使我感到,任何对维雷克的精微之处的怀疑,几乎都是一种侮辱。他早已急不可耐地把这件事告诉了格温多琳，不过，格温多琳的热烈响应本身就不失为一种谨慎行事的誓约。他们现在会全神贯注于这一问题的，他们会尽情享受这份乐趣，绝不会舍得把它拿出来与众人共享。他们仿佛凭着本能一下子就弄懂了维雷克那独具一格的闹着玩儿似的概念。但是，无论他们对自己的才智有多得意，我对他们正准备着手进行的这件事还是能提供更进一步的线索的，他们还不至于对我漠然置之。他们的确具有"艺术家的气质"，我也耳目一新地体会到，为了一个艺术问题，我这位同行有能力让自己兴奋起来。他或称之为学问，或称之为人生——其实都是一回事。从他话里有话的样子，我这时才恍然大悟，他同样也是在替格温多琳说话，等到欧姆夫人的身体有了好转，格温多琳也有了喘口气的工夫，他便特意向她介绍了我。我至今还记得，那是八月里的一个星期天，我们相邀聚集在切尔西区①的一所拥挤不堪的屋子里，我当时还特别羡慕科维克呢，因为他拥有一个与他志趣相投的朋友。他可以跟她说些我根本没法向他启齿的话。她确实毫无幽默感，再者，瞧她把脑袋一歪不搭理人的那副漂亮样儿，有句常言说得好，她就是那种你巴不得要摆脱的人。但是，她们这一类人却靠自学掌握了匈牙利语。她说不定就是用匈牙利语与科维克交谈的；令人诧异的是，她对他的朋友几乎不说英语。事后，科维克才对我说，那是由于我一副明摆着不乐意的样子，不愿跟她谈维雷克对我说的那番话的详情，扫了她的兴的缘故。我承认，我感觉我已经思考得够多了，只能把详情公开到这个程度：难道我还没有认定那是空洞的、是经不起推敲的吗？他们从主观上认为它很重要，这本身就很令人气恼——这简直是对我持不同意见怀恨在心嘛。

---

① 切尔西区（Chelsea），伦敦市著名文化区，位于伦敦市西南部，是英国文艺界名人雅士所钟情的聚集地。

这个说法似乎有些不近人情，而有可能出现的情况却是，每当我看到其他人居然会因为一个实验每天乐此不疲，我就感到自己很没面子，而这个实验给我带来的却只有屈辱。我守在屋外，守在寒风之中，他们这时却依偎在晚间的炉火旁，凑在明灯下，在原本由我吹响的号角声中跟踪追击。他们现在干的事与我之前干的如出一辙，只不过多了几分从容不迫，多了几分善于交际而已——他们会从头开始细读他们所喜欢的这位作家。不必着急嘛，科维克说——未来在向他们召唤呢，那份痴迷也只会与日俱增；他们会一页一页地翻阅他的作品，就像对待一部古典文学名著一样。他们会慢慢地、一口一口地吸纳进去，让他的作品深深沁入他们的五脏六腑。我怀疑，他们若不是沉浸在爱河之中，是否还会像那样精神振奋。可怜的维雷克，他的作品的奥秘倒给了他们无尽的机会，使他们这两颗年轻的脑袋凑在了一起。那个奥秘仍然代表着科维克所特别擅长的那一类问题，牵引着他为之而活着的那种独出心裁、有的放矢的忍耐性。到时候，他一定能拿出更加惊人也更富成效的例证，让我们拭目以待吧。套用维雷克的话来说，他起码也算得上一个用心缜密的小精灵。我们起初就互相争执不下，不过，我很快就看出，倘若我一点儿忙都不肯帮，他的痴迷就是在活受罪。他会重新走上我之前走过的冤枉路，沿着错误的线索奋勇直追下去——他会为新燃起的火花拍手叫好，却又眼睁睁地看着翻动的书页刮起的妖风把它们给吹灭了。我对他说，维雷克嘛，无非是狂人那一类的人罢了，他们信奉疯人理论，认为莎士比亚的著作出自隐秘人物之手。针对这一点，他回答说，如果我们手里有了莎士比亚本人的言论作为佐证，即可说明维雷克的作品中也暗藏着某种隐晦的玄机，他一定会很果断地接受这个说法的。这个案例则完全是另一码事——我们唯独只有"翘尾巴先生"的言论。我反驳说，看到他居然连维雷克先生的那种言论都如此看重，我感到十分惊愕。他当即劈头盖脸地质问我是否把维雷克先生的话当作谎言了。由于提不起精神，要把话说得那么直白，我也许还没有思想准备，但我坚持认为，除非相反的情况能得到证实，否则，我只好把它当作痴人说梦般的想象了。我承认，这话我并没有说出口——我当时也不十分清楚，我是五味杂陈啊。欧姆小姐准会这样说，我内心深处既惴惴不安，又有所期待。就我个人而言，在我纷乱无绪的心境的核心处——因为我的好奇心依然还存活在它的灰烬之中——还有一份意识的敏锐性，总觉得科维克到头来说不定会查出个什么所以然来。为了替自己的轻信辩护，他大肆渲染他已取得的成果：长久以来，在对这位天才作家的研究中，他已经抓住了他不知为何物的某种东西的气息和踪迹，似乎是一曲神秘的音乐里微弱且飘忽不定的一串串音符。那正是它的不同凡响之处，那正是它的魅力所在：它与我之前所报道的情况完全吻合。

如果说我曾几度重返切尔西区的那座小别墅，我敢说，我既是为了去打探欧姆小姐母亲的病情，同时也是为了去打听维雷克的消息。我在科维克那儿度过的时光全都历历在目，就我心目中的形象而言，科维克犹如一个国际象棋手，眉头紧蹙，一言不发，在灯火通明的整个冬天里，他都在潜心琢磨他的棋盘以及每一步棋的招数。随着我的想象渐渐丰满起来，那幅画面便定格在我脑海中挥之不去了。棋桌的另一边是一个活像幽灵的形体，一个对弈者若隐若现的身影，他心情虽好，却有点儿疲惫，俨然一副稳操胜券的样子——这个对弈者仰靠在他那张椅子上，双手插在口袋里，眉清目秀的脸上挂着一抹微笑。亲密无间地站在科维克身后的是一位姑娘，她起初给我的印象是：脸色苍白、容颜憔悴、身段匀称。等后来看得眼熟了，才觉得她模样还是挺端庄的；她依偎在科维克的肩膀上，全神贯注地看着他下的每一步棋。他时而拿起一颗棋子，悬停在棋盘上方的一个小方格上方迟迟不落子。过了一会儿，他又失望地长叹一声，把那颗棋子放回原处。这时，那个妙龄女郎就会轻轻地、局促不安地挪动一下她的位置，接着便非常凶悍、非常放肆、非常怪异地盯着对面那个影影绰绰的棋手。在这笔业务的早期阶段，我曾问过他们，要是他们跟维雷克有更为密切的交流，对他们解开那个秘密是否会有所帮助。特殊情况当然得予以考虑，总得让我有一个合适的机会介绍他们与维雷克认识呀。科维克当即便回答说，没准备好祭品，他绝不会走向祭坛。无论是关于消遣的说法，还是关于荣誉的说法，他都完全同意我们这位朋友的观点——他会用自己的来复枪打下那头动物。当我请教他欧姆小姐是否也算得上一位目光敏锐的神枪手时，他犹豫了片刻，然后才说："算不上。说来惭愧，她想设置一个圈套。她什么事情都做得出来，但求能与他见上一面；她说她还需要再找出一条线索来。她在这件事情上真是有些病态了。但她必须光明正大——她绝不能见他！"他语气很重地加了一句。我有些疑惑，不知他们是否甚至在这个话题上也发生过一些争吵——虽然他不止一次地向我大声疾呼："她有十分惊人的文学造诣——你知道的——水平高得令人难以置信！"却并没有因此打消我的怀疑。我至今还记得他对她的评价，说她特别强调自己的感受，特别注重自己的思想。"啊，一旦我终于挖出了他的秘密，"他说，"到那时，你知道的，我会敲开他的门。肯定会的——请你相信我。我要听他亲口说：'你说得对，我的小兄弟，你这回终于成功了！'他必将宣布我是胜利者——给我戴上文艺评论家的桂冠。"

在此期间，他果真避开了伦敦的社交生活也许会眷顾他的那些机会，没有与那位超凡脱俗的小说家见面。然而，随着维雷克即将无限期地离开伦敦，这一危险也就随之消失了，正如报纸上宣称的那样——维雷克要奔赴南方的动机与他妻子的健康有关，由于身体欠佳，他妻子长期过着遁世隐居的生活。自从那次在布里奇斯的邂逅之后，恍然间，时光已经过去了一年之久——不止一年了，而我却再也没碰到过维雷克。我至今都觉得，我打心底里感到羞愧——我真不愿再去提醒他，虽然我曾那样不可救药地没能领会他的要旨，我笔锋犀利的名声却在迅速蔓延，简直要压得我喘不过气来了。我良心上的这种不安给我造成了许多麻烦，使我没有脸面再踏进吉英夫人家的大门，甚至使我想谢绝去她那美丽的乡间邸宅一坐的邀请，尽管我不懂规矩，她照样还是那么热情，一再向我示好。有一回，在一场音乐会上，我看见她和维雷克坐在一起，我发誓，他们肯定也看见了我，但我趁他们不注意悄悄溜了出来。那一次，踏着四溅的泥水走在雨中时，我真感到束手无策；事到如今，我依然还记得，我当时对自己说，世道艰难，甚至还很残忍呢。我不仅失去了那些书，与那位作家本人也失散了：对我来说，那些书，连同其作者，都被我毁掉了。我也知道失去这两者中的哪一个最让我感到痛惜。我喜欢那个人，远远胜过我喜欢那些书。

六

维雷克离开英格兰六个月之后，靠写作谋生的乔治·科维克签约了一项工作，为此，他得身不由己外出一段时间，这趟旅程也相当艰苦，他揽下这个差事的做法也大大出乎我意料。他姐夫已经成了一家地方大报的主编，而这家地方大报，出于异想天开的突发奇想，想出了一个主意，要指派一名"特派员"前往印度。在"大都市报业"圈中，特派员这一职位已经开始风行起来，我们所说的这家报社感觉自己被看成一个籍籍无名的乡下亲戚为时太久，这才闻风而动的。科维克根本不是这块料，我知道，他没有做记者应当具备的那种大刀阔斧的文笔；不过，那是他姐夫的事情，而接手一项并非他本行的特殊任务，说不定恰恰正是他接受这项使命的理由呢。他已做好准备，要像希律王①那样血洗大都市新闻界的一贯作风;他要采取严厉的预防措施遏制那种自命不凡的学究气,他要以精湛的手法宰杀审美品位。殊不知——那个品位完全就是他自己的品位。除了各种开销之外,他还将获得适当的报酬,而我也忽然发觉,我能助他一臂之力,为这本普普通通、有利可图的书大张旗鼓地安排一家普普通通、有利可图的出版商。我顺理成章地推断,他想赚点儿钱这一显而易见的愿望,与他日后想娶格温多琳·欧姆为妻的愿景不无关系。我心里有数,她母亲是反对这桩婚事的,主要是因为他一没资产,二没赚大钱的本事。然而十分蹊跷的是,我上次和他见面时,当我旁敲侧击地说起他会不会跟我们那位妙龄女郎分手的问题时,他冲我大吼一声,口气重得让我吓了一跳:"啊,我跟她没有一点儿婚约关系,你知道的!"

"没公开罢了,"我回答说,"因为她母亲不喜欢你呀。不过,我总是想当然地认为,这是一个私下里达成的谅解。"

"好吧,过去倒是有一个。但是,现在没了。"他只说了这些,此外,他好像还提到了欧姆夫人,说她竟然奇迹般地恢复了健康——根据这句话来判断,我猜想,他巴不得我相信他话里的意思呢。他的潜台词是,如果那位医生不认同欧姆夫人恢复了健康,这私下里达成的谅解也就没什么用处了。我心里冒昧地想到的其实是,欧姆小姐已经有些疏远他了。唉,假如他一反常态嫉妒起来了,打个比方说,那也不大可能是嫉妒我吧。即便如此(且不说这何其荒唐可笑),他也不会一走了之,留下我跟欧姆小姐单独相处的。在他动身前的一段时间里,我们压根儿就没有提到过那个被埋没了的艺术瑰宝。看他那沉默寡言的样子,大概是因为我也寡言少语的缘故吧,我得出了一个轮廓

---

① 希律王(Herod,公元前74年—公元前4年),以残忍闻名,曾试图杀害幼儿耶稣(详见《圣经·新约全书·马太福音》第二章第一节)。

鲜明的结论。他的勇气已经衰落下来了，热情也同我一样冷却了——这一推论至少是他留给我来玩味的。比这更严重的是，他已经无能为力了；我或许已经带着胜利的喜悦坦然接受了一种直言相告的认输，他却无法正视这一胜利。可怜的老兄啊，他其实根本不必担忧，因为我这时早已丧失一心要赢得胜利的必要了。事实上，我觉得我的表现已经够宽宏大量了，没有因为他一蹶不振而责备他，因为他匆匆放弃这场游戏的那份智慧让我比以往任何时候都感受到，我最终还是这么依赖他。如果科维克败下阵来，我就永远也不会知道维雷克的秘密是什么了；如果连他都解不开，那就没有一个人能派上什么用场了。这绝不等于说我对那个知识再也不关心了。渐渐地，我的好奇心不仅又开始隐隐作痛，而且成了我意识深处见惯不怪的折磨。有人无疑会认为，他们遭受的这种折磨似乎比不上疾病的种种扭曲来得更合乎情理；不过，在说到这方面时，我毕竟也不知道我为什么非得提到这些不可。不管怎样，对为数很少的那几个人来说，无论反常与否，就其牵涉到我的轶事而言，文学是一种靠技艺取胜的游戏，技艺意味着勇气，勇气意味着荣誉，荣誉意味着激情、意味着生命。桌上的赌注是一种另当别论的物质，我们的轮盘就是那围绕着轴心旋转的心灵，但我们坐在这张绿色桌台的周围，如同蒙特卡洛①的那些冷面赌徒一样全神贯注。这样说的话，格温多琳·欧姆的那张苍白的脸和那双直勾勾的眼睛，活脱脱就是那种人们在那些赌运气的寺庙里所遇到的那些瘦弱女子的模样。我认为，在科维克出国期间，她让这个类比变得更加真实了。我承认，她为写作艺术而活着的那种精神确实过于夸张。她的激情明显在困扰着她，然而在她面前，我简直感到兴味索然。我只好再次捧起了《内心深处》。那是一片她已然迷失在其中的沙漠，

---

① 蒙特卡洛（Mont Carlo），摩纳哥首都城市，世界著名赌城。

但是，在那片沙漠里，她也照样在沙土中挖出了一个绝妙的洞——更令人惊奇的是，科维克硬生生地把她从这个洞穴中拽了出来。

三月初，我收到了一封她发来的电报。一看到这封电报，我便立刻打起精神赶往切尔西，到了那儿，她对我说的第一句话是："他终于弄懂了，他终于弄懂了！"

我看得出，她那万分激动的样子，说的一定是那件大事。"维雷克的立意吗？"

"他的总体创作意图。乔治已经从孟买发来了电报。"

她把那封报喜的电报打开来放在那儿。电文十分醒目，却很简短："已知。博大精深。"这就是整个电文——他节省了署名的费用。我和她一样激动，但又感到失望。"他没说那到底是什么啊。"

"他怎么能——在电报里说呢？他会写信说的。"

"但是，他是怎么知道的呢？"

"知道那是真实存在的东西吗？啊，我相信，你看到它就知道了。从她的步态就能判断出，她是女神①！"

"给我带来这么好的消息的人就是你呀，欧姆小姐，你才是'女神'呢！"我兴高采烈、滔滔不绝地说起来，"不过，还真想不到，居然在毗湿奴②的庙宇找到了我们的女神！好奇怪啊，乔治在那种充满异国风情、令人心醉神迷的氛围中，居然还有本事再来钻研这件事！"

"他并没有刻意去钻研它，我知道的；是这件事本身，在被严丝合缝地搁置了长达六个月之后，简直就像一头突然蹿出林莽的母老虎

---

① 原文为拉丁语：Vera incessu patuit dea，可译为"从步态判断她是女神"，引自古罗马诗人维吉尔的史诗《埃涅阿斯纪》。此段故事讲述了女神维纳斯伪装成斯巴达女猎手，为其子埃涅阿斯逃出困境指点迷津。埃涅阿斯仅依据她转身的神态，便识破了女神的真实身份。
② 毗湿奴（Vishnu），印度教三大主神之一，为守护之神。

一样朝他猛扑过来。他并没有随身带走一本书——是故意没带;他大概的确也不需要——他每一页都背得出来,同我一样。每一页都互为映衬,统统在他的心里酝酿着,说不定哪一天,说不定在什么地方,在他并未苦思冥想的时候,原先完全处于极端纷繁复杂状态的事物,突然就排列成了那个唯一正确的组合。地毯上的图案终于凸显出来了。他知道它会以怎样的方式出现,也知道他为什么要去那儿,以及我同意他去的真正理由——你当时一点儿也不理解,不过,我想,我现在也许可以告诉你了。我们早就知道,这种工作变动会起作用的,思维方式的不同,场景的不同,会提供必不可少的感触,提供神奇的震撼力。我们完美无缺地做过测算,我们审时度势地做过权衡。这些要素统统都装在他的头脑里,于是,在一次前所未有、紧张剧烈的经历的冲击[①]下,它们就擦出火花来了。"她自己肯定也擦出火花来了——实事求是地说,她真的是红光满面。我结结巴巴地说了些我自己也不知深浅的表示祝贺之类的话,她又接着说:"他马上就要回国了——这个秘密会驱使他回来的。"

"你是说,回来见维雷克吗?"

"回来见维雷克——还要见我呢。想想看,他会有什么话要告诉我吧!"

我犹豫了一下。"关于印度的?"

"胡说八道!关于维雷克——关于那个地毯上的图案。"

"可是,像你说的,我们肯定要从书信中去了解详情呀。"

她像受了启发似的想了想。这时,我忽然回想起很久以前科维克对我的描述,说她的面部表情非常有趣。"如果它'博大精深',一封信大概是说不完的。"

[①] 原文为法语:secousse,意为"冲击,震动"。

"如果是博大精深的废话，一封信大概是说不完的。如果他真有什么话没法用一封信说完，那他就还没弄懂那件事。维雷克自己亲口跟我说的话是，千真万确，那个图案可以用一封信说完。"

"好吧，一个小时前，我给乔治发过电报——两个词。"格温多琳说。

"请原谅我的鲁莽，我能问一下是哪两个词吗？"

她难以启齿，但最后还是说了出来："'天使，写信。'"

"好！"我大声说，"我也给他发个相同的电报去——就这么定了。"

七

无论如何，我的电文绝对不是一字不变的——我用另一个词替换了"天使"；事后看，我用的称呼语似乎更加贴切，因为等我们终于收到科维克的来信时才发觉，他这样做仅仅是为了吊我们的胃口，他完完全全是为了吊我们的胃口。由于这一胜利，他气势大涨，他把他的发现形容为"令人惊叹"；但他的欣喜若狂只是为了混淆视听——要等到他把他的想法面陈过那位最高权威之后才知分晓，否则他不会透露任何细节。他放弃了他的特派员工作，放弃了他要写的书，他放弃了一切，他急需即刻赶往意大利热那亚海边的拉帕罗[①]，因为维雷克正准备在那里小住几日。我给他写了一封信，等他到了亚丁[②]即可收到这封信——我恳求他解除我心中的悬念。有一封电报表明，他找到了我这封信，但这封电报是辗转数日之后才到我手中的，而我发到孟买的那封简短的电报并没有收到回音。显然，他是以这封电报回复

[①] 拉帕罗（Rapallo），意大利地中海沿岸历史文化名城。
[②] 亚丁（Aden），也门海港城市，位于红海入口处，是往返于印度的游船停靠搭载的常规港口。

我的两封函电的。电文中的寥寥数语用的都是当下流行的亲昵法语，科维克常用这种方法来炫耀自己，表明他并不是一个令人讨厌的道学先生。对某些人来说，这种做法适得其反，不过，他这封电文大致可译为："要有耐心。我想看看，谜底突然揭晓时，你会做出什么样的面部表情！""我想看到你的面部表情[①]！"——这是我不得不坐下来思考的问题。我当然不能让人说，我已经坐下来思考了，因为我好像还记得，在这一时期，我总是来去匆匆地奔波在切尔西区的那座小别墅和我自己家之间。我们的不耐烦，格温多琳的不耐烦，我的不耐烦，彼此不相上下，但我一直希望她的理解力会比我更加透彻。这段时间里，我们这些收入不高的人都在电报上花费了不少钱，我翘首期盼着，等那个发现秘密的人和那个秘密被发现的人会合之后，我们立即就能收到从拉帕罗那边传来的消息。等候的时间度日如年，不过，后来有一天，在天色很晚的时候，我听到一辆双轮双座马车嘎啦嘎啦地朝我门前驶来，一声洪亮的断喝之后，随即便是"哐啷"一声。我惊愕得心都堵到嘴里了，紧接着，我一跃而起，飞奔到窗前——这一迅雷不及掩耳的行动使我看到了这一幕：一位妙龄女子身板笔直地站在那辆马车的踏脚板上，正急切地仰头朝我的屋子张望。一看见我，格温多琳便使劲挥舞着手中的一张纸，这一动作促使我立即奔下楼去。这个动作倘若放在情节剧里，就是有人在绞刑架下挥舞手帕和缓刑令的动作。

"见洽维雷克——分毫不差。热烈拥抱我——留我住一月。"我刚看完她那张纸上的电文，坐在车辕上的马车夫便咧开嘴冲我笑了笑。兴奋之下，我慷慨地付给了他一大笔小费，她也很兴奋，便听之任之了。等马车夫驱车离去后，我们一边走，一边聊起来。天晓得，虽然

[①] 原文为法语：Tellement envie de voir ta tête。

我们之前已经谈得够多了，但这次谈话还是让我们备感兴奋。我们遐想着科维克在拉帕罗的整个情景，为获准前去拜访，他一定给维雷克写过求见信，也提到了我的名字；这是我的遐想，因为我掌握的材料比我这位同伴多嘛。当我们有意停下脚步，站在我们并不会朝里面看的商店橱窗前时，我感觉她一直在全神贯注地听我讲话。有一件事我们是清楚的：如果他打算留下来进行更充分的交流，那他至少也该寄一封信来，好让我们熬过这段凌乱不堪的时光。我们理解他准备留下来的用意，但我认为，我们彼此都心知肚明，对方是讨厌他这样做的。我们拭目以待的那封信终于寄来了；信是写给格温多琳的，我只好及时赶去拜访她，省得她麻烦再把信捎给我。她没把信念给我听，这当然是情理之中的事，但她向我复述了这封信的主要内容。这封信里有这样一句特别耐人寻味的话，等他们两人成婚后，他会把她很想知道的事情如实告诉她的。

"他要等我们结了婚之后才肯说——不能在婚前说，"她解释，"这就等于说——是不是这回事？——我必须马上嫁给他！"她满面春风地望着我，而我却失望得满脸绯红，那个被一推再推的幻想使我起初都没意识到自己的惊讶表情。他这话似乎还不只是个暗示，换作是我，他同样也会把某个令人讨厌的条件强加给我的。在她报告了他这封信里的另外几桩事情之后，忽然间，我想起了科维克临行前对我说的那番话。他发觉维雷克先生具有令人神魂颠倒的人格魅力，他拥有的那个秘密也是一种令人陶醉的精品。那个被埋没了的艺术宝藏就是货真价实的黄金和精美绝伦的宝石。既然它有生存的空间，它似乎就能在他的眼前不断成长、不断壮大；它会历经沧桑而不衰，会被所有的人交口传诵，会成为艺术之花中最美丽的一朵。最重要的是，一旦你有机会面对面地与它相见，你就会看出，没有什么东西能比它更臻善臻美了。一旦它出现了，它的本质也就显露出来，披着一身灿烂的光华屹立在那儿，让你羞愧得无地自容；在这个没有底线、庸俗不堪的时代，人人都俗不可耐、腐化堕落，每一种感官都趋于停滞，除此之外，我们没有丝毫的理由能解释为什么它被忽视了。它既博大精深，又简明易懂——它既简明易懂，又博大精深，人们最终对它的认识，就是一段无与伦比的经历。他宣告说，这种经历的迷人之处，这种让人想趁着新鲜将它一饮而尽的欲望，正是使他在靠近源头处流连忘返的缘由。格温多琳把这些支离破碎的片段抛给我时，脸上毫不避讳地带着兴奋，为有一个比我更加看好的前景而高兴得神采飞扬。此情此景将我的思绪又拉回到她的婚姻问题上来，促使我追问她，她刚才使我感到很惊讶的那句话，是否意味着她已经与科维克订过婚了。

"当然是啦！"她回答道。"你难道不知道吗？"她好像感到很诧异，但我反倒觉得更诧异了，因为这与科维克对我说的话恰好完全相反。不管怎样，我没提起这一点；我只是提醒她说，我还没到那种能够推心置腹地跟她说私房话的程度，或者说，甚至连科维克都还没有把我当作知心朋友呢。况且，我对她母亲的禁令也并非毫不知情。在我内心深处，这两种大相径庭的说法使我备受困扰；但是，转念一想，我感到科维克的说法才是我最不会产生怀疑的。如此一来，我只好扪心自问，是不是这姑娘随机应变，临时编造了个已有婚约的假话——在旧版本上修补了一番，或者匆匆捏造了一个新的版本——目的是为了达到她所渴望的那种满足感。我猜想，她一定足智多谋，具有我所缺乏的应变能力。不过，她马上回答了我，使她的案情稍微有了些眉目："事情的进展状况一直是这样的，我们当然早已心有所归，但在妈妈有生之年，我们决不越雷池半步。"

"但是，你现在认为，你可以全然不顾你母亲同不同意啦？"

"啊，还不至于发展到那种地步吧！"我心里有些纳闷，那会发展到哪种地步呢，只听她又接着说，"可怜的亲妈啊，她也许得吞下这剂苦药了。事实上，你知道的，"她呵呵一笑，又补了一句，"她真的必须啊！"——替涉及此事的每一个当事人着想，我完全能体会到这个主意的强大力量。

八

我从来没有遇到过比这更让人窝火的事情：我猛然发觉，科维克抵达英格兰时，我将没法到场盘问他一番。我身不由己地被紧急召唤到德国，原因是我弟弟得了急病。我弟弟不听我的劝告，毅然跑去慕尼黑学习肖像油画艺术，也的确拜在一位著名艺术大师的门下。资助他学业的那位近亲已经发出狠话，他若是再打着似是而非的幌子转而跑到巴黎去寻求什么高端真理，就撤销给他的经济资助——对于居住在切尔特纳姆①的那位姑妈来说，巴黎不知怎么就成了万恶之源、人间地狱。我当时对这种偏见甚感悲哀，现在，这种偏见造成的严重损害已经显而易见——首先，这种偏见没能护佑这可怜的小伙子躲过肺充血这一劫，尽管他待人随和，感情脆弱，也很愚拙；其次，这个重大变故还迫使我不得不远离伦敦。现在想来，在焦虑不安的那几个星期里，我头脑里想得最多的事情恐怕就是，只要我们待在巴黎，我就可以抽空匆匆跑去见一见科维克。但是，无论从哪方面看，这种念想其实根本就办不到：我弟弟病了三个月，为了让他恢复健康，我们俩都有数不清的事情要做。在此期间，我在他身边寸步不离，在这之后，我们又不得不遵从那条严禁返回英国的医嘱。考虑到气候原因，

---

① 切尔特纳姆（Cheltenham），英格兰西南部的温泉疗养镇，一贯为多金的上流社会人士所钟情的聚集地。

而且就他目前的身体状况而言，日常生活暂时还不能自理，我便送他去了美朗①，在那里陪了他一个夏天，尽量以身作则，教他怎么重新投入到事业中去。另一面，我心里还怀着另一种狂热，那却是我不想让他看到的。

这件事的整个来龙去脉证明，最初出现的一系列现象后来都如此莫名其妙地混为一体了，倘若整合起来看（我也不得不这样看），这些现象就构成了我如今所能想到的最能说明命运的例证；毫无疑问，对于一个人的灵魂而言，这一例证足可解释命运往往是以何种方式对待一个人的满腔热忱的。当然，同我们这里所涉事物较为式微的后果相比，这些事件所具有的影响要重大得多——不过，我感觉那种后果也是一件应当郑重谈及的事情。不管怎样，我承认，我背井离乡所造成的恶果，此时此刻主要是以这种形式呈现在我面前的。甚至在起步阶段，这种精神确实就与任何安于现状的要素无关。我之所以称之为精神，是因为我的满腔热忱就源自这种精神，这才使我珍视这一术语；即便乔治·科维克从拉帕罗回来之前用那种我很反感的方式与我通信，这种精神都没有因此有所减弱。他的来信并没有起到一丁点儿安抚作用，事到如今，我不得不百分之百地相信，那是他刻意所为，事情的进展竟如此毫无章法，所以也于事无补。他已经就地开始，为一家季刊，动笔撰写一篇有关维雷克的创作的最具权威性的评论了，这项详尽无遗的研究，当今世界唯独仅有的一项有价值的研究，必定会开辟出新的视角——哦，还要毫不张扬地说出那个令人匪夷所思的真理呢。换句话说，它将透过千回百转的每一条线索，勾画出地毯上的那个图案，用不同色调将那图案再现出来。按照科维克的说法，该

---

① 美朗（Meran），意大利北部阿尔卑斯山中的一个温泉小镇，是意大利闻名遐迩的温泉疗养胜地。

成果必将是有史以来人们所绘制出的最伟大的文学画像，而他对我的要求只是，不要去问东问西地打扰他，一切都等到他把他那篇大作悬挂在我的面前再说。他使我得以荣幸之至地向世人宣告，除了那位高高在上、超然物外的了不起的画像主人公本人之外，我便是他正为之十分卖力的那篇杰作的独一无二的鉴赏家了。因此，我必须做一个乖孩子，在展出尚未准备好之前，不要试图躲在帷幕下窥探。如果我安安静静地坐在那儿，更能享受到其中的乐趣。

我恪尽职守、非常安静地坐在那儿。可是，在我去慕尼黑一两个星期之后，据我所知，也是在科维克抵达伦敦之前，当我在《泰晤士报》上看到可怜的欧姆夫人突然离世的讣告时，不禁吓了一大跳。我立即写信给格温多琳询问详情，她回信说，她母亲是死于罹患已久的心脏衰竭。从她的婚姻大事和她那丝毫也不亚于我的热切心情这两方面来看，这倒是一个解决问题的办法，要比原本所期盼的来得更及时，要比眼巴巴地等着那位老夫人吞下那剂苦药来得更彻底。她倒没有这样说，而是我冒昧地从她的话语里揣摩出的弦外之意。的确，我现在可以坦率地承认了，那时候——因为我屡屡收到格温多琳的来信——从她的话语里，我掂量出了不少稀奇古怪的东西，更从她的缄默不语中揣摩出了一些更为不同寻常的东西。我就像现在这样，手里握着笔，思绪却沉浸在如烟的往事之中，这使我重新体会到了那种最为奇特的感觉。连续好几个月，我都在不由自主地充当着一名被胁迫的旁观者。我这辈子都是凭我这双眼睛自娱自乐的，而接踵而来的种种变故似乎也迫使我把这双眼睛睁得大大的。有些时候，我真想给休·维雷克写封信，求他大发慈悲把那秘密告诉我算了。可是，我又更加深切地感到，我还没有堕落到如此猥琐的地步，此外，他也完全有理由就此把我打发走。欧姆夫人一死，科维克立刻就回国了，并且当月就"不露声色地"结了婚——我估计，他打算在他那篇文章中也像这样不露声色地公布他的发现①呢——结婚对象就是他曾经爱过又放弃过的那位年轻女士。之所以用"放弃"这个词，我不妨附带说一下，是因为我后来愈发坚信，在他奔赴印度之际，在他从孟买发来那个重大消息之际，他们压根儿就没有什么婚约。她当时言之凿凿的事情纯属子虚乌有。反过来看，他肯定是在回国的当天订的婚。这对幸福的人儿到南方的陶凯②度蜜月去了，在那儿，由于一时忘乎所以，可怜的科维克忽然想带着他年轻的新娘驾马车去游玩。那明明是他驾驭不了的事情嘛：我们早先曾有过一次同乘一辆双轮轻便马车作短途旅行的经历，这一点我深有体会。他让他的伴侣坐在一辆双轮轻便马车的车辕上，他驾着马车飞驰在德文郡绵延起伏的山冈上。到了一座风景最吸引人的山冈上时，他勒住马想停下来，那匹马却偏偏脱缰逃走了。马车带着巨大的惯性冲下山去，车上的两个人被抛得向前飞了起来，他惨不忍睹地四脚朝天摔倒在地。科维克当场命丧黄泉；格温多琳死里逃生，并无大碍。

  关于这场永远也无法挽回的悲剧，关于痛失这位挚友对我来说意味着什么，在此我不再赘述，我简略交代一下我的忍让和苦衷吧。坦率地说，得知这一噩耗后，在我写给她的第一封信的附言里，我就请教过科维克夫人，评维雷克的那篇大作是否至少堪称她丈夫的未竟之作。她的答复和我的询问来得同样迅速：那篇文章几乎还未见端倪，只有令人心碎的只言片语。她的解释是，科维克刚定下心来准备动笔写那篇文章时，就被她母亲的猝然去世打断了；回国后，因为忙于料理这突然临头的丧事，他也无暇顾及写作。刚刚开了个头的那几页就是仅存的全部遗稿。这几页文稿的文笔铿锵有力，前景让人看好，但

---

① 原文为法语：trouvaille。
② 陶凯（Torquay），位于英格兰南部德文海岸的海滨度假胜地，尤以其温和的气候著名。1895 年，詹姆斯在此地度过了夏秋两季，并构思出了《地毯上的图案》的故事梗概。

并没有揭开那位偶像的神秘面纱。那种极富睿智的写作技艺显然终将构成他的文章的高潮。她没再说别的话,使我无从了解她自己的认识水平——我原以为她会不择手段、以惊人之举去获得那种认识。我最想知道的一点是:她究竟有没有见证过那位偶像的神秘面纱被揭开时的样子?尽管观众只有一名,他们是否曾为这位激动不已的看客单独举行过一个仪式?若没有那个仪式,举办先前的那场婚礼还有什么别的用意吗?我暂时还不想强求她回答我,尽管我心里明白,在科维克出国的那段日子里,我们之间每每就这个话题交换意见时,她总是言不尽意,让我深感诧异。因此,在那之后没过多久,在从美朗写给她的信中,我便硬着头皮再次向她吁请,可以说是硬着头皮、战战兢兢地向她吁请的,因为她还是一如既往地对我守口如瓶。"虽然天有不测风云,可是,在你们欢度蜜月的那几天里,"我在信中写道,"你可曾听到过我们一直渴望听到的东西?"我使用的是"我们"这个词,也算一个小小的暗示吧。她的回应向我表明,她能领会这个小小的暗示。"我有幸听到了一切详情,"她在回信中说,"但我打算保守这个秘密!"

九

既然对她怀着最为强烈的同情心,就不可能对她的处境无动于衷。因此,一回到英格兰,我就尽我所能,处处都无微不至地关心着她。她母亲的逝世使她一下子富裕起来,于是,她便搬了家,住在一个环境更加舒适宜人的住宅小区里。但她所蒙受的损失是不可估量的,天谴无情啊;此外,我永远也料想不到,她后来居然会认为,拥有一条技术性的线索,一次文学方面的体验,就可以化解她的悲痛。说来也怪,即便如此,在看望过她几次之后,我心里依然还在情不自禁地幻想着,我是不是遇见什么奇人奇事了。我得赶紧补充一下,我过去也曾碰到过其他一些令我情不自禁地浮想联翩的事情；由于我从来就没有觉得我对这些事情真的很清楚，因此，就我在此所谈及的问题而言，在证据不足的情况下，我对她的记性姑且不作怀疑。尽管遭逢不幸、茕茕孑立，但她的才华极高；现在嘛，尽管正沉浸在极度悲痛的服丧期里，她那更趋成熟的优雅丰姿，她那毫不诉苦、无可置疑的端庄娴静的气质，都无不使人感到，她正过着一种超凡脱俗的、富有尊严和美德的生活。灾难发生后的那个星期里，在答复她也许认为不合时宜的一个诉求时，她才开始以缄默不语作为对策；至于那个诉求，我也并非全然不知，我起初还设想了一个办法，总以为我很快就能扭转她那缄默不语的态度。她的矜持当然让我多少有些吃惊——我当然越想越感到困惑不解，尽管我也巴不得能解开这个谜团，有时还带着自鸣得意的心情，总想通过崇高的情感、迷信般的谨小慎微、殚精竭虑的忠诚对此做出解释。毫无疑问，她的矜持同时也极大地抬高了维雷克的秘密所具有的价值，那个神秘的东西看来已经价值连城了。我不妨就委曲求全地坦白承认吧，科维克夫人的那种出人意料的态度真好比是在那枚钉子上的最后一击，把我那不幸的想法牢牢钉在了墙上，把那个秘密转化成了我永远也无法释怀的心魔。

不过，这反倒有助于我学得乖巧和精明了，我学会要静待一段时光，然后再重提我的请求。在此期间，我做过种种推测，有一个推测尤为发人深思。科维克一直对他那位年轻的朋友讳莫如深，直到他们亲密关系的最后障碍消除之后，他才终于肯吐露秘密。格温多琳是否因为从他身上得到了某种暗示，这才认为，要想把这头怪兽释放出来，唯有在重建这种关系的基础上才可办得到？地毯上的那个图案是否只有结为夫妻的人——只有永结同心的情侣——才可以勾画或描绘出来？我忽然鬼使神差地回想起那次在肯辛顿广场的情景，我当时对维雷克说，科维克说不定已经把他的秘密告诉过他心爱的那位姑娘了，而维雷克不小心露出的口风使这一猜测显得很有道理。这种推测也许没有什么道理，但其中的奥妙却足以让我寻思，我是否非得娶科维克夫人为妻，才可得到我想要的东西？我是否准备以向她求婚为代价，来换取她有幸掌握的知识？啊！那才是鬼迷心窍的做法呢！至少在我思绪一片混乱的时候，我是这样暗暗告诫自己的。与此同时，我也看得出，她拒绝传递的那支火炬仍在她的记忆之室里飘忽不定地燃烧着——从她眼睛里泻出的一线光亮正在她那座孤零零的屋子里熠熠生辉呢。过了六个月之后，我才恍然大悟，这个色欲熏心的灵魂为什么会巴结她了。我们一次又一次地谈起了当初使我们相识的那个男人——谈他的才华、他的性格、他的个人魅力、他稳定的职业生涯、他悲惨的厄运，甚至还谈起了他那项伟大的研究的明确意图，那篇杰作势必会成为一幅最优秀的文学肖像画，类似于文艺批评中的凡·代克或委拉斯开兹①。她多次向我表示，她之所以三缄其口，是因为她性格倔强，若不遇见那个可以托付终身的人——她的原话是"合适的人"——来打破她的矜持，她是绝不会主动打破这种沉默无言的局面的。无论如何，这个时刻终于到来了。有一天晚上，我同她坐在一起的时间比平时要久一些，于是，我毅然决然地把手放到了她的胳膊上。

"瞧，现在总可以说了吧，那东西到底是什么？"

她一直在期待着我有所行动；她是有思想准备的。她久久地、慢慢地、不声不响地摇着头，仁慈仅仅是因为一时说不出话来。这份"仁慈"并没有妨碍她向我甩下那句最放肆、最锋利、最冷酷的"永远不行！"。在艰难走来的这一生中，我可谓屡次碰壁，我如今还得觍

---

① 凡·代克（Anthony van Dyke，1599—1641），比利时画家，佛兰德人，查理一世时期任宫廷画家，他的皇室家族画奠定了后世的英式风格。委拉斯开兹（Velasquez，1599—1660），西班牙黄金年代著名画家，以其为宫廷成员所作油画《宫娥》享有盛名，他的作品对画家马奈和毕加索均产生了很大影响。

151

着脸全盘接受这断然拒绝啊。我忍下了这口气,同时也意识到,由于受到这记重击,眼泪已经涌上了我的双眼。因此,我们就那么面面相觑地坐了一会儿;随后,我慢慢地站起身来。我心里还在疑惑,不知她将来有朝一日是否肯接受我,但我并没有说出这种话。我在抚平我的帽子时说:"好吧,我知道该怎么想了,那根本就算不了什么!"

她淡淡地笑了笑,流露出一丝对我的冷漠、鄙夷、怜悯之情;紧接着,她用一种直到此刻还在我耳畔鸣响的声音说:"那是我的生命!"当我站在门口时,她又加了一句:"你侮辱了他!"

"你是说维雷克?"

"我说的是逝者!"

走上大街时,我才意识到,她的责难也无可厚非。是啊,那就是她的生命——我也意识到了这一点,但它终将随着时间的流逝而让位于另一种兴趣。科维克去世一年半之后,她以单行本形式出版了她的第二部长篇小说《身不由己》,我迫不及待地找来看,满以为能从中寻找到点儿藏头露尾的仿效之处,抑或是初现端倪的面目,结果却发现,那不过是一本相比她年轻时的作品有很大长进的书。我认为,这本书只是反映了她曾有过较为优秀的交往对象。若把它比作一块结构复杂、还算耐看的织物,她这部作品就是一块图案独具风格的地毯;然而这个图案并不是我一直在苦苦寻找的那个图案。在给《中间》送去一篇有关它的书评后,我惊讶地从编辑部那边得知,有一篇短评已经在排版了。那期刊物一出来,我就毫不迟疑地认定,这篇格调庸俗、极尽浮夸之能事的文章出自德雷顿·迪恩之手,此人昔日多少也算科维克的一个朋友,是在这短短几周内才与他的遗孀相识的。我有这本书的初版,但迪恩的版本显然比我的更早。在给华而不实的东西镀金时,科维克所用的那种灵巧的手艺,迪恩是全然没有的——他只是把金银丝大团大团地涂敷在其表面。

十

六个月后,《通行权》出版了,那将是我们自我救赎的最后机会,尽管我们当时并不知道。这本书完全是维雷克在国外工作时写成的,针对它的上百篇短评均是对它的褒扬,却照例还是那些老一套的蠢话。我这回沾沾自喜地以为弄到了头一本,便马上送去给科维克夫人,这是我能给它派上的唯一用场;《中间》必不可少的嘉许颂扬之类的文章,我留给某位头脑更灵活、性情更稳定的人去写了。"可是,这本书我已经有了,"多琳格温说,"德雷顿·迪恩昨天就送来给我了,盛情难却,我刚刚看完。"

"昨天?他怎么这么快就把书弄到手了?"

"不管什么他都能抢先一步得手!《中间》上的这本书的短评将由他来写。"

"他——德雷顿·迪恩——评维雷克?"我简直不敢相信自己的耳朵。

"怎么不行呢?一个对维雷克一无所知的人来评价一个不知所云的东西,这是半斤对八两嘛。"

我不禁哑然,但我随即又说:"应当由你去评论他呀!"

"我不'评论',"她笑着说,"我是被人家评论的对象!"

刚说到这儿,房门突然被人推开。"啊,巧了,你的评论家到了!"来者正是腿长、额头高的德雷顿·迪恩,他是来了解她对《通行权》的看法的,并且带来了与这本书密切相关的信息。各家晚报刚刚出刊,上面都登载了有关本书作者的一条电讯,说他在罗马染上了疟疾,发了好几天高烧。他起初以为并不严重,但随后各种并发症接踵而来,病情急转直下,很可能引发了焦虑症。的确,人们最近普遍感到，焦虑症开始流行起来了。

我很诧异地发觉，纵然面对这些消息，科维克夫人也完全是一副置之度外的样子，她在外人面前摆出的痛惜之情根本掩饰不住她那孤傲的本性。这使我掂量出，她已经特立独行到了无以复加的地步。这种特立独行是以她所掌握的那个奥秘为支撑的，如今已经没有任何办法能破除她所掌握的那个奥秘，也没有任何办法能改变她所掌握的那个奥秘。地毯上的图案或许会再增添一两条扭曲的花纹，但最后的结论差不多已经写好了。那位作家是该走进他的坟墓啦，她是这世上最不需要他继续存在的人——她仿佛是他生前选好的继承人。这使我回想起，我曾在某个特殊的场合听到过——在科维克去世之后——她已经打消了面对面地向维雷克求教的念头。她已经把她想要的东西搞到手了，不需要再以那种方式和他见面。我可以肯定，倘若她还没有得手，她必定会使尽浑身解数，亲自出马去试探他。无非是采用那些高超的经过深思熟虑的伎俩，因为男人比女人更容易想入非非，若换作我，只会视其为一种威慑。我得赶紧补充一句，尽管我做了这个有诽谤他人之嫌的对比，但这并不等于说，换成是我，就不会那么暧昧不清。一想到维雷克或许在那一刻快要断气了，一阵悲哀不禁涌上我的心头——我痛心疾首地意识到，我是多么自相矛盾地依然还对他抱有信心。谨小慎微是对我身处逆境、不能随心所欲的一份补偿，却让阿尔卑斯山脉和亚平宁山脉横亘在我们之间了；可是对这日趋渺茫的机会的憧憬又使我感到，出于绝望，我似乎最终还会去找他。当然，这种事情我真的做不出来。我留下来又待了五分钟，在这当儿，我那两位伙伴谈起了那本新书，等到德雷顿·迪恩转而问起我对那部新作有何见解时，我一边站起身来，一边回答说，我讨厌休·维雷克——简直看不下去他的作品。离开时，我完全有把握，待门一关，迪恩准会在背后说我浅薄得一塌糊涂。他的女主人绝不会反驳他的话。

我继续用简要的文笔来追叙一下发生在我们身上的一连串非常奇怪、互为关联的事情吧。在这之后过了三个星期，维雷克便去世了，这年还没过完，他妻子也去世了。那位可怜的夫人我虽然从未见过，但我有一个纯属痴心妄想的揣测，倘若她比她丈夫命大，再多活几年，还能体面地见客，我说不定真会战战兢兢地怀揣我的诉状去拜见她。她知不知道维雷克的那个秘密呢？如果知道，她肯不肯告知一二呢？大致可以料想到，出于多种原因，她会无可奉告；可是，一旦她撒手人寰、命归天国了，我感到，放弃追寻那个秘密确实就成了我不可违逆的命运。我被永远禁锢在我的心魔之中——看守我的狱卒都一个个带着那把钥匙扬长而去了。我发觉自己活像一名被关在地牢里的囚犯，茫然不知岁月的流逝，不知科维克夫人何时摇身一变，竟成了德雷顿·迪恩的妻子。透过监狱的铁栅栏，我预见到了这个必然的结局，虽说没有很不体面地匆匆分手，我们的友情已经相当淡薄了。他们这两个人都"满腹经纶"，人们都认为他们是非常般配的一对夫妇，但我心里比谁都清楚，新娘为促成这种合作伙伴关系奉献了多少体恤之情。对于文学圈子里的婚姻而言——诚如各家报刊对这一联姻所描述的那样——从来没有哪一位新娘的嫁妆如此丰厚。我怀着十万火急的心情立即着手寻找起他们这桩婚姻派生出的成果来——我说的这项成果，其先兆会尤为明显地反映在丈夫的身上。既然女方的这份结婚礼物如此光彩夺目，我当然希望能看到他因为资源的增加而做出与之相称的表现。我知道他的资源是什么——他那篇评《通行权》的文章已经浓笔重墨地给人留下了这一印象。鉴于他现在恰好处于我偏偏恰好不处于的地位，我才得以月复一月地密切关注着那些大有可能发表此类文章的各家刊物，悉心寻找可怜的科维克生前未能发表的那个重大信息——这项重任肯定已经落在他的继任者身上了。在重新燃起的壁炉边，那个既身为遗孀又身为人妻的人，肯定已经打破了那种沉默无言的局面,也只有既身为遗孀、又身为人妻的人才有可能打破那种局面,而迪恩也会因为获知了那个秘密而兴奋得激情燃烧,如同科维克在世时那样,如同格温多琳当年那样。唉,他的心火无疑已经燃烧起来啦,不过,显而易见,那把火绝不会烧成一场举世瞩目的冲天大火。我仔细浏览了那些刊物,结果全都是白费功夫:德雷顿·迪恩的文章固然占据了大量的篇幅,但我十分狂热地寻求的那一篇,他却始终蓄而未发。他写过的话题有上千种之多,却从未涉及维雷克的那个话题。他的专长是,用他自己的话说,讲述别人要么"避之犹恐不及",要么被大家所忽略了的那些真话,但他从来没有讲述过我时至今日仍然认为唯一具有重大意义的那句真话。在各大报纸时常提及的那些文学圈子里,我曾遇见过这对夫妇:我已经作了充分提示,我们这些人生来就只配在这些圈子里兜兜转转。格温多琳因为出版了她的第三部长篇小说,更是与这些圈子融为一体了,我自己嘛,由于坚持认为这部作品远不如此前出版的那一部好,肯定被他们划为异己分子了。她这部作品之所以写得这么差,是不是因为她与之亲密相处的人比原来差的缘故呢?假如就像她之前告诉我的那样,她的秘密就是她的生命——从她那越来越红润的面容,从她有意摆出的享有殊荣的那副神态,再加上她巧妙地放下架子、平易近人的娇媚举止,我们不难看出,她的形象的确卓尔不群——那个秘密暂时还没有对她的创作产生直接的影响。这只是让人——每一件事情都只是让人——愈发渴望知晓那个秘密,也使它披着一层更加玄奥、更加隐晦的神秘色彩画上了圆满的句号。

十一

正因如此,我绝不能把视线从她丈夫身上移开。我老是在他周围踌躇徘徊的样子大概搅扰得他心神不宁了。我甚至还有点儿强人所难地想约请他跟我谈一谈。难道他真不知道？难道他还没有理所当然地卷入这个是非中来？——这个问题一直萦绕在我的脑海里。他当然知道啦；否则，他也不至于那么阴阳怪气地朝我瞪眼睛。至于我到底想要什么，他妻子已经告诉过他了，看着我无能为力的样子，他既爱莫能助，又觉得很好笑。他没有笑出声来——他是一个不苟言笑的人；令我气恼的是，他的整个理论体系必定会制造出一大片对话的空白，同他那光秃秃的大脑门一样寸草不生，如此一来，我势必原形毕露，面临甘拜下风的危险。我的一贯做法是，横下一条心，转过头去，对这些无人问津的不毛之地不予理睬，这些不着边际的领域似乎在地理学意义上互为补充，合并在一起则象征着德雷顿·迪恩缺乏自己的真知灼见，缺乏良好的精神状态。他压根儿就没那个本事去运用他所知道的东西，他实在没有能力去承担起科维克在这方面留下的任务。我还要把话说得再过分一点儿——这是我仅有的一次暗自窃喜。我认定，这个任务对他没什么吸引力。他不感兴趣，他不关心。没错，他太愚蠢，没法赏玩我所缺少的那样东西，这一点对我倒是莫大的安慰。他知道那个奥秘之后照样还和以前一样愚蠢，对我来说，这反倒使包裹着那个神秘事物的金色光环又增添了浓墨重彩的一笔。不管怎么说，我当然也得想到，他妻子大概已经强行提出了一些硬性规定和苛刻的要求。最为重要的是，我还得想到，维雷克一死，那个最大的具有激励作用的动机也就随之烟消云散了。他依然会因为那份后人或许能完成的事业受到人们的顶礼膜拜——但他再也不能对后人的研究结论给出他的认可啦。唉！除了他，谁有这个权威呢？

　　这对夫妇生育了两个孩子，但第二个孩子的出生却让母亲送了命。这一极大的不幸发生之后，我仿佛又看到了一线机会。我立即在思想上重视起来，不过，出于礼貌，我还是等待了一段时间。我的耐心总算有了回报，这个机会终于来了。德雷顿·迪恩的妻子去世一年

157

后，在一家小型俱乐部的吸烟室里，我碰到了他，尽管我们都是那家小型俱乐部的会员，但一连好几个月——大概是由于我难得去一趟的缘故吧——我都没瞧见过他的身影。吸烟室里空无一人，可谓天赐良机。经过深思熟虑，也是为了把这件事做个了断，我便主动与他攀谈起来，问起了我以为他长期以来一直在寻找的那个有利因素。

"作为你已故妻子的老熟人，我认识她的时间甚至比你还要久，"我开始说起来，"有件事一直压在我心头，你一定得容我告诉你。凡是你认为合适的条件尽管提，我都乐意接受，只求能换得她从乔治·科维克那里得来的那份资料——那份资料，你知道的，是他，那个可怜的科维克，在他人生中最开心的时刻，从休·维雷克那里直接弄来的。"

他盯我看了看，那模样犹如一尊色泽晦暗的颅相学用的半身雕像①。"那份资料——？"

"维雷克的秘密啊，我亲爱的老兄——他的作品的总的创作意图：把珍珠串起来的那根线，被埋没了的艺术宝藏，地毯上的图案。"

他开始脸红了——他头盖骨上凸起的那些数码标记开始显现出来了。"维雷克的作品有一个总的创作意图？"

这回轮到我愣愣地盯着他看了。"你说这话的意思该不会是你不知道这件事吧？"一时间，我认为他是在耍弄我。"德雷顿夫人知道这件事；我应当说，她是直接从科维克那里把这份资料弄到手的，而科维克则是经过千辛万苦的寻找之后，才找到那个山洞的真正洞口的，维雷克本人也曾为此而欣喜不已呢。那个洞口究竟在哪儿呢？他们俩结婚之后，他便据实告诉了她——只单独告诉了她一个人——等到同

---

① 颅相学（phrenology），亨利·詹姆斯那个时代所盛行的伪科学。据称，人的性格特征可以根据人的头颅的不同形状、凹凸不平处来判定。人的头盖骨上的数码标记可以显示出，某些特定的凸起处与人的某些性格特点密切相关。

样的情况重演时,她一定又告诉了你。我一直想当然地以为,就你同她的关系而言,凭着这层关系中至高无上的一条特权,作为科维克死后那个秘密的唯一保管者,她会让你知道内情的,难道是我搞错了吗?我所知道的只是,那份资料无比珍贵,我想让你理解的是,如果你愿意把那个秘密转而告诉我,那你可就帮了我一个大忙啦,我将感激不尽。"

他的脸终于涨得通红;我敢说,他起初肯定认为我已经精神错乱了。他总算一点一点地听懂了我的意思;就我自己这一方而言,我更是惊讶得瞪大眼睛望着他。"我不知道你在说什么。"他说。

他不是在演戏——这是荒诞不经的实情。"她没告诉过你?"

"从没跟我说起过休·维雷克的事。"

我目瞪口呆,感觉整个屋子都在打转。即便是这样,这种状况也太好啦。"以你的名誉担保吗?"

"以我的名誉担保。你他妈的这是怎么了?"他厉声问道。

"我很诧异——我很失望。我本来想从你嘴里打听出虚实的。"

"它不在我这里!"他尴尬地笑了笑,"话说回来,假如它在……"

"假如它在你那里,你会让我知道的——啊,没错,出于人之常情嘛。不过,我相信你。我明白了——我明白了!"我接着说,与此同时,随着命运之轮旋转了整整一个轮回,我也意识到,我出现了莫大的错觉,误解了这个可怜人的态度。我的理解是,尽管我不便说出来,他妻子一定认为,此人不值得加以调教。我忽然想到,对于一个曾认准他是她值得下嫁的女人来说,这也太让人匪夷所思了。我思来想去,最终找到的能自圆其说的理由是:她不大可能是因为他那份悟性才嫁给他的。她肯嫁给他一定另有原因。他现在已经得到了一定程度的调教,但他反而更惊愕不已,更慌乱无措了。他静下神来,想把我所讲述的事情与他被重新激活的记忆中的那些往事做一番比对。他

159

的苦思冥想总算有了结果,便立即强打起精神,振振有词地说道:

"你浮光掠影地提及的事情,我还是第一次听说呢。关于休·维雷克的那个秘密,德雷顿·迪恩夫人究竟有没有什么从没说起过的隐情,以及她有没有什么还不能敞开说的隐衷,我想,你一定是搞错了。假如那个秘密与他的文学声誉有关——她肯定希望那个秘密——能派上用场。"

"那个秘密已经派上用场了。她自己运用了它。她亲口告诉过我,那是她的'命根子'。"

此话刚一出口,我就感到悔之莫及了。他的脸变得煞白,我感觉仿佛是我给了他一记重击似的。"啊,'命根子'!"他咕哝了一声,蓦然扭过脸去。

我是真心实意地感到懊悔了,便把一只手搭在他肩上。"恳请你原谅我——我犯了个错误。我原以为你知道的东西,你其实并不知道。假如我的揣测是对的,你肯定能帮上我这个忙;我也有我的理由认为,你会设身处地满足我这个心愿的。"

"你的理由?"他重复我的话,"你有哪些理由呢?"

我心平气和地望着他。我欲言又止,我在反复权衡。"来吧,坐到我这边来,听我来跟你说说。"我把他拉到一张沙发上,我又点燃了一支香烟,接着,从维雷克的一次突然从云端下凡到人间的那段轶事开始,我绘声绘色地向他讲述了昔日发生的一系列十分离奇的意外事件;尽管确有其事,但我直到这一刻也依然还蒙在鼓里。总而言之,我把我在这里所写下的东西全都告诉了他。他听得越来越聚精会神,后来,让我大为惊讶的是,透过他时不时突然发出的感叹,透过他提出的各种问题,我渐渐发觉,他毕竟不是根本就不值得他妻子信任的人。如此唐突地体会到他妻子竟然对他完全没有信任感,难免会搅扰得他心烦气躁;不过,我也看到,眼前的冲击波随着阵阵震颤正在一点一点地平息下来，不一会儿又重新聚集起来，化为一波又一波惊奇和好奇的浪潮了——我完全判断得出，这些浪潮最终大有可能形成汹涌澎湃之势，和我自己心醉神迷时所达到的高潮一样。不妨说，今日同为壮志未酬的受害者，我们两人之间并没有多大区别。这可怜人的境况简直就是对我的一种抚慰。的确，有些时候，我感到这姑且就算是我的报复吧。

（李秋伊　吴建国　译）

人间乐土

一

乔治·戴恩一觉醒来，迎来了阳光明媚的新的一天，大自然的面貌被昨夜的瓢泼大雨洗刷得干干净净、熠熠生辉。由于怀着意气风发的斗志、改弦更张的决心、令人精神抖擞的意旨——总之，那从头再来的强大耀眼的光芒就凝聚在他那片天空中。为完成任务，他一直熬到了深夜——亟待完成的工作实在太多，简直积重难返；后来，等他终于上床睡觉时，堆积在案头的活儿却几乎丝毫未减。经过夜间短暂的休息后，他现在又得重新回到工作中去了；不过，他眼下也只能愣愣地望着那成排的有如茂密的树篱般的信件。那些由信件组成的树篱是那个上早班的邮差一小时前种下的，照例放在壁炉架旁的桌子上，由那个做事井井有条的用人将它们摆得整整齐齐。布朗那无可挑剔的管家本领似乎太有点儿不近人情了。另一张桌子上放着报纸，以同样一丝不苟的风格排列得整整齐齐。报纸太多了——究竟哪种人会需要了解这么多新闻呢？——而且那些报纸摆得就像每一个人的手都压着另一个人的脖子似的，结果是，那一大排不见身子的脑袋看上去便活像一颗颗被斩首示众的人的头颅。还有形形色色的杂志、五花八门的期刊，全都折叠完好地放在包装纸内未拆封，几天积攒下来，就会堆积得像个坟墓；他明明知道，却感到既十分厌倦，又无可奈何。新到的一批书籍，照样还封存在包装盒里，连同那些来不及拆阅的信件一起堆积起来——有出版商寄来的书，作者本人寄来的书，朋友们寄来的书，死对头们寄来的书，他自己的出版商寄来的书，凡此种种，不一而足。有时让他感到震惊的是，那位出版商竟把不可思议的事看作理所当然。他什么也没碰，什么也没处理，只是用沉重的眼光扫视了一下在某种程度上说是昨晚所做的工作——事实上，在他这间屋子里，窗户又高又宽，责任的强光可以穿透每一个角落，这是当下这个时代发出的无耻的警告。事情依旧如潮水般不断上涨，越积越多，越堆越高，连一分钟也不停歇。昨晚堆到了他的肩膀——此时已经垒到他的下巴颏了。

　　在他酣然入睡的时候，什么事也没有发生——所有东西都保持着原样，但凡他能摸索到的无论哪样东西都没有消亡——反倒诞生出了许多新的事物。不管了，这些事情，这些新生出来的事情，干脆由它们去吧，看看会不会有什么机缘可资证明，这才是处理它们的最佳方法。这种幻觉在他脸上一闪而过，说不定这就是一种解决办法呢，不如放手吧，如同很久以前一样，把它当作一阵清风得了。随后，他又和以往一样清楚地认识到，撒手不管是难以做到的，撒手不管是根本办不到的——这个唯一的补救措施，好比这块真实、柔软、供擦拭用的海绵，只好把它搁置起来，把它抛在脑后了。一个把热爱生活当作立足点的人——不管怎么说，他好歹也算一个热爱生活的人啊——现在连可以逃离生活的立足点也没了。他必须自食其果。这情形就好比一张网；他几乎就睡在这张网下，醒来也几乎就躺在网内。这张网精密无比：网绳相互交叉，各连接点彼此紧密相连，触及每一个点都会使网结绷紧一成、结实一成，束缚住手指。今天早晨，他的手指太疲软、太柔弱，根本碰不得。我们这位可怜的朋友什么也没碰——只是意味深长地偷偷把手插进口袋里，悠闲地溜达到窗前，望着大自然的这份能量，不由得微微倒吸了一口气。最令人叹为观止的是，大自然本身就如此瞬息万变。昨天夜里，伴着灯光熬到凌晨时，可爱的大自然给了他莫大的安慰。在他的书房里，在拉得严严实实的窗帘后，雨声清晰可辨，夹带着丝丝怜悯；滂沱大雨有如滚滚洪流冲刷着窗棂，这似乎是无可厚非的事情，是不断延宕、突如其来的事情，这种事情只要持续下去，就会把大地清理得干干净净，把他脚下磕磕绊绊的无数物件统统冲进无边无际的汪洋大海。由于感受到了这场及时雨的气势，他毅然放下了笔。他关上灯，听着那善解人意、雨量丰沛的哗啦啦的水柱拍打在窗玻璃上；他搁下尚未写完的那句话，任由那些文稿散落在桌上，仿佛在等着这场洪水将它们卷走似的。但桌上依然还是那个句子赤裸裸的骨架——并非全都是那些骨架；已被卷走而且再也恢复不了的唯一的东西，就是那个不见踪迹的后半句，这后半句本可以与全句相匹配，把一个形象勾画出来的。

然而，他最后只能从窗前转过身来；世俗之人无处不在，不论身在其外，还是身在其中，而且怀着令人瞠目结舌的利己之心，有其健康的体魄和体力，但终究会因其世故和圆滑而不可信。他环顾四周，却偏偏迎面看到了他那个用人，托盘上放着两封既荒诞不经又郑重其事的电报。布朗应该将它们踢进房间的——然后，他自己准会一脚把它们再踢出去。

"是你叫我提醒你的，先生……"

乔治·戴恩终于发怒了。"什么也别提醒我！"

"可是，是你坚持说，先生，要我一定要坚持的！"

他绝望地转身就走，针对用人如此荒谬可笑、用词全无变化的话语，他于心不忍地颤声说道："如果你再坚持的话，布朗，我会宰了你的。"他不由自主地重新回到窗前，从他所在的五楼望下去，可以看见周围那些熙熙攘攘的邻居，在小号般光泽鲜亮的天空下，纷纷开始忙碌起来。房间里一片寂静，但他知道，布朗并没有离开他——他心里完全明白，这个用人是何等腰板笔直、一本正经、呆头呆脑、忠心耿耿地伫立在那儿。一分钟之后，他听到布朗又说话了。

"只是因为，先生，你知道的，先生，你不记得了……"

一听这话，戴恩闪电般地回过身来；到了这种时候，他简直忍无可忍了。"不记得了，布朗？我是忘不掉啊。这才是我的问题所在。"

凭着十八年来始终心口如一的这份优势，布朗定定地望着他。"你恐怕身体不太舒服吧，先生。"

布朗的主人想了想。"说这种话未免有点儿危言耸听啦，不过，老天爷保佑，但愿我没什么毛病！这也许只是个借口吧。"

布朗那张表情木然的脸犹如一马平川的沙漠。"让她们再等一等吗？"

"啊！"发出的是一声呻吟。复数代词，任何代词，都如此不合时宜。"会是谁呢？"

"你提到过的那些女士——来共进午餐的。"

"噢！"可怜的乔治颓然跌坐在离他最近的那张椅子上，两眼愣愣地盯着地毯看了好一会儿。这事变得非常复杂了。

"会来多少人呢，先生？"布朗问道。

"五十！"

"五十个啊，先生？"

我们这位朋友，人还坐在椅子上，茫然地朝四周看了看；他手底下就压着那两封电报，仍然没有打开，其中一封此时已被撕得粉碎。"'真心希望你甜甜蜜蜜别介意，今天，一点三十分，我会带可怜的亲爱的米莱夫人过来,她十分执意要来。'"他把电文念给那个同伴听了。

他那个同伴掂量了一下这份电文的意思。"她是几个人来呢,先生?"

"可怜的亲爱的米莱夫人?我怎么一点儿印象也没有呢。"

"她是——是个——残疾人吗,先生?"布朗询问道,仿佛只有在这种情况下,她才会多带几个人来。

他的主人有些疑惑,接着便看见布朗用手指画了个人形。"不是,她只是执意要来!"戴恩打开另一封电报,再次朗声念道:"'非常抱歉,真不该在这最后时刻才相告,承蒙厚爱,期待在贵处相见,时间改成两点整。'"

"这又是几个人呢?"布朗无动于衷地继续问道。

戴恩把两封电报揉成一团,朝废纸篓走过去,随即便若有所思地将它们扔进了废纸篓。"我说不准。你必须自己处理好一切。我不会到场的。"

只有在听到这句话时,布朗脸上才流露出了一点儿表情。"你要一走了之……"

"我要一走了之!"戴恩咆哮起来。

不管怎么说,布朗偶尔还是有表情的,在这之前,他绝不会擅离职守。"这样做会不会白白请了三个人?"布朗半是恭敬、半是责备地略微停顿了一下。

"有三个人吗?"

"我总共安排了四个人的席位。"

无论如何,他的主人看出了他的心思。"你的意思是,为了那一个人,白白请了三个人吗?哦,我又没打算请她!"

布朗那出了名的爱"刨根问底"的特点——他的一大美德——从

来也没有如此让人嫌恶过。"那么，你打算去哪儿呢？"

戴恩在书桌前坐下来，愣愣地望着他那句支离破碎的语句。"'有一片乐土——远在他乡，遥不可及！'①"他像个生了病的孩子似的吟唱道，心知布朗足足有一分钟根本不为所动。在这一分钟里，从布朗耸了耸双肩的样子，他感受到了那种尖锐的批评。

"你真的肯定一切都正常吗？"

"正是这种肯定性把我压得抬不起头来的，布朗。看看你周围再下结论吧。在充满了羡慕嫉妒恨的世俗之人的眼中，与团团包围着我们的这一切事物相比，还有什么会比这更'正常'呢？瞧那一大摞信件、短笺、通告；瞧那一大堆印刷厂的校样、杂志和书籍；瞧这些无休无止的电报，瞧这些即将到来的宾客；瞧这一推再推、没完没了、永无止境的工作？一个人还能有什么别的追求吗？"

"你是说事情太多了吗，先生？"布朗有时也会闪过这样的念头。

"事情太多了。事情太多啦。可是，你无能为力啊，布朗。"

"是的，先生。"布朗表示赞同，"你当真无能为力吗？"

"我在思考——我必须弄明白。有些时候！"是的，有些时候，现在就是其中之一。他条件反射似的一跃而起，想在他的迷宫中再换个方向，却照样什么也没触及，甚至都没有再次碰到眼前这个对话者的目光。如果说在什么人眼里他是个天才的话，那个人是布朗；不过，被布朗当作天才却是一件十分糟糕的事。他偶尔也会以完全公正的态度看待他的处事方法，然而，现在倒好，这简直是最糟糕的一次。"别为我犯愁啦。"他毫无诚意地接着说，并再次乜斜起眼睛，不以为然地望着窗外那阳光明媚、无限美好的世界。"大概要下雨啦——这场

---

① 此处原文为苏格兰诗人安德鲁·扬（Andrew Young，1807—1889）1838 年所作圣歌《乐土》(*There is a Happy Land*) 的第一句："There is a happy land, far, far away."

雨也许会下个不停的。我真的很喜欢下雨。"说罢，他有气无力地又追加了一句："大概是，下雪更好。"

布朗脸上此时的确有了明显的表情，那是担忧的表情。"下雪？先生……五月末？"他没再继续追问下去，而是看了一下手表。"等吃了早饭之后，你会感觉好点儿的。"

"这话有道理。"戴恩说。事实上，他也觉得早餐不失为一个拆阅信件的大好时机。"我马上就来。"

"可是，不等了吗？"

"等什么？"

按布朗的理解，他终于第一次丧失了条理性，他那犹豫不决的样子就暴露了这一点。布朗显然希望他的同伴哪怕有昙花一现般的记性也好，那会减轻他的负担，可以使他不必去履行那个招人反感的职责了。岂料，现在这仅有的如昙花一现的记性，却是他这个好心人自己的。"你说你不会忘记的，先生，可是你确实忘记了……"

"有什么非常恐怖的事情吗？"戴恩打断了他的话。

布朗迟疑不决。"只是你告诉过我，你邀请了一位先生……"

戴恩再次容忍了他。不论恐怖与否，他想起这件事了——的确，仅仅重提这件事，就使它有了归类。"是今天来吃早饭吗？当时约的就是今天，我知道啦。"他想起这件事了，是啊，总算想起来了；与那个年轻人的约会——他估计那人还很年轻——还有他的那封信，那封信是关于——是关于什么的？他忽然想起来了。"没错，没错。等一等，等一等吧。"

"也许他可以做你的好帮手，先生。"布朗提示道。

"当然可以——当然可以。行啦！"无论他可以做什么，至少不会做出什么出格的事情来：这便是我们这位朋友眼下的想法。这时，由于听到寓所门口的电铃响了起来，布朗便转身走开了。在接下来的短

168

暂的间歇中,戴恩想到了两件事:其一是,他已经完全忘了自己与这位客人之间的关系,他们是在何时、何地见的面,他为什么要专程过来拜访他;再就是,他依然不情愿去接触东西——不,是不愿染指,啊,要是他永远不用再接触该多好!所有未拆封的信件和无人问津的申诉都放在那儿呢。有一会儿,他也估算不出究竟有多久,他一直就站在壁炉架旁,双手仍然插在口袋里。他听见了大厅里的几句简短的问候,但他根本还没来得及回过神来,布朗再次出现了,接着便朗声通报了另一个人的光临——也不知怎么回事,这个人的名字戴恩压根儿就没听进去。布朗又走开去准备早餐了,任由东道主和客人短兵相接。这第一阶段的会见时间究竟持续了多久,后来也照样没法估算;这倒无关紧要,因为在这一连串的事件中,紧随其后的便会是第二件、第三件、第四件,以及接踵而至、络绎不绝的其他事情。然而这件事产生的结果仅仅只是,戴恩把一只手从口袋里抽出来,又笔直地伸了出去,接着便感觉那只手被人家握住了。因此,即使他根本不想再接触,现在也已经是覆水难收了。

二

他或许已经来此地一个星期了——这是他意识深处新出现的一幕。他压根儿还没有开口说话呢。如此看来,他意识深处的那个场面便是:他正在无所事事地观望着那群文文静静的人,其中一人终于越走越近,渐渐露出了一张脸,脸上带着极其兴奋的表情——让他觉得既赏心悦目,又有点儿困惑不解。那副表情具有普遍魅力。什么是普遍魅力呢?对于这种东西,他没法一蹴而就地把它描述出来;那是由无数否定词构成的如此不堪的一道深渊,如此缺乏应有的一切。奇怪的是,一分钟后,他突然感到心头一震,仿佛想到了他自己在这第一个对话者的心目中究竟是什么形象,这位对话者与他同坐在这张舒适的长条椅上,坐在这气势恢宏、畅通无阻的门廊下,俯瞰着那片宽阔幽深的园林,绿荫中最醒目的景物是那静悄悄的水面和那些古老塑像的白色轮廓。缺失应有的一切就意味着,就这位如此不拘礼节、甘愿与他为伍的"兄弟"的外表而言——年龄与他相仿、疲惫、高贵、谦和、友善——真的,他很快就会明白,却偏偏缺乏他不想要的东西。眼下,他什么也不想要,只想坚守在那儿,只想待在这浴缸里。然而他就在浴缸里啊,就在这由宁静的氛围所构成的广阔深邃的浴缸里。他们此时就一同坐在这浴缸里,水位已经上升到了他们的下巴颏。他不需要说话,他不需要思考,他甚至都不需要有什么感觉。他以前也这样浸泡过,浸泡——什么时候?在什么地方?——在另一场洪水中;不过是一场激流奔涌的洪水,在那场洪水中,人只有瞎扑腾和喘粗气的份儿。现在这条水流却如此舒缓,如此温和,人几乎一动不动地浮在水面上,也不觉得寒冷。打破静穆的气氛可不是一触即发的,尽管戴恩似乎确实感受到了,在有动静之前,这种状况就已初见端倪。虽然并没有用言语来表达他和这个同伴是"兄弟"以及类似的含义,这声动静却足以说明问题。

  戴恩有些纳闷,却并没有要放松下来的意思——因为想放松下来也办不到;不知这位朋友是否在他身上发现了相通之处,发现了太平无事的佐证,发现了此地可以有所作为的标尺。漫长的午后悄然接近尾声,各种景物的影子越拉越长,天空渐渐烧成了深红色,然而什么也没有改变——什么也改变不了,都在各自的活动范围之内。这是一种可以意识到的安全感。这种感觉真奇妙!戴恩乐得沉湎于其中,但他依然保持着十分清醒的意识。一旦失去这个,他会觉得很遗憾,因为迄今为止,唯有这一铁定的事实,意识清晰这一值得庆幸的事实,似乎才是最为至关重要的东西。唯一的缺点是,由于其本身就是这样一种消遣，由于感激之心夹杂着一种非常微妙的不安分，日常生活便完全放在这方面了。可是，即使这样又有什么害处呢？他只是为了来而来的，为了拿走他发现的东西。这里是极好的隐居之地，外观上三面封闭，大概还营造出了最宽敞、最明亮、最美丽的效果，使他心醉神迷地感受到，人类的手真是巧夺天工，居然可以将长和宽的维度诠释得如此美妙。它的第四面朝南，景色极佳，放眼望去，露天画廊与门廊的边缘相连接，构成了一条寥廓干爽的凉廊。他有点儿自卖自夸地暗暗想道，他从前也曾去过意大利，在那些古老的城池、女修道院、别墅里看见过这些景致。譬如，某个天主教修道会用砖坯砌成的蔚为壮观的教堂，温婉宜人的蒙特卡西诺修道院①，更容易进入的大查尔特勒修道院②，这种情不自禁的对往事的追忆，是他主要用来进行比较的对象；但他心里明白，他其实从未对任何地方的任何事物十分用心、十分慷慨地赞扬过。

尤其有三个感想，这个星期以来一直萦绕在他心间，而且只有在万籁俱寂的时候，他才能体会到它们那驱邪安神的妙用。他说不出这到底是怎么回事——再说，事到如今，他也甘愿对因由和托词全然不知；不过，每当他有意腾出一份精力去侧耳聆听时，他就能听出那宛若从远方传来的舒缓、悠扬的阵阵钟声。那些钟声怎么会如此遥远，却又如此声声入耳呢？它们怎么会如此近在咫尺，却又如此微弱得几乎听不清呢？最重要的是，在这种死气沉沉的状态中，它们究竟是怎么测定万物的时间，如此频繁地报时的？戴恩的整个变化所带来的那种巨大的幸福感，其精髓恰恰就在于，如今再没有什么事情需要去合

---

① 蒙特卡西诺修道院（Monte Cassino），意大利中部著名的修道院（1944年遭盟军炮弹炸毁）。位于罗马与那不勒斯间的卡西诺镇（Cassino），有许多关于基督的遗迹，是基督徒的朝圣地。
② 大查尔特勒修道院（Grande Chartreuse），天主教加尔都西会教士们的主修道院，坐落于法国境内的阿尔卑斯山脉的山谷中。

理安排时间了。这就好比那缓缓而来的脚步声,总是在耳畔响起,让人为之一愣,表明了空间和闲暇时间的存在,似乎会在那些漫长凉爽的拱廊里轻飘飘地沉寂下来,继而又连绵不断地渐去渐远。这便是第二个感想,这第二个感想随即又融化为第三个。因为,就此而言,在这片人间乐土上,性格柔软的每一个表现形式,都不过是一个新的转折点,都会进一步转化为绵绵无尽的宁静致远的心境,没有骤起骤落或缺口。那轻柔的脚步声就是轻柔的身影,那些轻柔的身影若出现在眼前,就构成了一幅充满人情味的画面,而且把它那尽善尽美的一面展现得一览无余,几乎触手可及。这尽善尽美的一面,他陪着这位朋友坐在长椅上所感受到的这尽善尽美的一面,现在比以往任何时候都触手可及。他的朋友终于对他换了一副面孔,那副面孔与伦敦俱乐部里的那些朋友的面孔截然不同。

"关键是要查明事情的真相!"

真奇怪,这句话怎么如此贴切地说到他的心坎儿里了呢。"啊,可不是嘛!每当我想到那些不明真相和根本不愿弄清真相的人的时候,"戴恩说,"我也想说这句话!"他为这些不幸的人叹息了一声,也怀着一份柔情;从某种程度上说,这份柔情他其实还很陌生,他同时还觉得,这位同伴应该非常清楚他指的是哪些人。他指的只是其中一部分人,但他们却是所有想要查明真相的人;尽管这些人,毫无疑问——唉,在这个世界上,出于种种理由,出于种种事由,他注意到——这种人绝对不会太多的。也许并不是所有想要弄清真相的人到头来真的都能弄清真相;不过,至少没有人会发现究竟是什么人真的不想弄清真相。如此说来,需求无论如何必须放在首位!放在首位的事情则必须是为了他自己!看着这位同伴的脸,他再次感到,即使得到了极大满足,事情依然还会是这种状况,除此之外,凭着仅有的这么点儿共识,又能建立起怎样的沟通方式呢。

"每个人都必须靠自己，靠自己的那双脚到达目的地——这样说对不对？此时此刻，在这个地方，如同在某个闻名遐迩的修道院里一样，我们就是兄弟，我们会立刻替彼此着想，同样也明白彼此的心思；但我们首先必须尽自己所能到达此地，我们必须通过多种复杂的方式，经历过漫长的旅途之后才能相见。再说，我们总算见面了——不是吗？——是闭着眼睛相见的。"

"啊，别说得好像我们都死了一样嘛！"戴恩笑道。

"如果死亡像这样，那我一点儿也不在乎。"他的朋友回答道。

戴恩凝视着他，确实太明显了，这个人不会在乎的；不过，片刻之后，虽然是第一次开口提出他心里的一个最基本的疑惑，但他还是问道："死在哪儿呢？"

"假如死在比人们所料想的还要近得多的地方，那我一点儿也不会感到吃惊的。"

"你是说，要在离市区再近一些的地方吗？"

"要离世间万物再近一些——离每一个人都再近一些。"

乔治·戴恩想了想。"比方说，在萨里[①]南面的某个地方？"

一听这话，这位"兄弟"瞪了他一眼，明显有点儿不乐意了。"我们为什么非得给它起个名字不可呢？死亡必须有某种氛围，你明白的。"

"是啊，"戴恩开心地思索着。"没有那个……"一切又如此牢不可破地让他惶惶不知所措了，于是，他情不自禁地脱口问道："它是什么呢？"

"啊，我想，它肯定是我们在放松、休息、变化时的一个组成部分，我们压根儿就不知道，对于这种事情，我们真的可以怎么高兴就怎么叫——比方说，我们因为其存在而最喜欢的那种东西。"

---

① 萨里（Surrey），位于英格兰东南部，是英国著名历史文化名城。

"我知道我该叫它什么了。"过了一会儿，戴恩说。鉴于他这位朋友在饶有兴致地听着，他便接着说："干脆就称它为'人间乐土'吧。"

"我明白——你还能怎么说呢？我自己对这种事情的说法也许有点儿不同。"他们坐在那里，如同两个天真烂漫的小男孩在推心置腹地谈论那些玩具动物的名称一样。"大望得遂。"

"啊，没错，正是这样！"

"这个地方，为了我们的利益，运转得这么令人佩服，我们竖起耳朵想听听这架机器的嘎吱声都听不到，难道我们还嫌不够吗？这简直就是一个地地道道的风水宝地啊，难道我们还嫌不够吗？"

"啊，一个风水宝地！"戴恩宽厚地悄声咕哝了一句。

"但凡它自称可以做到的事情，它都为我们做了，"他的同伴继续说道，"这个神秘的谜团并不是那么深奥嘛。事实上，这个问题也许很简单，而且是建立在一种不打折扣地讲究实效的基础之上的，只不过它源自某个绝妙的思想，源自天才的大手笔。"

"没错，"戴恩高兴得大声说道，"从某种意义上说——总归是某个人的功劳——个性特征表现得如此精湛！"

"准确地说——如同一切美好的事物一样，它依靠的也是经验。'大望'总算找到了归宿——这就是它的一大壮举！在正直的人的心目中，欲望找到归宿的那一天，这个美好的地方就构建起来了。再说，从长远来看，它向来一直是天人合一之地——它向来必须是。随着各式各样压力的不断增长，它怎能不想成为越来越多的人的钟情之地呢？"

戴恩双手交叉放在膝头，听着这些智慧之语。"各式各样的压力都在不断增长！"他心平气和地说道。

"我完全明白这一事实对你产生了怎样的影响。"他那位"兄弟"回答道。

戴恩微微一笑。"我没法再继续忍受下去了。我不知道我今后会变成什么样子。"

"我知道我会变成什么样子。"

"得了吧,这是同一码事嘛。"

"是的,"戴恩的同伴说,"毫无疑问,这的确是同一码事。"说到这里,他们默然无语地坐了一小会儿,望着眼前这片绿茵茵的花园,仿佛在兴致盎然地追踪那头若隐若现的怪物——疯狂、投降、败下阵来,他们已经逃避了现实。他们的长椅有如歌剧院里的一个包厢。"你心里有数的,"那位"兄弟"意犹未尽地继续说道,"我以前肯定见过你。我甚至还很了解你。只是我们不知道罢了。"

他们再次平心静气地相互打量着,僵持到最后,戴恩说:"是的,我们不知道。"

"我刚才说,我们是闭着眼睛来相会的,我指的就是这个意思。没错——事情总算有了点儿眉目。有了一个突破口——少掉了一个环节,有了这条大裂缝!"那"兄弟"笑着说,"它不过是一个传说,简单得就像老生常谈的那种决裂——那些幸运的天主教徒向来有能耐制造的那种分裂。如今,因为有数不胜数的修道院,他们照样还可以闹腾,躲在'静修所'里制造分裂。我不是说那些虔诚的宗教仪式——我说的只是物质生活的简单化。我不是说人的自我已经丢掉了;我只是说——如果人还有一份只值六便士的自我的话——该怎样把这份自我找回来。按照那些老派的说教来看,地位、时机、道路,始终都摆在那儿——现在的情况差不多也和从前一样,的确几乎都摆在那儿等着他们呢。他们随时可以摆脱——自有神圣的修道院收留他们。所以,我们应该立即行动起来——我们这些伟大的信奉新教的各民族的人,要是有可能的话,还会有更多的人,在敏感的个人问题上,在遭到过分责备和压制时,从我们的'事业进取心',到纯粹亵渎神灵的言论，仅仅因为数量，就受到变本加厉的排挤时，在被逼良为娼时——我们应该学会如何摆脱，找到可以当作我们的静修所和疗伤地的去处。这种大好时机切不可错过！"

戴恩将一只手放在他这位同伴的胳膊上。"真有意思，我们在替自己辩护的同时，怎么也替彼此辩护起来了呢。这恰恰是我曾经说过的话！"他已经跨过鸿沟，开始回味起上次的那个场面来。

那位兄弟一心只想把他从回忆中拽出来，仿佛这对他们双方都有好处似的。"你曾经说过的话……"

"对他说的——那天早上。"戴恩又听到了一阵从远处传来的钟声，听见了一阵缓缓而来的脚步声。一个轻柔的身影不知从什么地方走了过去——他们两人都没有扭头去看。由弱渐强地呈现在他眼前的是这让人美不胜收的情趣。这种情趣至高无上——这种情趣无处不在。"我只是卸下了我的包袱——由他接了过去。"

"那个包袱很大吗？"

"噢，是一副沉甸甸的重担啊！"戴恩笑道。

"是麻烦、忧愁、怀疑吗？"

"哦，不是，比这要严重得多！"

"严重得多？"

"'成功'——最庸俗的那种！"戴恩再次笑道。

"啊，这一点我也知道！照这样发展下去，将来谁也没法面对成功啦。"

"世间好像就没有这种事情——根本没有。做得越是出色，结果就越坏——越是了不起，就越是要命。可是，我的一大心病也就在这儿，"戴恩继续说道，"老是想到我那个可怜的朋友。"

"是你已经提到的那个人吗？"

"是我在这世上的替代品。真是个难以形容的恩人啊。那天早晨，他突然出现的时候,也不知是怎么回事儿,样样事情都让我心烦,整个地球上的人,你心烦也好,不心烦也罢,似乎都不请自到地挤进了我的书房。那不是一个心烦不心烦的问题,那纯粹就是一个万事都发生了位移的问题——我们这个亘古不变的世界已经被深深地淹没了。我都不知道接下来该做什么[①]——我简直一步也迈不开。"

那位"兄弟"乖乖地听他说话的那份智商,使他们宛如吃同一碗饭长大的孩子。"然后你就得到了指点?"

"我得到了指点!"戴恩高兴地叹了口气。

"好吧,我们都得到了指点。不过,我敢说,我得到的指点是不一样的。"

"那你是怎么……"

那位"兄弟"笑嘻嘻地犹豫了一下。"你先告诉我。"

三

"好吧,"戴恩说,"那是一个我从未见过面的年轻人——不管怎么说吧,反正是一个比我自己要年轻得多的人——他给我写过信,给我寄过一篇什么文章、一本什么书。我看了那玩意儿,挺有触动的,我便如实告诉了他,并向他表示了感谢——当然,在这之后,我再次收到了他的回信。他问了我一些事情——他提的那些问题很有意思;不过,为了节省时间和篇幅,我对他说:'过来见一面吧——我们可以谈一谈,但我只能给你半小时,在吃早饭的时候。'有一天,他果然在那个时间出现了,我当时好像恰好正处在无穷无尽的压力和紧张之中,远远超过了我这辈子以前所吃过的苦头,整个人就像丢了魂儿

[①] 原文为法语:Où donner de la tête。

似的,而且团团包围着我的还尽是别人的事情,那些与我毫不相干、危害性极大、粗暴得令人发指的生活方面的事情。这种状况简直要把我压垮了——由于我从没经历过这种感觉,这倒使我体会到,就这件事本身而言,我是否真的该放手一次,哪怕一个小时也好,尽管这是我孜孜以求的事情,一旦再次放手,恐怕就追悔莫及了。这场来势凶猛的洪水会使我遭受灭顶之灾,我势必要直接沉入水底,与那些被彻底打垮的死人躺在一起了。"

"我听得懂你走的每一步,"那亲如朋友般的"兄弟"说,"这场来势凶猛的洪水,你指的是,我们这个令人恐怖的时代吧。"

"我们这个令人恐怖的时代——正是。不是,当然不是任何别的时代,像我们有时候会梦见的那样。"

"是啊,任何别的时代都不过是一场梦。我们其实什么也不了解,只知道我们自己的这个时代。"

"没错,谢天谢地——这就够啦,"戴恩说,"唉,我那个年轻人总算露面了,跟他见面还不到一分钟,我差不多就看出了点儿名堂,不论通过什么样的途径,反正他是存心来帮我的。他慕名而来,怀着十分羡慕、羡慕得过分的心情——真的是激情澎湃呢。承蒙老天爷眷顾我们这些人,对他来说,我就是那个了不起的'成功'人士,他自己却是一副灰心丧气、潦倒不堪的样子。我该怎么描述我们之间发生的事呢?——这是非常奇怪、非常急迫、非同小可的一桩事,由此及彼,需要有瞬间的洞察力和认同感才行。他那么聪明、那么憔悴、那么饥饿!"

"饥饿?"那"兄弟"问道。

"我的意思不是指面包,何况他压根儿也没吃多少,我想,即使指的是面包也无妨。我指的是——唉,我所拥有的东西,在他看来,我就是一座丰碑,因为我梗着脖子伫立在他面前的样儿,明显就是这荒谬的证据。他呀,这可怜的家伙,对着那些紧闭的窗户唱了十年的小夜曲,却从来没有一片窗帘因为受到感染而为他打开过。是我这扇幽暗的百叶窗第一次为他开启了一英寸;我对他那本书的看法、我的读后感、我的短评、我的邀请信,从严格意义上说,是投放到他那条黑咕隆咚的街巷里的绝无仅有的回音。在我这遍地废纸的屋子里,他看到了我乱糟糟的日常生活、厌倦的面容、让人败兴的坏脾气——虽然这样说很难为情,可我必须告诉你——还有我这份光芒耀眼的荣誉。从我这光芒耀眼的荣誉中——真是个被一叶障目的傻瓜呀!——他看到了他梦寐以求却总也得不到的东西。"

"他梦寐以求的东西就是成为你吧。"那"兄弟"说。话音刚落,他又补了一句:"我知道你要从哪儿脱身了。"

"五分钟后,我对他说:'我亲爱的朋友,我希望你只是尝试一下——希望你只是暂时替代我一下!'你真说到点子上了,这地地道道就是当时的原话——很不一般吧,尽管我们俩都应该听得懂这话的意思。我明白他能拿出什么,他也明白。此外,他还明白我能得到什么;事实上,他所看到的东西也确实很精彩。"

"他一定锋芒毕露吧!"那"兄弟"笑了起来。

"不管怎么说,这一点是毫无疑问的——比我还要锋芒毕露得多呢。这正是我为什么用开玩笑的方式对他说这种话的原因——带着一种异想天开、孤注一掷的讽刺。我交给他的东西,到了他手上,在他看来就是他的机缘,也就成了我能坐在此处、有你陪着聊天的幸运保证。'啊,要是我能拱手相让——把它直接交给别人去扛一小时该多好!要是有两个我该多好!'我就这样把包袱推给了他。随后,我看到他神色有变,便问道:'要是有奇迹出现就好了,你肯不肯接手呢?'我让他先弄清楚,这将意味着什么——让他知道是怎么回事,这就意味着,从那一刻起,他就该进入角色了。这就意味着,他要干完我的工作,拆阅我的信件,履行我的约定,而且不论好坏与否,都

179

要被我那些形形色色的人际关系和错综复杂的问题所左右。这就意味着，他要过我的生活，用我的头脑思考，以我的风格写作，用我的口气说话。最重要的是，这就意味着，我就此摆脱了。他堂而皇之地接受了——像一个在危难时刻挺身而出的英雄一样。他只说了一句：'你怎么办呢？'"

"这下可就套住啦！"那"兄弟"承认道。

"啊，不过才一分钟嘛。他再次帮我解了围，"戴恩接着说，"因为他看到我实在没法应对他那句话，我顶多只能说，我要去思考，我要去休整，我要去名副其实地做这件事——这是我这个苦命的人一直孜孜以求的事情，也是我唯一想做的事情。因此，首当其冲的是，我真的很想再看看它，看看它是怎么被移植出去、被排挤出去、被冷冰冰地逼迫出去的，因为它长期以来一直像现在这样不受待见。'我知道你想要什么。'过了一会儿，他心平气和地对我说。'啊，我想要的东西根本就不存在！''我知道你想要什么。'他把这话又重复了一遍。听他这样一说，我就开始相信他了。"

"你自己有没有什么想法呢？"那位"兄弟"问道。

"哦，有啊，"戴恩说，"可是，也正因为我有自己的想法，才感到失望的。你瞧，在我的想象和热望中，它要多醒目就有多醒目——事实上，它根本就不是那回事。我们当时正一同坐在我这张沙发上，在等着吃早餐。他突然将一只手放在我的膝盖上——那张脸顿时变得容光焕发起来，在我看来，简直美得难以形容。'它的确存在——它的确存在。'他说。我至今都记得，我们就这样坐了一会儿，互相打量着对方，到头来，我恍然发觉，我绝对信任他了。我记得，我们当时并没有那么一本正经——我们就像发现了秘密的人一样怀着喜悦的心情微笑着。他和我一样庆幸——他庆幸到了无以复加的程度。针对我那句脱口而出的吁请，他喜形于色地回答说：'那么，它在哪儿呢？看在上帝的分上,别卖关子啦,快告诉我,它在哪儿!'"

那位"兄弟"一直在意气相投、专心致志地听着呢!"他把地址留给你了吗?"

"他还要再通盘想一想——要摸到它、抓住它。他有一颗属于他自己的绝顶聪明的脑袋,当我们坐在这儿说长道短的时候,他一定在了解整个事情的来龙去脉,似乎比我以前所干的要出色得多呢。我只看了一下他那张脸,触摸了一下他搁在我膝盖上的那只手,便马上意识到,他不仅知道我想要什么,而且正在越来越接近它,胜过我十年所做的努力呢。他出人意料地一跃而起,冲着我的书桌奔了过去——径直在那儿坐了下来,好像要给我签发护照似的。接下来——我只看了看他的后背,他此刻恰好背对着我——我便立即察觉到,这份符咒的魔力奏效了。我干脆坐在那儿,怀着这世上最奇怪、最深切、最甜蜜的情感注视着他——那种痛心疾首的感觉戛然而止。我的整个人生都云开日出了;不管怎么样,至少我自己脱离了这块阵地。他已经处于我一直所处的位置上了。"

"你当时在哪儿呢?"那"兄弟"饶有兴味地问道。

"一直在沙发上,躺在靠垫上,怀着怡然自得的心情。他已经成为我了。"

"那你又是谁呢?"那"兄弟"继续问道。

"谁也不是。这就是乐趣所在。"

"这倒确实是一种乐趣。"那"兄弟"说罢,发出一声如同柔和的音乐般的叹息。

戴恩也附和着叹息了一声。接着,如同无名小卒在与无名小卒促膝谈心一样,他们静静地坐在那儿,注视着眼前这片甜美、开阔的景色渐渐黯淡下来,融进了不冷不热的夜色。

181

四

　　三个星期行将结束之际——就时光不饶人而论——戴恩恍然发觉,有什么东西他又失而复得了。这种东西他们从来说不出名目——部分是因为没有这个必要,部分是因为找不到这个词来形容;因为究竟怎样形容方可囊括其全部意思呢?唯一真正有必要的是,须在万籁俱寂的时候去了解它、看清它。戴恩有一个不为别人所知、行之有效的信条,不过,这也是他从别人那里窃取来的——"非凡的眼力和才干"[①]。毫无疑问,这是对他自诩很有天赋的一句溢美之词;这份天赋就是,不论怎样,每逢他面临危险,即将失去他所拥有的东西时,他都能通过一条随时会断裂的主线,在最后关头牢牢抓住它。这种变化是潜移默化的,他的信念变得愈发坚定起来。于是,他收紧了这条主线——日复一日,越收越紧——他惊喜地发现,这条线居然可以承受他的拉力。这个地方仅有的那种梦幻般的甜蜜气氛已经被取代了;它越来越像一片有理智、有秩序的天地了,所有安排都看得见、摸得着。它不再那么陌生——它变得高洁、喜庆、清爽了。然而,他还在反复玩味着一个问题,虽说还很模糊,他究竟身在何处,因为他发觉此处离那个目标很近,近得几乎可以断定,如果他不是在肯特郡,那他大概就是在汉普郡了。每一样东西他都付过钱,只有这一项除外——这不是他该支付的项目之一。他很快便得知,付钱是确凿无疑的事;包括沙弗林[②]和先令,分文不能少——就像他当初抛开诸般世俗之物时那样,反而是怀着更加喜悦的心情舍弃的——他将钱放在

[①] 此处原文为"the vision and the faculty divine",出自威廉·华兹华斯1836年创作的长诗《远足》。
[②] 沙弗林(sovereign),英国旧时面值为一英镑的金币。

房间里，放在一个事先约定好的地方，他离开之后，这笔钱就由一个毫不起眼、过后即忘的代理人取走了；那些代理人准时准点出现的身影，如同日暑无声的运行，总是在马不停蹄地忙碌着。这个处所有很多侧面记载着他们的回忆，一种对这些东西既恋恋不舍又弃之为快的直觉，立即成了通情达理的前因后果。

戴恩从朦朦胧胧的往事中挑出了十来条牵强附会的明喻。神圣、肃穆的女隐修院便是其中的一个，另一个则是阳光明媚的乡间别墅。他把这种地方比作旅店，绝非出于不恭敬，他只是偶尔破例去追寻一下这种地方与俱乐部的相似之处。不管怎么说，这类意象比喻不过如过眼云烟，随即便淡去了——其存在的时间仅够分清彼此之间的差别。一座没有噪声的旅店，一家没有报纸的俱乐部——当他开始关注它所"没有"的东西时，视野就豁然开阔起来。要想得到一个真正贴切的类比，唯一的方法就是拿他自己和他的同伴们来做比较。他们是兄弟、宾客、会员；只要有人愿意，他们甚至还可以被叫作"常住客人"，而且他们一点儿也不在乎别人怎么称呼他们。并不是他们创造了条件，而是条件成就了他们。显而易见，是这些条件意外地被人接受了，带着一份欣赏的眼光，带着一份欢天喜地的心情，这才是恰如其分的说法，也必须这样说才行，带着他们那不动声色、自恃清高的自信——就像这里的气氛感染了他们，而且其感染力可持续不散一样。这些条件汇集起来，便形成了这种影响广泛、天真纯朴的见解，认为它就是一个大众避难所——就是一幅张开双臂、欢迎人们自由入住的形象。说实话，除了那种由十分常见的完美品位所引起的诗意效果外，还能有什么效果呢？世上根本没有天天出奇迹的事，是这种完美品位在空间的协助下造就了这一切。作为其根基并凌驾于它之上的东西，这样最好，戴恩暗暗思忖，是某个富有原创性的灵感，然而是得到确认、颠扑不破的灵感，是一个人胸中所怀有的某种美妙的想法。它通过某种方式、在某个时辰诞生了——它必须坚持下去——成为神圣的概念。作者或许还籍籍无名，因为这是臻于完善的组成部分：个人的奉献如此秘而不宣而又井然有序，你在情节中几乎捕捉不到它，只有看到其结果才知道它。然而智者无处不在——这个完整的东西，绝对不会出现谬误，就聚集在中心点，聚集核心处，聚集在一种意识之中。这是一种多么奇特的意识啊，戴恩心想，竟然与他自己的意识如此相似！智者已经感知到了，智者已经吃足了苦头，于是，面对所有这些顾虑重重而又自命不凡的人，智者便有了可乘之机。至于以这种方式完成的创作，你仍然无从判断，它究竟是传统文学最后的回声，还是现代文学最旗帜鲜明的特征。

在暖洋洋的花园里，在凉爽的回廊下，伴随着远处传来的阵阵钟声和轻柔的脚步声，戴恩一次又一次地发现自己既不想知道更多，又不愿知道得更少。这里没有抛头露面出风头之虞，更不太谈论什么个人成就，这是普世美德不可或缺的组成部分。那些东西都在世俗的天地里——在他抛开的那片天地里，这里没有功劳、吹捧、名望等庸俗之事。真正令人心旷神怡的是，没有因为一个身份而引起的盘根错节的难题，而且最大的裨益，毫无疑问，是那种牢靠的安全感，是那种开诚布公的信任感，有如一个人在履行合同时可以感受到的那种信任感。这才是智者最看重的东西——绝对明事理的重要性，对于受益人这一方而言，开列给他们的价码都是有保障的。他们没有任何顾虑，只需付款即可——智者知道他们付款买下了什么。戴恩时时想到的是，人家绝不会向他要价过高的。啊，这深深的浴缸，这寂静的氛围，这轻柔、清凉、微微荡漾的水声！——他屡屡感到，自己仿佛是在接受常规治疗，接受一种被理想化了的德式"疗法"，这个栩栩如生的名称恰好可以用来形容他的奢侈。内在的生命力再次苏醒了，对他这代人而言，他们都是现代社会躁狂症的受害者，是纯粹疯狂的扩张和疯狂的动机的受害者,唯有这内在的生命力在渐渐恢复元气。他曾讨论过独立,也撰写过关于独立的文章,岂料,这是个多么冷酷、多么乏味的字眼啊!这就是让人无话可说的事实本身——与世无争地拥有了这份冗长、甜蜜、昏昏沉沉的日子。鲜花的芬芳就徘徊在这片真空里,清淡素净的伙食悄然再现在一间敞亮干净的食堂里,这无声无息、朴实无华的就餐仪式就是艺术的杰作。这一点,正如他所分析的,仍然可以亘古不变地解释为:这份甜蜜和宁静统统都是人们创造、推测出来的东西。不管怎么说,反正他做过分析,只不过是以一种漫不经心的方式来分析的,而且还怀着一份过于自信的惊喜,因为这个神迹,对这位藏身于后景中的伟大的艺术家来说,就是一座寺庙供奉在其最深处的神龛里的那尊神。偶尔也会有人来朝拜它,温和地在那儿苦思冥想,因为在这宽阔祥和的回廊里,或者在花园的某个隐蔽处,气氛是轻松愉快的,对美景的特意一瞥,或者对幸福往事的一次回忆,尽管是顺便而为,似乎也会盘旋在心头,让人久久难以忘怀。由于纯粹只醉心于改变现状,害得他起初简直都左右不了自己,他并没有加以辨别——只顾让自己沉下心来,如我所提及的那样,沉到那一派静默的纵深之地去。接下来就是着手从容不迫、有条不紊地梳理知识和笔记了,或许会做得更加出色,更富有成效;在此之前,他已经在曙光中与他那位性格温和的伙伴进行过一番长谈。似乎是为了尽早结束这个流程,他把钥匙也交到前者手里了。这把钥匙,纯金打造的钥匙,简直等同于那个已被取消了的清单。他不慌不忙、乐而忘忧地浏览着这一件件非常具体却又不在其位的东西,构成这一现状的正是这些东西,渐渐进入了他那随遇而安的佳境。可以这样说,他把所有这些东西都逐一摸了个遍,做一个局外人竟如此让人喜不自胜。

他们万分感激的还是他自己的那间如人间天堂般的房间——那是

一间面积很大、呈正方形、窗明几净的雅室，因一切从简而显得美观大方。由于地势很高，他可以从房间里举目眺望一条长长的峡谷，进而看到一条遥远的地平线；而待在房间里时，他会朦朦胧胧、心情愉快回想起某一幅古老的意大利风景画，是卡巴乔[①]的某一幅画，或者是某一幅描绘早期托斯卡纳[②]的画。这幅画表现的是另一个世界：没有报纸和信件，没有电报和照片，没有过多令人畏惧、决定命运的东西。在那里，作为一大幸事，他可以读书和写作；在那里，最重要的是，他可以什么都不做——他可以活着。那里有各式各样的自由——向来都有，就这种场合而言，这便是最恰当的自由。他可以从图书馆把一本书带回来——他可以带两本，也可以带三本。这个迷人的地方所产生的一大影响是，不知何故，他从来不想多带几本书。图书馆是一种福祉——高洁、敞亮、朴素，同所有其他事物一样，但它别有风味，置身在它那包罗万象、气势恢宏的拱形屋宇内，人会变得心明眼亮、勇敢开朗起来。他永远也忘不了第一次站在那儿时心就兴奋得怦怦乱跳的那种直觉，只是简单环视了一眼他便知足了，并且茅塞顿开：它会让他得到他苦苦寻觅了多年的东西。他还没有超凡脱俗，然而此处却是超凡脱俗之地——犹如一只精美绝伦的银碗，他可以从中舀出已经溶化了的时光。他漫步其间，从一面墙走向另一面墙，喜悦的心情与那种场合一拍即合，全然顾不上及时坐下来或者去挑选座位，只顾从一排排书架上识别出每一本珍贵的古籍。这些弥足珍贵的古书，有的曾经是他不得不延期归还的，有的是他根本就没有归还的；另一个时代的每一个深刻、独特的声音，在充斥着这个世界的喧

[①] 维托雷·卡巴乔（Vittore Carpaccio，约1455—1525），意大利画家，尤以其威尼斯画而闻名，其画作偏于叙事，注重细节，画面富丽。其作品对建筑在表达画意方面的重视，影响了后来的风景画派。
[②] 托斯卡纳（Tuscany），意大利中部地区，濒临古里亚海，首府为佛罗伦萨，以其秀丽的自然风景、悠久的历史和文化传统、丰厚的艺术遗产、众多的艺术博览馆等而闻名遐迩。

哗声中回响，这些声音是他过去已然丢失或者从未听闻过的。他重新振作起来，当然，而且很快，一天天振作起来了；享受着那里的氛围，享受着这十分难得、无比奇妙的分分秒秒，享受着那些立即加快了步伐要飞逝而去，又被立即捕捉回来的分分秒秒——在这争分夺秒的过程中，每一个理解都具有双倍的价值，每一个思维活动都是恋人的一次拥抱。随着日子一天天过去，这个区域才是他或许最喜爱的去处；尽管它的确与这个地方的其余各处别无二致，然而其方方面面，但凡他偶然扭过脸去看到的每一面，所具有的那种魔力会使他回想起那种高超的把握全局的控制力。

有些时候，他也会从书本上抬起头来看一看，有意让自己沉浸在这幅画面仅有的情调之中，这幅画面无论何时、无论从哪个角度看，都从来没有让他失望过。这幅画面始终都在那儿，尽管它是由十分常见的事物构成。它有如一扇敞开的窗户把愉快的早晨迎进了一个宽阔的壁龛；有如干爽的空气把淡淡的清新感输进了这些古籍的烫金封面；有如被清理干净的书桌旁的一张空座椅上又露出了一卷刚被放下的书籍；有如一位快乐的"兄弟"——与他本人一样超然，那天真无邪的后背恰好正对着他——徘徊在一个书架前，伴着翻动书页的窸窣声。这只是整体印象中的一部分。按照某个不同寻常的法则来看，人的看法似乎并不一定来自事实，反倒是事实产生于他的看法；那些要素是根据当时的需要，或者当时产生的共鸣，当即确定下来的。促成这一反应的主要因素是其程度，到了这个程度，不一会儿，戴恩就意识到，他并不是孤身一人。与坐在长条椅上的那位好"兄弟"进行了那番畅谈之后，其他地方还有不少其他好"兄弟"呢——在回廊下，或者在花园里，只要他不由自主地停下来，总有某个身影也会停下来，于是，寒暄一番就成了已经扩散开来的一种示好的礼节，这是世上最容易不过的交往方式。向来如此，向来如此，不管怎样，在所有的交往中，这帖止痛膏向来管用：用庆幸自己一无所知来聊以自慰。他起初体会到的那种心情又再次出现了：朋友常见常新——这倒也挺有趣，也不会惹出什么麻烦，然而与此同时，这十有八九就意味着，他不过是一个改头换面了的老熟人而已。这样只会让人感到高兴——如同这些非常具体、非常现实的条件会让人绝对感到高兴一样，因为这些条件一旦被去除，情况或许就完全相反了。这些"其他人和其他地方"，这些被去除了的条件，到头来又重新回到戴恩身边来了，而且来得如此顺利，他甚至可以确切地估量出每一个不同之处。不过，由于他最终被逼得太急而匆匆做出的举动，在随后发生的事情中，他竟痛恨起他们被剥夺了应有的恐惧心理。结果，在那些镇定自若的散步和聊天过程中，那个深藏不露的魔咒终于奏效了，于是，他又重新找回了自己的灵魂。这时，他用那只已经变得轻松自如的手，把那条长长的主线整个收了回来，而那个证据只是在末端悬荡着。他可以把另一只手放上去，他可以把它解开，他再次掌握了主动权。这一点，如同后来所发生的那样，恰恰正是他自认为必须对一位同僚诉说的心声。有一天下午，在回廊里，在那位同僚身边，他不由自主地在调整步伐。

"哦，有结果了——是自然而然产生的结果，对不对？谢天谢地！——就凭这条简单的证据：找到房间、碰上时机了！"

那位同僚大概是个新手，或者其活动舞台与他自己的舞台不可同日而语吧；不管怎么说，反正那张疲惫不堪然而面目一新的脸上流露出的赞许的表情里多少夹杂着几分嫉妒。"这么说，你已经有结果啦？——你已经搞到你想要的东西啦？"这就是可以来回搬弄的那种闲话和相互通气。几年前，戴恩曾接受过为期三个月的水疗法，而眼前的这一幕，颇有点儿像那滑稽可笑的情景的再现，如同在重复那些关于水疗的老问题，在周期性地追踪"反应"时提出的那些问题——

诸如哪里不适、每个疗程的进展状况如何、对皮肤有无直接作用、胃口好不好。这类留存在记忆中的往事现在都涌了出来——都是熟悉的参照系，都是头脑里随意玩出的花样；在那些往事中，我们的那些朋友，像走马灯似的永不停息地旋转着，都亲如兄弟，都表现得如此宽厚，直到出其不意地突然停了下来。这时，戴恩将一只手搭在他那位同伴的胳膊上，放声大笑起来，这是他此生最痛快淋漓的笑声。

五

"哎呀，下雨啦！"他站在那儿，望着这哗哗而下的阵雨，望着湿漉漉的叶子上晶莹闪烁的雨珠。是这场夏雨浇灌出了满园芬芳的气息。

"是啊——可是，为什么不呢？"他的同伴问道。

"唔——因为它太迷人了。它确实太及时啦。"

"可是，样样事情都这样啊。这不正是我们上这儿来的原因吗？"

"确实如此，"戴恩说，"只不过我一直生活在这种自欺欺人的假设中，满以为我们通过这样或那样的方法就能享受到某种气候了。"

"我也是。所以，我估计，人人都这样。这难道不就是该死的教训吗？——我们就生活在这些自欺欺人的假设中。它们就这么毫不费力地来到了这里，而且没有任何东西与它们相抵触。"那位"兄弟"心平气和地望着前方——戴恩明白他此时的心境。"气候并不包括从来不下雨呀，对不对？"

"没错，我想，大概没错。可是，不知何故，我得到的好处却是，所有这种摩擦，半数都这么妙不可言、无所拘束地化为乌有了。在所有的摩擦中，天气问题极有可能是其中的一部分——说实话，我得到的好处，在很大程度上说，就是这妙不可言、无所拘束、四季如春的空气浴。"

"啊，是的——这倒不是错觉；可是，有这种感觉也许是因为我们吸纳了一种更加空泛的灵媒吧。这里面的东西就更少啦！不论怎样，如果不管人们的死活，那他们就只能靠呼吸空气活着了。他们只好被赶进封闭、污浊的环境里。我也这样——我认为，我们大家都肯定有——有一种对南方一往情深的感觉。"

"但是，请想象一下，"戴恩笑着说，"生活在那些令人向往的英国海岛上的情景，以及生活在像我们这样距离布拉德福德① 这么近的地方的情景吧！"

他那位朋友立即做好充分准备，要来想象一下了。"距离布拉德福德？"他问道，显得十分泰然自若，"有多近啊？"

戴恩兴致大增。"哦，这不重要！"

他那位朋友，因为一点儿也没有感到迷惑不解，竟坦然接受了这一回答。"有些事情要苦思冥想才能搞清楚——不然会很无聊的。在我看来，人好像也可以把这些事情弄得像谜一样让人费解。"

"这是因为我们能这么好地顺势而为的缘故。"戴恩说。

"精辟——我们是从正面看待一切事情的。"

"看待一切事情，"戴恩继续说道，"条件是立足之本——条件决定了我们。"

他们继续向前走去，对于这位好"兄弟"这一方而言，这样漫步显然代表着无穷无尽的意见一致。"它们事实上是不是非常简单呢？"他突然问道，"把问题简单化是不是秘诀呢？"

"是的，但要有技巧地使用！"

---

① 布拉德福德（Bradford），英国北部工业城市。

"原来是这样。这个办法绝对好用,因为它既可包容多种多样的解读,也可适用于任何别的经典之作——歌德的一首诗,柏拉图的一段对话,贝多芬的一首交响乐。"

"你的意思是,它干脆就老老实实地待在那儿,"戴恩说,"随便我们怎么称呼它都行吗?"

"是啊,不过,全都是这种充满爱心的称呼呢。我们不就跟人家'住'在一起嘛——某个热情洋溢的男主人或者女主人,却从没露过面。"

"这就是可以让人来去自由的地方嘛——绝对的。"戴恩表示赞同。

"是的——或者叫康复院。"

不管怎么说,对于这个名称,戴恩还是持有异议的。"啊,在我看来,这个名称似乎不怎么贴切。你并没有生病——对不对?我很清楚,我确实没生病。我非常健康,同这世界一样,'健康得要命'呢!"

那位好"兄弟"有些疑惑。"可是,如果我们没法坚持下去……"

"我们没法控制——这是最大的毛病!"

"我知道——我知道。"那位好"兄弟"心满意足地叹息道;随后,他又颇为风趣地说道:"它有点儿像幼儿园!"

"接下来你就要说,我们是还在吃奶的婴儿啦!"

"是一位伟大、温柔、看不见的母亲的奶,她张开双臂仰望着天空,她的大腿就是这整条峡谷……"

"还有,她的乳胸,"戴恩使这个形象丰满起来,"就是我们这座山冈傲然挺立的主峰吧?要这样形容才好;只要符合基本事实,怎么说都行。"

"你说的基本事实是什么呢?"

"哎呀,那就是——就像从前在瑞士的湖区周围——我们在上寄宿学校①。"

那位好"兄弟"温文尔雅地接受了这个说法。"我记得——我记得：七法郎一天，不包括酒水！可是，唉哟，这里可不止七法郎啊。"

"是啊，远远不止呢，"戴恩不得不承认，"这儿也许不算特别便宜。"

"不过，你应该说特别贵才对吧？"他那位朋友愣怔了一下，询问道。

乔治·戴恩不得不想一想。"说到底，我怎么知道呢？在估算那些没法估价的东西时，人们遵循的究竟是什么惯例呢？特别便宜肯定不是我们对周围的一切有感而发的恰当用词；但是，难道我们自然而然地开始相信这种观点了，认为任何如此这般合情合理的东西一定都有一个价格？"

这回轮到那位好"兄弟"来思考一下了。"我们开始相信这种观点了，认为它一定有收益——它也确实有收益。"

"啊，是的，它确实有收益！"戴恩热切地重复道。"要是没有收益，它恐怕就维持不下去了。当然，它必须维持下去！"他说道。

"所以，我们可以再来？"

"是啊——想想看，明明知道我们还会再来嘛！"

说到这儿，他们又缄口不语了，两人面面相觑，各自都在思考这个问题，或者至少在装模作样地思考；因为他们眼中流露出的其实是害怕，唯恐会失去这条线索。"啊，等我们想再回来时，我们会找到这里的，"那位好"兄弟"说，"如果这个地方真有收益的话，它会继续办下去的。"

"是的，这就是美德。谢天谢地，它并不只为了爱才这样坚持下

---

① 原文为法语：en pension。

来的。"

"毫无疑问,毫无疑问。现在看来,谢天谢地,这里也有爱呢。"他们徘徊在这温润的氛围中,仿佛被这滴滴答答的雨声所吸引了,被这花园畅饮雨水的模样所吸引了。然而,过了一小会儿,这一幕就变了样,仿佛他们想努力说服彼此将一种若隐若现、微不足道的担忧抛开似的。他们看到了这种越来越高涨的生命的激情和这种周期性的需求,而他们心中的疑惑也随之增多,不知等到他们末日的钟声骤然敲响时,回到这个门楼来是否就意味着这场梦的终结。说到底,这是不是一道门槛,只能单向跨过去呢?大概是吧。他们迟早还得回到这个门楼来——这一点是肯定的:对每个人来说,末日的钟声总归会敲响。人们会祭献鲜花,这场恶作剧也就演完了——总之,沙漏已经漏完了。

在这儿,在这片净土上,的确有生命——带着生命所有的激情;需要采取行动,这种隐隐约约的骚动再次表明,被重新唤醒、被重新赋予生命的官能在微微搏动着。经过这样的当面对质后,由于头晕目眩,他们双方一时间似乎都想闭上眼睛;过了一会儿,他们又恢复了平静,那位"兄弟"的知心话也说完了。"哦,我们后会有期!"

"你的意思是,在这儿吗?"

"对——大概也会在茫茫人海中。"

"可是,我们会认不出,或者不认识啊。"戴恩说。

"你是说,在茫茫人海中吗?"

"既不是在茫茫人海中,也不是在这儿。"

"你认为,没有一点儿可能——没有最起码的一丁点儿可能吗?"

戴恩反复思考着这个问题。"好吧,就这么说定了,在我看来,还是团结一致、相互支持为好。不过,我们走着瞧吧。"

他的朋友立即高兴地表示赞同。"我们走着瞧吧。"说到这儿,像

193

要告别似的,那位"兄弟"伸出手来。

"你要走了吗?"戴恩问道。

"不,我以为是你要走了呢。"

这话很奇怪,可是,一听这话,戴恩的末日似乎突然降临了——他的意识陡然凝聚起来。"好吧,是我要走了。我已经达到目的了。你要留下来吗?"他接着说。

"稍微再多住些日子吧。"

戴恩有些犹豫。"你还没有达到目的吗?"

"还没有完全达到——不过,我想,应该快了吧。"

"好!"戴恩拉着他的手,顺势最后一握。就在这时,太阳再次穿过这场阵雨微微闪烁着,但雨水依旧落在这一边,滴滴答答的雨声似乎在明处拍打得更欢。"喂——多么令人陶醉啊!"

那位"兄弟"从高高的拱顶下向上望去,但他随即又扭过脸来望着我们这位朋友。他这回发出的是一声最耐人寻味、最轻松愉快的感叹:"啊,一切正常!"

可是,这到底是怎么回事?过了一会儿,戴恩不禁疑惑起来,这明明是分手的动作,为什么自己的手却被人家久久地握着不放呢?一个奇特的现象出现了,他看到那位朋友的脸当场变了样——为什么这一变,就变得越来越像他熟悉的另一个人的面部特征呢?这副面孔不算漂亮,却越看越棱角分明,特征与他用人的脸一模一样。最明显的是,这个相貌轮廓怎么与那个长着一张大众脸的布朗如此吻合呢?看到这一反常现象,他的眼睛慢慢睁开了;这不是他那个好"兄弟",这就是布朗本人正握着他的手呢。如果他不得不睁开眼睛,那是因为他一直是闭着眼睛的,因为布朗似乎也觉得他还是赶紧醒来为好。戴恩看在眼里的充其量也就这些,可他这么一看的结果却是故态复萌,他再度变得昏昏沉沉,眼皮忽开忽闭的间隔也有所延长,这恰好让布朗有时间——三思而后行嘛——把抚摸他的那只手缩回去，不声不响地走开。戴恩随后便清醒地意识到了自己的心愿，确信他已经走开了；这个心愿，不知何故，竟有消释谜团的效果。在他看清起初出现在他眼前的画面原来是一个人的后背，而那人正坐在他的书桌前写字时，那个谜团就彻底解开了。他辨认出的只是一部分身影，他还大致向什么人描述过——是那副急于要挑重担的肩膀，是那个屡遭不顺的年轻人的肩膀，那个年轻人是在这个糟糕的早晨前来吃早餐的。真是莫名其妙，他终于思索起来，可是，那个年轻人依然还在眼前呀。他待了多久啦——几天，几个星期，几个月？他还在戴恩最后一次见到他的那个位置上，寸步未离。所有东西——更莫名其妙——都保持着原样；所有东西，至少可以这样说，除了窗前的光线，光线是从别处透过窗户照进屋来的，说明时辰有所不同了。现在已经不是早餐过后的时间了，现在是过了——唉，过了什么之后呢？他强忍住喘息——现在是万事过后的时间啦。现在看来——毫不夸张地说——只有两个不同之处了。其一是，如果他依然还在沙发上，那他现在已经躺下来了；其二是窗玻璃上那滴滴答答的雨声。这声音告诉了他，这场雨——这场超乎寻常的夜雨——是怎么再次下起来的。这就是一场夜雨，然而他是在什么时候最终听到雨声的呢？不过两分钟前吗？那么，在那个年轻人到来之前，究竟过了多少分钟呢？那个年轻人就坐在餐桌边，似乎正心无旁骛地沉浸在自己的遐想中，只是偶尔回过头来看他一眼。可是，一看见他那双睁开的眼睛，年轻人便立即站了起来，移步来到他身边。

"你睡了整整一天啦。"年轻人说。

"整整一天？"

年轻人看了看手表。"从十点到六点。你已经累得吃不消啦。稍微谈了几句之后，我就没再打扰你，可你很快就睡着了。"是的，果然是这样；他"睡着了"——睡着了，睡着了，睡着了。他开始适应眼前的一切；在他睡着了的时候，那个年轻人接替了他。但是仍然还有几个混淆不清的地方。戴恩躺在那儿，两眼望着天花板。"所有的事情都处理好了。"年轻人继续说道。

"所有的事情？"

"所有的事情。"

戴恩努力想接受这一切，却又觉得有些尴尬，只好有气无力地说了一句，而且还说得文不对题："我已经很开心啦！"

"我也是。"年轻人说，他好像也确实如此。望着他那张脸，乔治·戴恩不禁又恍惚起来。于是，在恍恍惚惚的状态中，他果真就把它完全看成是另一张脸了，越看越糊涂，完全就是另一个人的脸嘛。每个人都有几分别人的特点。他不由得扪心自问，那么，这个年轻人又是谁呢？由于被他那恳切的眼神深深打动了，这位恩人再次爆发出十分高兴的欢呼声："一切正常啦！"这句话回答了戴恩的问题；这张脸就是那位好"兄弟"在门廊下转过身来望着他的那张脸，他们当时正肩并肩站在那儿聆听这场阵雨的沙沙声。这情景实在太奇怪，但又实在太令人爽心悦目、实在太清晰，清晰得连最后那几句话都还在他耳畔回响着——那是发自双方肺腑的相同的话，听上去犹如同一个声音。戴恩站起身来，环视着他这间屋子，屋子似乎已被整饬得干干净净，面貌一新，大了一倍。本来就一切正常嘛。

（阳彩丽　吴建国　译）

知识树

一

彼得·布伦奇有他不便公开的见解,反正我们大家都有,譬如,他认为他为人处世的主要成功之处大概就在于,他从不对朋友摩根·马洛的作品,姑且称之为作品吧,妄加评论。这的确是一个命题,在这个命题上,他坚信,谁也不可能煞有介事地引用他的话来说事,也休想找到任何把柄,说他在某种场合、某种尴尬的处境中,在某方面要么撒了谎,要么说了真话。即便对于一个还有其他丰功伟绩的人来说,这一功绩也自有其可取之处——他已年届五旬,逃离了婚姻的藩篱,过着量入为出的生活,多年来一直深爱着马洛夫人,却从未启齿;还有一点,他早已对自己做过一番盖棺定论式的评价。他之所以这样评价自己,是因为他自愧弗如,一般都极其谦卑,恭谨忍让;尽管如此,他也有他自命不凡的地方,在人生的航道上,他已数度安然驶过方才提到的那些急流险滩。这倒真是一桩令人啧啧称奇的事情,他最信任的那些朋友,偏偏正是他最有所保留的人。他没法告诉马洛夫人——或者说,他至少认为,他不能这样做,真乃优秀的男人啊——

她就是导致他从未结婚的一个美丽的缘由；他也同样没法告诉她丈夫，因为一看到那位绅士的工作室里那些成倍增加的大理石雕像，他便感到心如刀绞，连时光也无法使这绞心的利刃变钝。然而，诚如我以上所述，对于这些艺术产品，他的过人之处，不单单表现在他从不让内心的痛惜之情流露出来；了不得的是，他还无须用任何别的方式去隐瞒心迹。

在这几个好人之间，剧情如此复杂紧要的整个情形，着实堪称一大奇观，从我们所蛰居的这个地点开始——从当年汉普斯特德[①]那面平坦的斜坡开始，恕我表述不够连贯，到圣约翰森林[②]，在这么广阔的区域范围内，此种情形恐怕也是别无二致的。他鄙视马洛的雕像，却爱慕马洛的妻子，然而又特别喜欢马洛，因此，他对马洛同样也很亲切。马洛夫人为这些雕像而感到欢欣鼓舞——不过，倘若让她勉为其难做出选择的话，她会更加青睐那些半身雕像；如果说她对彼得·布伦奇显得格外亲热的话，那也是因为他对马洛的那份厚爱。彼此相亲相爱，不宁唯是，每个人都对兰斯洛特怀着那份钟爱之心；马洛夫妇对兰斯洛特爱若掌上明珠，因为他们只有这一个孩子，而坐在他们家炉火边的这位朋友则视这孩子为他的第三个教子——倒也毋庸讳言，在他这三个教子中，就数这孩子最英俊。在以往的那些岁月里，他们就已经认识到，除了彼得之外，没有任何人能够与他们、哪怕是与这孩子，结成如此这般的关系。幸好在各种花销上，他们相互间还保持着一定的独立性，否则，马洛大师也根本不可能推出他那隆

[①] 汉普斯特德（Hampstead），伦敦西北郊住宅区，是英国知识分子、文学艺术家、音乐家等文人雅士所钟情的聚集地，也是英国大富豪最为集中的区域之一。

[②] 圣约翰森林（St John's Wood），位于伦敦西北部，在威斯敏斯特市境内，为英国第五大豪华住宅区，房价居伦敦榜首。

重的漫游年①：先访遍佛罗伦萨和罗马，接着再赶往泰晤士河畔，然后再返回阿尔诺河②和台伯河③沿岸。这一壮举不过是增添了一堆又一堆卖不出去的雕像和模型罢了，因为事实很快证明，他到头来剩下的只有纯粹的热爱，以及凭想象画出的名流们的头像，那些名流要么太忙，要么太没记性——不是年事过高，就是年纪过小——压根儿就坐不住。彼得也一样，尽管差不多天天都混迹其间，偏就挤不出时间亲临现场，好让整个复杂的传统焕发出盎然生机。他相貌魁梧，却性情温和，神奇地将如下这些特点汇集于一身——体态臃肿、皮肉松弛、面色红润、满头鬈发，再配上深沉的嗓音、深陷的眼窝、深深的口袋，更不用说用大号烟斗吸烟的习惯、软耷耷的礼帽，以及那些或像棕褐色或像青灰色、因经年风吹日晒而败了色的衣服，表面看来永远都是同一副尊容。

　　据说，他也"写过"点儿东西，但他从未提及此事——对这一点尤其讳莫如深；从他说话的口气来看（因为，据称他还会继续写下去的），他坚持写作，目的是为了加深对某个要紧的事情的理解——按照最坏的说法，他似乎理解得还不够透彻——才好在这件事情上隐忍不言。不论他是什么用意，彼得的那些偶尔为之且无人问津的散文和诗歌，倒也确实是一时兴之所至的产物。他要进一步摆正名气与懦弱之间的关系，想借此来保全他品位的纯正。进入他那片领地的那扇绿色小门开在花园的围墙上，粉饰围墙的泥灰已经裂纹纵横，斑斑驳驳。在这幢独门独院的小别墅里，样样东西都很老派，包括家具、用

---

① 漫游年（Wanderjahre），北美俚语，尤指大学课程开始之前或刚刚结束之后在国外旅游的一年。
② 阿尔诺河（the Arno），发源于意大利北部托斯卡纳的亚平宁山脉，向西绵延240公里，穿过佛罗伦萨和比萨，注入利古里亚海，是意大利中部最重要的河流之一。
③ 台伯河（the Tiber），发源于意大利托斯卡纳的亚平宁山脉，全长405公里，在奥斯蒂亚注入第勒尼安海，系意大利第三大河，是罗马的黄金水道，罗马城位于该河的东岸。

人、书籍、报刊、生活习惯，以及新做的修缮。马洛一家住在卡拉拉公寓区，与他相距不到十分钟，那间工作室就建在他们那块小小的土地上，是他们怀着美好的心愿特意加盖起来的。那是她给摩根带来的好运，但愿不是厄运，是她结婚时陪嫁过来的一份嫁妆，可保他们稍稍安心，也让他们能够——就他们那一方而言——维持这段婚姻。他们的确也维持得很好——他们向来夫唱妇随，痴情的雕塑家和他的妻子，造物主免除了他们的一切为难之事，替他们将腐朽化为神奇了。无论怎么说，摩根都拥有一个雕塑家应有的一切，唯独缺少菲狄亚斯[1]的那份艺术灵感——棕色的天鹅绒礼服，时髦的贝雷帽[2]，"富于艺术表现力"的堂堂仪表，纤巧的手指，一口漂亮的意大利语，再加上一手古雅的意大利语大写字母的花体写法。瞧他朝那个名叫艾吉蒂奥的意大利人发号施令、挥手示意的派头，他指派他把其中的一个旋转基座转动起来，这样的基座此处比比皆是。随着那一声"你"[3]，他似乎把艺术家的风采展现得淋漓尽致。卡拉拉公寓区住着很多大名鼎鼎的意大利人，这一点在很大程度上对彼得的生活具有潜移默化的作用，使他这个意志坚定的不列颠人感到，本次"出国游"还算勉强可以忍受。马洛一家就是他全部的意大利，不过，也正是因为有几分喜欢意大利，他才喜欢马洛一家的。最让他发愁的是，兰斯——他们已经对他的教子使用简称了——尽管就读的是一所公立学校，未免太有点儿意大利人的作派了。在此期间，摩根看上去活像某个大人物在乌菲齐艺术馆[4]的大型展厅里大放厥词，发表他本人对那些艺术大师亲手绘制的自画像的独到见解。摩根大师唯一的遗憾源自他未能遂愿的

---

[1] 菲狄亚斯（Phidias），公元前5世纪雅典雕塑家，以埃尔金大理石雕像及位于奥林匹亚的巨大宙斯雕像（约公元前430年）闻名，后者是世界七大奇观之一。
[2] 原文为意大利语：beretto。
[3] 原文为意大利语：tu。
[4] 乌菲齐艺术馆（Uffizi Museum），在意大利佛罗伦萨，拥有欧洲最精美的艺术藏品。

理想，他本为画笔而生，却误入了雕刻之门，他原本也可以在那个画展中占有一席之地的。

不管怎样，随着时间的推移，兰斯好像会成为那个为画笔而生的人；因为有一天，在兰斯快满二十周岁的时候，马洛夫人就此事与彼得聊起来。他们的这位朋友倒也好，对他们家的所有问题和烦恼，哪怕是最不值一提鸡毛蒜皮的小事，都乐意分忧。她说，看来这孩子除了投身艺术生涯外，实在也没有什么别的行当好干了。这是他们不能再视而不见的事实：兰斯在剑桥大学是读不出什么名堂来的，尽管布伦奇自己曾就读过的那个学院，看在布伦奇的面子上，已经有一年时间破例对他一忍再忍了。因此，何必要重蹈覆辙，培养他去做根本就做不到的事情呢？这根本就做不到的事情——已经是明摆着的事实——是兰斯根本就不可能成为一位艺术家。

"哦，哎呀，哎呀！"可怜的彼得说。

"难道你不相信？"马洛夫人问道，尽管已经四十开外，她依然有一双紫罗兰天鹅绒般的眼睛，奶油色绸缎般柔润的肌肤，以及如蚕丝般滑爽的栗色秀发。

"相信什么？"

"啊哟，兰斯的艺术热情呗。"

"我不知道你说的'相信'是什么意思。当然，我从来就没有忽视过他的这种倾向，他从小就喜欢乱涂乱画；不过，我承认，我一直希望这种热情已经被烧光了。"

"可是，既然他有这么好的遗传，"她甜蜜地笑着说，"为什么要让它烧光呢？热情就是热情——当然啦，亲爱的彼得，这一点你确实不懂。难道马洛大师的热情已经被烧光了吗？"

彼得将视线稍微移开了一点儿，习以为常、不置可否地僵持了片刻，然后闷哼了一声，既像欲言又止，又像无可奈何的样子。"你以为他会成为另一位艺术大师吗?"

她似乎本来就没有打算聊得那么深入,然而,总的说来,她还是抱着一种极其难能可贵的信心。"我知道你说这话是什么意思。你是在问,投身于艺术这一行会招人嫉妒,会引起各种事端和阴谋诡计吧?这些事情常常把他父亲折磨得简直不堪忍受。唉——不妨这么说吧,在如今这可恶的年头,既然只有哗众取宠可以大行其道,事实好像也是这样,既然高雅的艺术和独树一帜的格调反而会遭人唾骂,一个人也许很容易就会沦落到要饭的地步了。用最糟糕的话来说——假如他真的能够展开双翅飞得很高,高得远远超出了他那些头脑愚钝、趣味低俗的同胞所能理解的程度,他肯定会很不幸。尽管如此,还是想一想那种自由翱翔的幸福吧——那种幸福,马洛大师已经体会到了。他也会明白的。"

彼得一脸的懊丧。"啊,可是,他会明白什么呢?"

"孤芳自赏的快乐!"马洛夫人大叫一声,显得很不耐烦,随即扬长而去。

二

事不宜迟,他当然得赶紧找这孩子本人谈一谈,岂料,他实际听到的却是,一切都木已成舟。兰斯不打算再上剑桥,而是打算去巴黎。既然决定命运的骰子已经掷过了,他说不定能在巴黎找到最合适的发展空间。彼得向来认为,孩子的成长应当顺其自然,然而在这件事情上,他大概从来也没有像现在这样头脑清醒。"这么说,你彻底放弃剑桥了?这样难道不觉得有点儿可惜吗?"

在彼得眼里,兰斯倘若没有那么幽默,就很像他父亲,若长得再好看一些,则很像他母亲。然而,对彼得来说,还是采用折中的方法看问题为好：以兰斯的时尚举止，从表面上看，他更像一个年轻的证券经纪人，而不是年轻的艺术家。这小青年争辩说，这是一个时间问题——要经受一段艰苦的磨砺过程，要学的东西也很多。他跟同学聊过，也有他自己的判断。"时至今日，人必须识时务才行，"他说，"难道你看不出来？"

彼得听了这番话，不禁闷哼了一声。"哦，该死，不懂！"

兰斯感到很纳闷。"不懂？那为什么要……"

"要什么？"

"哎呀，随便你怎么说吧。难道你不觉得我很有天赋吗？"

彼得顾自出神地吸着烟，一时无语；过了一会儿，他才接着说："就像我们都知道的那句漂亮的老话所说的——有真知灼见未必是好事情，无知才是福啊。"

"难道你不觉得我很有天赋吗？"兰斯又追问了一声。

彼得以他所特有的那种颇为古怪的表达爱意的方式，伸出胳膊搂住他的教子，用力拥抱了他一下。"我怎么知道呢？"

"哦，"兰斯说，"但愿你是在为你自己的无知辩护！"

又是一阵沉默，沙发上，他的教父仍在埋头抽烟。"这话不对。我正是因为无所不知，才招致这种不幸的。"

"哦，好吧，"兰斯又笑了起来，"但愿你是知道得太多……"

"这就是我的本色，也是我混得如此凄惨的原因。"

兰斯笑得更开心了。"凄惨？得了吧，我说！"

"不过，我忘了，"他的同伴接着说，"这些事情即使说了，你也未必明白。世事纷纭复杂，不是你所能承受的。我只会告诉你我会怎么做，"彼得从沙发上站起身来，"如果你愿意继续深造，我会支付你在剑桥读书的所有费用。"

兰斯惊讶得瞪大了眼睛，尽管心里依然觉得很好笑，却多了几分

203

苦涩。"哦，彼得，如此看来，你是不赞成我去巴黎喽？"

"嗯，我是有些担心。"

"啊，我明白了！"

"不，你暂且——还不明白。不过，你会明白的——你将来也许会明白的。再说，你也不一定非要弄明白不可。"

这位青年思索着，开始严肃起来。"可是，一个人纯真的天性，已经……"

"已经遭到很大损害了吗？啊，这没关系，"彼得执着地说，"我们就在这儿把它修补好。"

"在这儿？那你想让我待在家里？"

彼得几乎等于承认了这一点。"嗯，我们彼此这么投缘——我们四个人亲如一家，就像我们现在这样。我们彼此的关系这么牢不可破。行啦，别破坏这种局面吧。"

兰斯刚刚严肃起来，听了他朋友的这番确实很语重心长的话之后，又从严肃转为惊愕了。"那么，我作为其中一员，该何去何从呢？"

"你是我最在意的人。得啦，老伙计，"彼得此时语气相当恳切地说，"我会密切关注你的前途的。"

兰斯依然坐在沙发上，两腿平伸出去，双手插在口袋里，用怀疑的眼光打量着他。随后，他站起身来。"你大概觉得我有问题——认为我不可能取得成功吧。"

"好吧，你认为什么才算成功呢？"

兰斯再一次思索起来。"哎呀，依我看，最好的成功就是能让自己开心。难道那种成功就不算成功吗？纵然有各种结党营私的小集团和阴谋诡计，却照样能够独辟蹊径，勇往直前——像马洛大师那样？"

这个问题的内涵太过复杂，涉及的东西也实在太多，不可能马上找到答案，因此，他们干脆就此打住。尽管这个年轻人的纯真天性随着他阅历的丰富或许已经有所减退，诚如他自己所争辩的那样，鉴于问题的核心本质依然没有改变，按照这套改头换面的说辞来看，这个何谓成功的问题反倒变得尤其难以回答了。这一点不折不扣正是彼得早已料想到的，也是他最巴不得看到的结果；然而这个结果却又十分有悖常理，不禁使彼得感到一阵心寒。这孩子居然相信真有各种结党营私的小集团和阴谋诡计，居然相信真有人能够独辟蹊径，简而言之，真相信那位艺术大师的成就了。大约过了一两个月之后，兰斯果然没有用他教父的资助继续去剑桥读书。但是，等他在巴黎安顿下来后，过了两周，他便收到了这位局中人给他寄来的五十英镑。

与此同时，在家里，这位局中人也下定决心做了最坏的打算；至于这个最坏的打算究竟是什么，在他心中却从来没有清清楚楚地显现出来过，直到有一个星期日的晚上，当他不请自来与他们共进晚餐的时候，这一打算才得以显现。因为吃晚餐他一向都是不请自来的，卡拉拉公寓的女主人一见到他，脸上便带着一种动人的表情——世间万物——她偏偏只向往加拿大人的财富。她显得很热切，甚至有些兴奋不已。"他们当中很多人真的很有钱吗？"

他不得不承认，他对那些人一无所知，但事过之后，他时常回想起那天晚上的情景。他们就座的那间屋子里摆满了杂七杂八的样品，全都是马洛大师的天才之作。那些样品的最大价值就在于，如同马洛夫人不厌其烦地反复提示的那样，它们都有异常适合于一时之需的规格。它们的确具有绝非常人的凿子所能成就的各种维度，而且形态各异，如果对象及其特征需要雕刻成小号的，看上去却显得过大；如果对象及其特征需要雕刻成大号的，看上去则又显得过小。马洛大师的创作意图，无论针对哪一件作品，几乎无一例外，彼得·布伦奇都无法理解。即便多年过去之后，他依然参悟不透其中的奥秘。那些如此令人不解其意的作品，一件件竖立在基座和托架上，竖立在工作台和陈列架上，犹如一小群在凝目远眺的白人群体，英雄派、田园派、寓言派、神话派、象征派，应有尽有，只是"比例"严重失调，且全无章法：广场与烟囱似乎改变了位置；但凡该比原物大的造型都比原物小，但凡该比原物小的造型都比原物大；有一个家族的群雕，无论怎么说都很惹眼，其身材比例却相当奇怪，全然不顾尊卑、年龄乃至性别差异。它们犹如马洛一家一样，塑造出了可怜的布伦奇自己的家庭——至少在亲昵程度上有高度的相似性。这种场面他很久以前就烂熟于心，是他可以去了解、去挑明真相的重要契机——微弱的火苗在忽隐忽现地颤动，比往日更加融洽的气氛犹如阵阵清风拂面而来。马洛大师一年四季都对自己的艺术才华深信不疑，而且一年有两次，周期性地深信自己终成大器。这一次总算好运临头了，有一对从多伦多远道而来的失去孩子的夫妇给他下了一笔金额最大的订单。他们要为自己死去的三个孩子修建一座坟墓，要求马洛在坟墓构型上能够表现每一个孩子的个性特征，具有象征性和典型性。

这自然是马洛夫人提出这个问题的良苦用心：假定他们的财富果然如人们所言，根据他们对马洛大师的崇拜之情，以及根据此类丧葬业务的其他潜在价值业已显示出的令人捉摸不透的线索（这些线索确实有些奇怪！），他们将来的主顾大概会是些什么人也就很清楚了；同样不言而喻的是，马洛大师若想在那些地方出名，首先必须疏通加拿大海关，这是无法规避的现实。彼得以前就与殖民地海关和本国海关常打交道，疏通关节——深知各地海关皆彼此相通，铁板一块，几乎没有可周旋的余地，不可能让他身边的这家大理石雕像公司有机可乘；不过，每逢这些关键时刻，他都决计不会提前去戳破肥皂泡，这是他早已养成的习惯。美妙的幻想始终伴随着马洛大师，为他舔舐每场竞选都必输无疑的伤口，为他抚平奖章和证书都屡屡旁落的悲痛，更为他重新点燃那盏明灯,用摇曳的灯火去照亮下一场黑暗。即便如此,他们毕竟已经达到了一定的境界——诚如人们总能赏心悦目地看到的那一面,他们对人生的起落已经不再那么多愁善感了。他们有时也会以迷人的方式勉强承认,各地的公众并没有恶劣到不肯买他们的东西的地步;但是,他们无论走到哪里都会一口咬定,马洛大师的作品从来都是因为太高雅才卖不掉的。彼得常常暗自寻思,不论怎样,他们是甘之如饴地结为夫妇去应对他们的命运的;马洛大师怀着一种虚荣,他妻子怀着一种忠诚,然而最终的成功势必会削弱他们的那份禀赋和雅趣,因为成功容不得这些纯真烂漫的东西。人若魔力附体,必会魔法无边。彼得环顾他身外这个繁花似锦的世界时,只觉得这个世界甚至比马洛大师所谓的艺术馆还要空洞无物。他心想,不知这世上是否还有哪对夫妇能够如此这般地超凡脱俗。

"真可惜啊,兰斯不能和我们一起欢度这美好的时光!"吃晚饭时,马洛夫人借题发挥地叹息道。

"我们来为游子的健康干杯吧,"她丈夫一边应答着,一边给朋友和自己斟满酒杯,顺便也象征性地给自己的伴侣斟了一滴酒,"不过,我们必须抱着这种希望,他正在为谋取一份幸福而锤炼自己呢,尽管那种幸福远远比不上我们今晚所享受的这份幸福——我倒认为,这是情有可原的!也比不上我们一贯——无论出现或未出现什么状况——享有的这份舒适感我们向来都相信自己,享受人生。"马洛大师迎着怡人的灯光和炉火挺直腰板,端起酒杯,环视着他的大理石族群,一个奇形怪状的种群,大小不一,各占其位,填塞在每一个空间里。"这份舒适感,"马洛大师解释道,"就是从艺术本身获得的慰藉!"

彼得有点儿局促不安地低头望着自己的酒。"好吧——我不在乎你怎么看待这件事,如果人家不同意——不过,兰斯必须学会推销自己,你知道的。我为他能够掌握最基本的自我推销的秘诀而干杯!"

"啊，说得对，他必须推销自己。"马洛夫人相当直白地承认道。然而，那说话的口吻似乎表明，她虽然身为这孩子的母亲，却更是马洛大师的妻子。

"啊，"过了一会儿，这位雕塑家充满自信地大声说道，"兰斯会的。不用担心。他准能学会的。"

"这一点恰恰正是彼得不愿相信的，"马洛夫人接过话来，兴高采烈地回应道，"即使告诉过他，即使听说了，他也不信。彼得呀，你到底为什么老是这么唱反调呢？"

一见这位夫人在娇嗔地望着他——这种魅力，在她这一方，绝非偶尔一现——彼得慌得根本找不着词了；不过，马洛大师一向注重礼节，也善于应变，马上出来帮他解围了，他从前也经常像这样帮彼得解围。"那是他以前的观点，你知道的——在这一点上，我们老是拧不到一块儿：他的理论是，艺术家就应当全凭突发奇想和本能行事。我当然主张要有一定量的后天学习。不必太多——但是得有一个适度的比例。这就是他不同意的地方，"他继续向他妻子解释道，"在兰斯的问题上，他也是持不同意见的，难道你没看出来？"

"啊，好吧。"于是，马洛夫人便将她那双紫罗兰色的眼睛瞟向了桌子对面，望着他们夫妇此刻正在议论的对象。"当然，他肯定是出于一片好意；但是，如果兰斯真的接受了他的建议，从实际情况来看，恐怕也不会有什么好结果。"

他们就这样当着他的面，以这种亲仁亲善的方式肆意谈论着他，仿佛他只是一尊泥塑，或者充其量就是一尊石膏像，况且马洛大师永远都是那么宽宏大量。他本可以大手一挥，让艾吉蒂奥将彼得的基座旋转过来的。"啊，不过，可怜的彼得毕竟错得还不算太离谱，在这件事情上，他会接受教训的。"

"哦，不过，从艺术角度来看，倒也没有什么坏处。"她执着地说——依然望着可怜的彼得,一副俏皮而又天真的样子。

"哎呀,不过是法国人常玩的一些不足挂齿的噱头罢了。"马洛大师说。他们那位朋友听了这话,再加上迫于马洛夫人的压力,也只好口是心非地承认说,这些审美恶习也正是他所不齿的东西。

三

"我现在明白了,"第二年,兰斯对他说,"你当初为什么会那么强烈地反对这件事。"兰斯此次回来,估计纯粹是为了休假。自从背井离乡去国外漂泊以来,简单说来,仿佛就是这种状况,兰斯的确已经来卡拉拉公寓找过他两三次了。这一次假期似乎要长一些。"我碰到了一桩相当讨厌的事情。知道真相并不是什么好事情。"

"我不得不说,看你的气色,好像情绪不高啊,"彼得只好无可奈何地坦言道,"不过,你确实认为你真的知道了?"

"嗯,我至少在我所能承受的范围内知道事情的原委了。"这番对话是在彼得的书斋里进行的,年轻人抽着卷烟,站在炉火前,背贴着壁炉架。看来他身上好像真的少了一些青春的朝气。

可怜的彼得有些吃不准。"这么说,你已经想通了我特别不愿让你走的原因了?"

"特别?"兰斯想了想,"要说特别,在我看来,可能只有一件事。"

他们停顿了片刻,揣摩着对方的心思。"你确实是这样认为的?"

"确实认为我就是一个不中用的蠢货吗?确实不假——这一回。"

"噢!"彼得转过身去,仿佛如释重负似的。

"最让人不好受的就是明白了这一点。"

"哦,我可不在乎'这一点',"彼得说着,旋即又回过身来,"我的意思是，我个人并不在乎。"

"但是，我希望你能多一点儿理解，我自己应该很在乎！"

"好吧，你说的这一点是指什么？"彼得满腹狐疑地问道。

于是，兰斯不得不就这一点解释起来——他在巴黎潜心研究的结果，只是无情地证明了他的艺术手法是值得深度怀疑的。这些研究唤醒了他，也赋予了他一种崭新的眼光；不过，这种全新的眼光确实也很起作用，使他明白了太多的道理。"你现在知道我是怎么一回事儿了吧？我太明智啦。巴黎其实是我最不该去的地方。我总算弄懂了，有些事情并不是我力所能及的。"

可怜的彼得凝望着他——凝望着这个刚刚步履蹒跚地踏入人生的年轻人；不过，即使他们已经就这个话题进行了一番长谈，这个大男孩已经把他所了解到的严酷事实真相和他从中得到的教训和盘托出了，他的这位朋友也丝毫没有流露出常人难免会有的那种果然被他所言中的快感。他不想幸灾乐祸地说："我早就告诉过你呀！"此时此刻，可怜的彼得本人的确也对"果然被他所言中"这一点讳莫如深。因此，过了一两天之后，在另一个地方见面时，兰斯便单刀直入地问道："那究竟是怎么一回事？——在我去巴黎之前——你到底害怕我会发现什么呢？"然而，对于这一点，彼得就是不肯告诉他——理由是，倘若他至今都还猜不透，那他大概永远也猜不透了；再说，这种事情一旦挑明了，无论如何，对他们双方来说，都绝对不会有任何好处。针对这个问题，兰斯也斜起眼睛朝他看了看，带着年轻人特有的那种大胆好奇的神情——那神情似乎表明，他脑海中已然有了两三个答案，其中必有一个是正确的。不料，彼得再次转过身去，丝毫也没有要鼓励他的意思。于是，他们再次分手时，这年轻人便流露出了些许不耐烦的神色。为此，他们后来会面时，彼得一眼就看出，他在此期间已经凭直觉做过些推测了，根据他的神态来判断，他只是在等待他们私下里再次单独见面的机会。这个机会兰斯很快就安排好了,而且当即就开门见山地诉说起来。"你知道吗,你那个像谜一样让人猜不透的难题,害得我整夜都睡不着觉。不过,到了夜阑更深的时候,答案忽然涌上心来——所以,凭良心说,我忍不住放声大笑起来。你一直以为我只有去巴黎才能找到这个答案吧?"到了这种时候,看到彼得依然还是那么极度警惕的样子,这位年轻的朋友不禁又哈哈大笑起来。"你当真是不见兔子不撒鹰吗?你可真行啊,老彼得!"不过,兰斯终于说出了这个答案,"哎呀,该死,这个真相就在马洛大师身上。"

这样一来,就使他们两人得以心情舒畅地交谈了好几分钟,彼此都充满了惊奇,也为对方感到惊奇。"那么,你花了多长时间才弄懂的……"

"他的作品的真正价值吗?我懂,"兰斯回忆道,"从我刚刚开始懂事的时候,我就知道这件事了。不过,我承认,我是在到了那边①之后,才开始完全明白过来的。"

"天哪,天哪!"彼得回想起那块心病,气短地叹息了几声。

"可是,你把我当成什么人啦?我就是一个没出息的笨蛋——而且我还不得不自食其果。但是,我绝不是马洛大师那样的笨蛋!"

"那你为什么从来没有告诉过我呢?"

"我没有告诉过你,毕竟……"小伙子打断了他,"我不是一直就是个白痴吗?就因为我做梦也想不到你会知道。请原谅。我只是不想打扰你。我现在搞不懂的是,都这么长时间了,你究竟是怎么做到守口如瓶的。"

彼得搬出了他的理由,不过,他是在犹豫了一下之后才说的,庄

---

① 原文为法语:là-bas。

重的口吻中不乏尴尬的成分。"那是为了你的母亲。"

"啊!"兰斯说。

"所以,眼下这件事尤其重要——纸终究包不住火,既然事情已经败露了,我要你向我保证,我的意思是,"彼得近乎狂躁地接着说,"我要你发誓,就在此时此刻,你必须郑重其事地向我发誓,你无论做出什么样的牺牲,都绝不能让她猜测到……"

"猜测到我已经猜中的那种事情吗?"兰斯有所领悟了,"我明白。"过了一会儿,他显然领悟得更透彻了些。"可是,你凭什么认为我有可能要做出一定的牺牲呢?"

"哦,谁都会遇到紧要关头的。"

兰斯目不转睛地盯着他。"你是说,你已经遇到过……"然而,一看到彼得望着他的那副表情,他立即把这后半句话咽了回去,迅速换成了另一句话:"你真的很有把握我母亲不知道吗?"

彼得经过重新反思之后,真的很有把握。"她要是知道,那她就太神奇了。"

"可是,我们大家不是都太神奇了吗?"

"是啊,"彼得回答道,"但是,方式不一样。这件事实在太事关重大啦,因为你父亲的作品喜欢看的人很少,大概只有——其实你是知道的,"彼得有些得寸进尺地说,"嗯,有多少?"

"自始至终,"马洛大师的儿子不揣冒昧地说,"也就只有他自己吧。我看不出还有其他什么人。"

彼得有点儿忍不住了。"还有你母亲啊,要我说——她一直都是。"

兰斯露出大为不满的神色。"你确信无疑?"

"确信无疑。"

"那好,算上你自己,总共三个人。"

"啊，我呀！"彼得晃了晃他那与人为善、老气横秋的脑袋，谦虚地婉言拒绝了，"不管怎么说，人数毕竟太少啦，若再缺了哪一位，那都是天大的遗憾。因此，一句话，留意一点，我的孩子——就这样吧，你不能将自己排除在外！"

"我还得继续像这样欺骗下去吗？"兰斯叹息道。

"我说这话只是想提醒你，有这种危险，就怕你会守不住那个秘密，我才抓住这个机会说这番话的。"

"你所说的危险，"这位年轻人问道，"具体是指什么？"

"哎呀，这是肯定的。一旦你母亲——她本来就性格刚烈——对你的秘密起了疑心，唉，"彼得绝望地说，"那就等于火上浇油了。"

兰斯刹那间仿佛看见了那团火焰。"她会把我赶出家门吗？"

"她会把他赶出家门。"

"然后再来投奔我们？"

彼得转身离开时才回答说："来投奔你。"不过，他已经说得够多了，足以暗示——而且，正如他显然坚信的那样——足可预防那可怕的不测风云。

四

然而，在接下来的六个月里，他所担忧的事情已经不止一次地全都浮现在他眼前。兰斯回巴黎去了，经受了另一番煎熬后又再次出现在家里，而且生平第一次与他父亲交锋时当场摩擦得火星四溅。他声情并茂地向彼得描述了事情的整个经过，对彼得来说——鉴于他们以前从未有过这种情况——这不啻为一种信号，说明住在卡拉拉公寓的那对夫妇已经对他有所保留；现在，对于私密性的话题——高兴也好，忧愁也罢——他们不肯再向这位好友敞开心扉了。事实上，这种状况大概也使双方的关系有了些隔阂,甚至连各自生意上的事情也因此而略有中断——诚然,最为明显的标志是,兰斯为了方便与这位老伙伴谈心,常常不得不前来他的住处与他面谈。这样一来,两人便心照不宣地迎来了这种即使不算最愉悦,也是最亲近的关系。可怜的兰斯面临的难处是,一回到家里就要受窝囊气,因为他父亲希望儿子至少取得像他自己那样的成就。兰斯并没有"抛弃"巴黎,用他最形象不过的比喻来说,是巴黎抛弃了他;他还会重返巴黎的,因为那是他热切向往的地方,他要去尝试、去了解、去探寻那些深奥的哲理——说到底,去领受人生的教训,哪怕只是在增长见识之后发现了自己的无能。可是,那个唯善空谈却不可一世的马洛大师,他哪儿知道无能是什么滋味呢?在他那毫无识别能力的一生中,他哪儿有过什么见识?——姑且称之为见识吧。在这一方面,满腔怒火、义愤填膺的兰斯,只能坦诚地求助于他的教父了。

如此看来,他父亲已经严词训斥过他,指责他白白荒废了这么多时间,至今都还一事无成,希望他下次回来时,这种碌碌无为的状况能有所改观。马洛大师自鸣得意地搬出的要旨是,任何一位艺术家,无论与他自己相比有多拙劣,至少得"干"点儿正事。"你能干什么?我只问这一句!"毫无疑问,兰斯已经干得够多了,倘若一定要他罗列出来,也未必全都一无是处。因此,兰斯在向这位老友倾诉自己为了做出必要的"牺牲"而承受着多么大的压力时,竟两眼噙着泪花。继续隐瞒真相——让儿子对父母像这样隐瞒真相——确实不易,尤其在他感觉自己因不甘平庸而屡遭鄙视之后。尽管如此,当两人亲密无间地共同面对这一处境时,彼得仍然要求兰斯保持这种高尚的口是心非的做法,而他的这位青年朋友,纵然满腹怨言,满腹酸楚,为了宽慰他,倒也在一段时间内忠诚地遵嘱照办了。确实不假,五十英镑再一次证明,无论在伦敦还是巴黎,都值得这位青年朋友对他忠心耿耿；眼下，这一举措依然非常明智。毋庸置疑，这笔钱就是一种直接贷款，应该有一笔不菲的回报，因为彼得私下里早已预设好了这笔钱最终所起的作用。无论是通过这些花招还是其他办法，不管怎样，反正兰斯那无可厚非的怨恨之情总算被他自己控制了一个季度——但也只能控制一个季度。这一天终于来了，兰斯提醒他的战友说，他没法再这样退让下去了——或者说，已经忍无可忍了。于是，卡拉拉公寓不得不聆听彼得的另一番说教，这番说教得有极高的水平——既不能产生与预期相反的坏结果，又不能用某种方式让马洛大师知道实情，这份苦痛之重，实非血肉之躯所能承受的。

"唉，我看不懂的是，"兰斯带着有些恼火的眼神望着他，总算看出了这究竟是怎么一回事，关于这件事，他自己毕竟也难辞其咎，"凭良心说，我看不懂的是，在目前情况下，**你**能用什么办法把这场游戏继续玩下去。"

"哦，这场游戏对于我来说，只要不吭声就行了，"彼得心平气和地说，"再说，我也有我的道理呀。"

"还是因为我母亲吗？"

彼得的脸上又露出了那种惯常的古怪表情——他马上虎下脸来，不作正面回答。"你觉得呢？我依然一如既往地喜欢她。"

"她很美丽——当然，她也是一个很可爱的人，"兰斯一本正经地说，"可是，她跟你到底是什么关系呢？你无论遇到什么事情，总是看她的脸色行事，对于你来说，这究竟意味着什么呢？"

彼得的脸顿时红了起来，隐忍了一小会儿才缓缓说道："得啦——简单地说，这都是我一厢情愿。"

然而，此时此刻，他的这位青年朋友的心里竟有了一种莫名其妙、故意要追根究底的强烈欲望。"你跟她究竟是什么关系？"

"哦，什么关系都没有。不过，那完全是另一码事儿。"

"她只关心我父亲。"兰斯说话的口气活像巴黎人。

"自然——这就是原因所在。"

"你为什么总希望顾全她的面子呢?"

"因为她实在太在乎面子了。"

兰斯在屋子里转了一圈,但目光依然盯着他的东道主。"你肯定——始终如一地——非常执着地爱着她!"

"非常执着。始终如一。"彼得·布伦奇说。

这年轻人一时又陷入了沉思——然后又再次站定在他面前。"你知道她有多在乎吗?"他们的目光相遇了,但是,由于发现兰斯的眼睛里仿佛流露着某种新的情感,彼得似乎煎熬了很久才第一次吞吞吐吐地承认说,他的确知道。"我只是刚刚弄明白,"兰斯说,"她昨天晚上来过我的房间,来了之后,她什么也没说,只是默默地用她那双眼睛看着我,看着我到底从他身上遗传了什么。她来了——陪我度过了非同寻常的一个小时。"

他又不说话了,他们再次揣度着对方的心思。随后,彼得似乎明白了什么——这使他突然变得脸色苍白。"她真的知道了?"

"她真的知道了。她把这一切都告诉我了——目的是要求我到此为止,别再提及。她还说,这件事她自己有能力应付。她一直以来都是知道的。"兰斯毫不同情地说。

彼得沉默了许久。在此期间,他的战友或许能听得见他轻轻的呼吸声,倘若摸摸他的胸膛,或许能感觉到他体内有一阵冗长、低沉、被压抑着的声音在颤动着。等到他终于开口说话时,他什么都了然于胸了。"那么,我真的明白她有多在乎了。"

"这难道不好吗?"兰斯问道。

"好极了。"彼得若有所思地说。

"所以,你当初费尽心思阻止我去巴黎,就是想阻止我知道真相吧！"兰斯大声喊道。这喊声仿佛足以表明，这番苦心已经付之东流了。

一时间，彼得似乎也在审视着自己枉费的这番苦心。"我想，我这样做——我当时心里也不是很清楚——就是想阻止我自己吧！"他最后回答说，随即转身离去。

（吴建国　译）

茱莉娅·布莱德

一

她陪着她那位朋友一直走到博物馆[①]宽阔的台阶的最高处,就是现如今从那些画廊下来的那一级级台阶。后来,等到那小伙子满面春风、频频回头、欢天喜地、得意扬扬地挥舞着帽子和手杖离开她扬长而去之后,她还在打量着他,脸上也洋溢着微笑,只是热情程度有所不同而已——她目不转睛地望着他,直到他走出了那扇大门。她或许还在期待着,想看看他是否会在那扇大门前转过身来,最后再表示一下;他的举动果然如她所料,只见他再次做了个热情友好的手势,带着他那乐意献身的神情,他那朝气蓬勃的脸庞上所焕发出的那种眉开眼笑的表情,正如她所感受到的,即使相隔这么远,她也看得很清楚,真实性丝毫未减。是啊,她可以体会到这些,所以,即使在他已经飘然离去之后,她仍恋恋不舍地多待了一分钟;她凝望着那片空荡荡的天空,仿佛他依然定格在那里似的。与此同时,她也在扪心自问,她还想得到什么呢?如果眼前的这一幕并不意

[①] 此处原文为 the Museum,指美国纽约大都会艺术博物馆。

味着乐意献身,那他的这副神态又代表着什么呢?

此时此刻,她因为忧心忡忡,不免疑惑起来,不知他是否仅仅因为得到了解脱,才在分手时迈着那样的步伐,露出那样的笑容。可是,如果他真的那么想冲破这迷人的魅力,那么想逃离这危险的境地,那他为什么又屡屡回到她身边来呢?而且,就这种事情而言,她刚才为什么要放心地让他走呢?只要他陪伴在她身边,她就感到很放心,感到简直可以恣意妄为——这就是证据。不过,他一走,她便立即权衡起她还没有体会到的一切,那种不寒而栗的感觉顿时涌上心头。她现在大概又在重新权衡这件事吧,她那双妩媚动人却愁云密布的眼睛便是明证,她那美丽而又俏皮的脸已然换上了冷峻的面容,这就是明证。方才,她那喜眉笑眼的神情所"传播"的感染力丝毫不亚于他,她那光彩照人的俏丽姿容,犹如带着轻盈的双翅在凌空飞翔——就他那一方而言,他的相貌算不上英俊,只是生性敏感、心地纯洁、感情细腻。后来,随着激情的熄灭,那对一直在勉力支撑着的翅膀便颓然垂落下来,无力地悬在那儿。

不管怎样,她总算把思绪扭转过来,毅然决然地扭转过来了;她再次款款穿过那些挂满油画的屋子,因为这个念头正合她的心意,要去找皮特曼先生谈一谈的念头——同样也很强烈。换句话说,随便什么事情都有可能让一个如此心绪不宁的年轻人高兴起来。果然不出所料,她看到皮特曼先生一看见她,就从那张沙发椅上站了起来,他五分钟之前曾坐在那张沙发椅上表过态。她可以上这儿来找他,恰恰正是由于她那紧张的心情。他的亲临现场似乎便有了休戚与共的意思,如同通过某种离奇的暗示即可得到帮助一样。说实话,就她这种情况而言,没有任何事情会如此离奇,就像出自皮特曼先生的援手同样也很离奇一样,除非这种离奇的事情重大得或许连他自己也承受不起——她脑子里居然会想到要来向他求助,这岂不是咄咄怪事。

她不得不由衷地感慨自己这茕茕孑立的处境——她打心眼儿里感到孤苦伶仃，再加上糟糕至极的惶恐不安，刚看到他的第一个手势，她就那么迫不及待地想"逢迎上来"，觐见这位曾取代了她那个印象模糊的父亲、成为她母亲的第二任前夫的人，尽管她那个印象模糊的父亲当时还健在。对她来说，这便形成了一种奇特的亲属关系，此时此刻，她深深感到，这并不是一种父辈教诲子女的关系，并不是一种自然而又体面的亲属关系，甚至都远不如她那锋芒毕露的母亲——尽管这位身为人母的家长又有了第三次婚姻，与康纳瑞先生结成了夫妇，但她与康纳瑞先生的关系照样还是貌合神离。当茉莉亚一步步朝皮特曼先生走去时，她脑海深处想到的是，或者至少萦绕在她灵魂深处的是，倘若康纳瑞太太最后这次情断义绝的离婚申请得到了法庭的批准（茉莉娅自幼年时代起就老是听到"法庭"这个字眼，听得多了也就习以为常了），在这起离婚案中，她自己马马虎虎也算一方当事人，那她就不该像这样厚着脸皮来讨好——这是她内心里对自己正在干的事情所使用的措辞——巴结这个顾长、清癯、邋遢、略显憔悴的男人；对她来说，这个男人是她从十二岁到十七岁这段岁月里的一段回忆。有悖常理的是，她居然和他相处得挺融洽，甚至比她母亲和他的关系还要融洽。于是，她脑海里又再次浮现出他穿着那件鼓鼓囊囊、不太合身的帆布背心的模样，连同他喜欢把夹鼻眼镜拴在一条特别长的系带上，像荡秋千似的荡来荡去的那个癖好，往昔的情景历历在目，都是她那早已久违了的少女时代的印象中真实可感的片段。她现在的年龄——因为在后来的岁月里，她又亲眼看见了许许多多的事情——已经赋予了她一种新的视角。

当她站在那儿，站在他面前时，有五十桩事情一齐涌上她的心头，有些是从悠悠往事中浮现出来的，有些则带着新鲜感徘徊在脑际；譬如，在他说话的时候，她时常会来回躲闪他那副夹鼻眼镜循环往复式的摆动，而他说起话来总是那么笨嘴笨舌又和蔼可亲，往往显得很滑稽——有一回，那副眼镜竟撞上了她的眼睛，她疼得很厉害；她时常会扯一扯、捋一捋他那件背心，使它显得稍微好看点儿，这种事情她母亲是从来不做的。由此可见，她一定和他保持着非常友好、非常亲昵的关系，否则，她不就成了一个孟浪、轻佻的小荡妇啦。她觉得现在差不多还可以再这样做，说起来这也是无可厚非的，因此，她相信，如果她真的这么做了，他也会欣然接受的；他很厚道，这是明摆着的，一直都很厚道，这可怜的让人心疼的男人啊，而他的前妻和法庭却很可能使他在公众面前的形象不如以前那么厚道了。他现在看上去也年轻多了，尽管一副灰头土脸的样子，那是由于他很伤感、带着适度的偏见，以及他那诙谐幽默的性格所决定的，还有他故意摆出的那副对什么都不太在意的模样。从他的额头，到他那双露在外面、松松垮垮的蓝袜子，那双接近天蓝色的袜子，都和昔日的情景一样，处处都是皱纹、折痕，若不是刻意装出来给人看的，他这副模样难免会令人悲叹，如同他那两条让人匪夷所思的乌黑的眉毛，已然拧成了依稀可辨的问号一样。

当然，他并没有自认倒霉，即使到了这种地步，他也不相信自己就是个倒霉的人！倘若茱莉娅·布莱德经历了她想当然地以为他经历过的那些事情——她恐怕会深信不疑的！瞧他那头浓密、蓬乱、乌黑的头发，不管怎么说，仍和原来一样不见一根华发，还有他那始终未改的天性，那种颇有点儿大男孩似的局促不安的窘态——比方说，他接受他们偶然相见时的那副憨态可掬的样子，竟如此妙趣横生，如此不加掩饰，怀着如此迫切的心情，她并非没有注意到这一点——他绝不可能只比他的前妻小那么一点点，因为这已经成了那位贵妇的习惯，离了婚之后，还要把他描绘成那样。茱莉娅记得，他应该有一把年纪了，这是由于她老是觉得她母亲已经上了年纪的缘故；对于做女儿的来说，康纳瑞太太现在确实有一把年纪了，因为她的实际年龄要比皮特曼先生大十多岁呢。瞧她那美轮美奂的秀发，经过精心梳理的一缕缕银色的鬈发，盘成了密实至极、典雅至极的发髻，进一步增强了她那养尊处优的容颜的效果。

在茱莉娅的心目中，她的这位昔日的继父相比之下似乎依然还是那么年轻——带着那种不知所措的凌乱，带着那种可以重整旗鼓的无限美好的元素，虽不能说是不折不扣的反证，却为康纳瑞太太素来喜欢的那幅写照又添加了一笔，因为她素来喜欢美化她自己的那段委曲求全的往事——即使在这一刻，所有这一切也在持续发酵，使得判断的清晰度和严酷性再度活跃起来。不堪回首的往事令人作呕，她也许会这样说，这种感觉近来一直在她心中涌动，总觉得充斥在生活中的所有荒唐事、虚荣心、庸俗之举、弥天大谎、倒行逆施、弄虚作假，等等，统统都与那可悲的轻浮行为有关，与那荒谬绝伦的行事方针有关，谁能说得清呢。生在这样的环境中，从刚刚开始懂事起，茱莉娅就如此不明不白、如此可怜兮兮地备受谴责，坐下、行走、摸索、出错，概莫如此。当可怜的皮特曼先生用他那双诙谐而又审慎的眼睛仔细打量着她，脱口而出地对她说着那句很陈旧、很陈旧的假话，那句一成不变、对她的美貌小小地表示赞叹的话语时，他是否恰好触及了她那根敏感的神经呢？

"哎呀，你瞧，你已经出落得这么俊俏啦——你真是我有生以来所见过的最漂亮的姑娘！"她当然是他有生以来所见过的最漂亮的姑娘啦；与其说她是他有生以来所见过的最漂亮的姑娘，还不如说她是人们格外疼爱的最漂亮的姑娘呢，难道她从什么时候起已经不再被当作人家有生以来所见过的最漂亮的姑娘了吗？她一直生活在这种赞美声中，从遥远的童年时代起，每时每刻，日复一日，年复一年——她就是为此而活着的，毫不夸张地说，也是借此而活着的，谁说不是呢。但不知何故,皮特曼先生却越来越发人深思了,也许他自己并不知道,那是由于他带着现在这种惊世骇俗的眼光看待那些老派的男女约会、申诉请求、价值观念、不解之谜的缘故,姑且不把这些称作老派的万丈深渊吧;只要一看见他,她就感到心潮澎湃,有如被裹挟在一阵急浪之中,她母亲无论如何都不可能对他做出正确的评价的——她在这世上究竟对什么做出过正确的评价呢?因此,说实话,作为康纳瑞太太的又一个谎言,他简直是白白奉送给茱莉娅的一份礼物。她也许会认为,事到如今,她什么都明白了;可是,当他一如既往地出现在她眼前时,在她看来,他却再次展示了一个富于新鲜感的发现,也正是因为有这份新鲜感的推波助澜,才使她莫名其妙地感到,她喜欢他。长期以来,由于她那牢记在心的印象,她向来认为,唯有她自己对他的评价才是最恰如其分的;十分钟之前,当她陪同法兰奇先生穿过这间屋子时,他一捕捉到她的眼神,他所提出的那个可以重整旗鼓的意图便立即从他身上完全焕发出来。她从来就没有怀疑过他那些似乎确实存在的缺点——她母亲曾添油加醋地把这些缺点说成是最卑鄙下流的恶习,因为他站在那里时,有些缺点,那些最明显不过的缺点(不是恶习,只是缺点)都写在他脸上;最引人注目的是,比方说,那副令人气恼的"得过且过"的样子,对于这一点,在法庭前,康纳瑞太太已经凄凄切切地诉说过不少。就此而论,也许正是这副"得过且过"的样子感染了茱莉娅,因为这种态度,对于她自己切身体会到的这种紧张的局面而言,就是在友好地敞开心扉,是以一种冷静、宽松、善解人意的方式表现出来的;但她也能千真万确地感受到,在他们交谈过五十来句话之后,他的内心也同样满怀着热情。还有,即使他兴许还在疑惑,不知她究竟碰到了什么事情会如此棘手,她也能分毫不差地揣摩出他的那点儿心思。虽说这种无言的念想还很模糊,然而却十分强烈:"没错,我会喜欢他的,他也会想方设法帮我的!"这个念想诱导着她迈开脚步径直朝他走去。即使在这种时候,她对这一点也很有把握:他绝不会向她询问有关他前妻的情况,他如今对康纳瑞太太一点儿也不关心了,他所关心的事情,其实也不过如此——对于茱莉娅·布莱德那经验丰富的洞察力而言,倘若没有与此相类似的新的兴趣所在,他也不会像这样显得十分急切。他的兴趣所在会一千倍的不一样的。

这就好比反证所具有的重要性一样,他的价值也在与日俱增:他那可靠的眼光,他那可靠的声音和判断力,如此等等,都那么让人心悦诚服,把她所认为的他的诸多令人反感而又不便言说的往事都一笔勾销了。她竭力想抓住他,作为一种普遍适用的挽救措施,犹如促进康复的灵丹妙药,犹如救赎灵魂的良方,犹如万能的疗伤洗剂,珍贵得甚至可以让人不惜去作伪证,倘若有必要作伪证的话。这才是最让人难受的事情,这才是内心深处的痛楚,她就是怀着这种痛楚,眼睁睁地望着巴兹尔·法兰奇渐渐远去的:伪证必定会以某种方式、在某个时机派上用场的——啊,这是确凿无疑的!——尽管她相信这个如此不同寻常、如此出类拔萃、确实让人一见钟情的小伙子,但必须趁他还没有学会随机应变,在她这份无法估量的珍宝还没有投保之前做成此事。只要有人肯站出来(可以这样说)"否认一切",这种局面或许还可得到挽救,这一幕时时闪现在她眼前,这一幕已经上演过一百遍了。她非常需要有人来为她撒谎——啊,她非常需要有人来撒谎!她母亲对每一桩事情的说法,她母亲无论对什么事情的说法,充其量也就像他们所说的那样,都是打了折扣的;而她自己当然只能以一方当事人的身份出庭,无论她怎样声称她仍然是一个正派的姑娘——不论走到哪一步,也就是说,无论是很久以前的事情,还是近来所发生的这些事情,一切都木已成舟,但凡可以被称为正派的推论都能派上用场。

由于近来所发生的这些事情——法兰奇先生向她提出的那两三个问题，虽然不是那么直截了当，却如此让人犯愁——唯有某个真正超然局外的朋友或者证人或许可以有效地予以证实。就皮特曼先生可作为证据的品性而言，超然局外的一个奇特的表现形式当然要取决于她母亲——她母亲已经如此冠冕堂皇、如此英明果断地斩断了她们与他的关系——尽管，感谢执掌权力的天神①，这一切都发生在北达科他州②；即使这件事对她母亲造成的伤害也许并不是那么难以理解，然而对她来说，这岂不是一件好事？她母亲离婚的次数越多——她在这方面耸人听闻、水性杨花的第二次表演，以及她与康纳瑞先生貌合神离的关系已经走到尽头的现状，毫无疑问，由这一方或那一方提出第三次离婚申请的苗头已经昭然若揭——她母亲在干蠢事的领域里自我表现得越是突出，她自己对法兰奇家族的指望就会越糟糕；至于法兰奇家族的想法，按她的猜测，还是可以理解的，然而，由于被掩饰着的突发事件所造成的这种影响，结果恐怕就是一副诱人的毒药。

换句话说，要是皮特曼先生出场时表现得越不得志、越超然局外，他那位前妻就会如出一辙地装得越像是已经离了婚，或者至少是正在闹离婚的人，这是再清楚不过的——这样一来，可怜的茉莉娅就只能自己服输了。这些让人抓狂的离婚案，或者这接连五六次更加让人抓狂的订婚终于酿出了结果，酿出了苦果，连她自己都难以置信地听之任之了，是她自己十分荒唐地养成的作风轻浮的后果——这两拨大煞风景的人若是孤立开来，也许都好对付；但是合在一起，事实上，他们每一方都牵连到另一方所有见不得人的事情。事实上，他们就是在同流合污、丑陋不堪地自娱自乐，这就使目前的一切操纵有

---

① 此处原文为 the powers，指宗教中的"掌权天使"，为九级天使中的第六级。
② 北达科他州（North Dakota），位于美国中北部的农业州，与加拿大接壤，首府为俾斯麦。

如航行在经典作品里的中间航道上，陷入了前有斯库拉女妖①、后有卡律布狄大旋涡②的腹背受敌的困境。

话说回来，这并不是因为她觉得自己完全就是个傻瓜，才放任这一时的冲动，再次来求助她这位心地善良的老朋友的。她至少从来没跟他离过婚，她在法庭上的那番战战兢兢、无足轻重、作为子女的证词，不过是一个长尾小鹦鹉的饶舌，披着发育过早的羽衣，用低沉沙哑的嗓音发出的几声啁啾，重复着别人煞有介事地教给她的那些话，有些话她甚至连音都发不准。因此，就操纵而言，他必须瞅准时机插一把手。事实上，她也许确实希望他现在别对她表现得好像多么情深意切似的；因为对一个女孩子来说，这是一个非常特殊的局面，这个决定她命运的紧要关头，这桩彻头彻尾的冤案，让她的花容月貌声名狼藉的这种做法，说不定当即就能毁了她，她真恨不得把这些都斥为庸俗不堪的行径。在这至关重要的时刻，她应当保持自己端庄的形象，有如端端正正地挂在墙上的一幅画。然而，世上有哪个少女不怀春，她怎么会为了方便起见，舍得让她那青春勃发的芳容逊色丝毫呢？她已经悟出了这一点，悟出了这个道理，她们风姿绰约、天生丽质的肉体犹如毒药，犹如祸根，这种观点囊括了一切世俗之见，于是，她便怨恨地把自己同她母亲混为一谈了。唯一不同的是，谢天谢地，她母亲还是越来越漂亮，依然漂亮得那么不容置疑，那么无人不知，那么分文不值，那么具有毁灭性。这副不足挂齿的冷峻态度倒也很神奇，谈到这位家长时，茱莉娅·布莱德就是用这种态度来解释这对已步入中年顶点的夫妻的离婚案，来解释他们在履行职责方面所存

---

① 斯库拉女妖（Scylla），古希腊神话中居于意大利墨西拿海峡岩礁上的六头十二臂女妖，专捕船上的水手。
② 卡律布狄大旋涡（Charybdis），位于意大利西西里岛海岸外的墨西拿海峡之中，对面即是女妖斯库拉所盘踞的岩礁；由此形成英语成语"between Scylla and Charybdis"，意为"腹背受敌，左右为难"。

在的不足的。在年方四十七岁的康纳瑞太太的身上,尽管,或者大概确实就是由于那精心梳理过的一缕缕银色的鬓发犹如晨霜中难得一见的鸟窝,她几乎一眼就能看出,有一种能言善辩的高超本领,可收到令人眼花缭乱的效果——她几乎一眼就能看出,她的观点甚至无限夸大了那些与众不同、做母亲的人所特别关注的条款的五年之期。要是有可能的话,她情愿撇开这一切,把这一切都推卸到别人的肩膀上,交由别人的美德和别人的道德观去负责,而不是由她自己来承担。肉欲的魅力虽然是负担,却造就了一片如此舒适安逸的土壤,一片如此本真而又令人喜爱的氛围,因为这些偏离常规的行为目前看来显然是不可避免的,却也不会导致严重的后果;然而在这个节骨眼上,有总比没有要好得多。

她本来可以在闲来无事时理出个头绪,追溯到最后这个环节,为什么她们漂亮的长相总是给她们设下了一个又一个陷阱,使她们注定要落入严重的无能为力的境地。倘若你真有那么漂亮,按照那一边倒的白痴般的舆论来看,你除了漂亮,也许什么都不是;如果你除了漂亮,什么都不是,你就只能无可奈何地钻进死胡同。于是,你别无选择,只能靠一大堆无伤大雅的谎言艰难地爬出困境。与此同时,谁都恨不得朝你扔臭鸡蛋,当众羞辱你,恨不得强迫你为自己的美貌付出最后一分钱的代价。究竟有哪个人愿意花上哪怕一时半会儿的工夫,帮助你在总体上表现得好一点儿,就像尾随其后的某样东西把隆隆行进的火车拖得稍许慢了点儿一样。相貌平平的结果只会适得其反——你会处处碰壁的;可是,既然结果本来就这样,干吗还要这样没完没了地纠缠呢?说实话,尽管就失败而言,你的美丽也会让你吃足苦头。不论怎样,面对这美丽得让人消受不起的尤物,一时间有谁还肯再对你大加赞美,有谁肯站在你的立场上,仔细研究诸如此类的事实真相?茱莉娅·布莱德虽然心如明镜,知道团团包围着她的这种无与伦比、令人欢欣、千真万确的心理投射效果,知道自己这近乎完美的形象,由于她已经走到这一步了,她或许会实事求是地扪心自问这个问题的。唯有巴兹尔·法兰奇最终会以他那绝对不加渲染、纯然别具一格的方式——会以法兰奇家族血脉相承的那种方式,诚如她所认识到的那样——走出这俗不可耐的行列。鉴于她看得出他有苦衷,唯有他使她真正明白了某些事情。唯有对他——这绝不是无稽之谈,而是绝妙之举,堪称盖世无双之举——她们才表现得这样"温文尔雅",她母亲和她彼此都心照不宣,似乎并不想通过如此别出心裁的端庄表现来牟取什么好处。

这种做法倒是让其余的每一个人都满意了,却做得如此卑躬屈节,如此让人厌倦;因为每一个人,就像在实施某个重大、毒辣的阴谋似的,都把他们那荒谬绝伦的非分之想强加在她们身上,都想威逼利诱她受骗上当,用栅栏把她们圈了起来,限止她们接触到这些。这样一来,就不仅阻断了她们与其他人接触的可能性,而且还在栅栏边加派了岗哨,在外面来来回回地巡逻,以确保她们不至于逃之夭夭。同时还可以隔着栏杆欣赏她们,跟她们说话,不过是一些打情骂俏的话,譬如被别人啃过的蛋糕和苹果之类的话——仿佛她们是羚羊、是斑马,甚或是某种技高一筹、会表演、会跳舞的熊。在她的心目中,可以这样说,对于这份决定命运的珍宝,只有巴兹尔·法兰奇愿意舍弃一两磅,即使他换来的也许只是一盎司左右的她们那不太容易被人察觉、不那么为外界所知的个人履历。是啊,不妨这样来形容他,除了他身上其余的那些特点之外,考虑到他的个人履历、他的家庭背景,以及他们的家庭背景,他们的社会阵容,如同组织严密的法郎吉[①]那样的社会阵容,以及他们那富可敌国的巨大财富和举足轻重

---

① 法郎吉(phalanx),傅立叶空想社会主义社会的基层组织。

的社会地位,她对他而言也许压根儿就没有那么娇媚可爱,假使她只是——唉,稍作了一点儿准备就来回答问题的话。再说,那种姿态似乎也不像是一个文文静静、很有涵养、举止庄重、热心公益事业、在德国长大、游历甚广、看起来门第极高的英国人,连同其他一切讨人喜欢的事情,那种姿态似乎也不像他不喜欢陪伴在她身边,不喜欢盯着她看,像她所表现的那样;因为,仅仅就那个立足点而言,他喜欢把事情做得恰到好处,如同任何一个无拘无束、愣头愣脑的年轻人最终所摆出的姿态一样。正是由于婚姻是他的事情,也是他们所有人的事情,是这个组织严密的法兰奇家族的事情,是一桩极其重要的事情,是人生的一大目标,因此,一个头脑聪颖的男人,一个真正见多识广、处事审慎、才貌双全的美男子绝不会一蹴而就,绝不会玩三级跳,绝不会把婚姻视同儿戏,而是会怀着一种深思熟虑的谨慎态度,怀着一种高尚、高度正直的谨慎态度,进入这个议程。

因为目不转睛地盯着一个女孩子看,看得连人家自己都觉得乏味是一码事;带她去看赛马展和歌剧,送她成堆的鲜花和无数的巧克力,送她成打的"赫赫有名"的小说,最新、最伟大的小说是一码事;而为她打开那扇大门,彼此含情脉脉地凝望着对方的眼睛,伴随着那扇大门在如此坚实的银质铰链上缓缓移动,款款走向婚姻的殿堂那金碧辉煌的正方形的前厅,却完全是另一码事。对他来说,这种已然"订过婚"的身份便象征着他开始走向某某少女的这一管辖区了,有了她,他的外出会谈便有了旗帜鲜明、于己方便的时间限制。这样说未免有些冷血,如果有人故意要这样想的话;可是,别的无论什么也比不上他们步入婚姻殿堂时的规模盛大的典礼,以及那份尊严和体面,尤其是那隆重的求婚仪式和不可更改的誓言。面对那样的情景,回想起那个前厅已经被那些比她还要年轻的顽皮的小姐妹糟蹋得不成体统的样子,如同她此刻所想象的那样,可怜的布莱德也许会羞红了脸的。她曾经和这个、那个以及另一个还没有混熟的玩伴一起翻爬过围墙，玩过"捉人"游戏，玩过跳背游戏，用她的话来说，从一个角落追逐到另一个角落。那段经历或许就是她的"生平"，万一真的有人追问起来，她应该可以提供给法兰奇先生：按照他的主意，她已经一遍又一遍，但凡有机会，鹦鹉学舌、颠三倒四、非常过头地说过好多次了，只是没有在踏着米奴哀舞曲①那庄严肃穆的旋律跳舞时说过。假如这也算她们这种人的生平，她和她母亲的生平，这样的生平至少也是数不胜数的：这就是上层建筑，是以另一类事实为依据的，那些事实的排列顺序是，她们向来是如此完美的社会名流和极端保守分子，向来如此完美地着魔于各种服饰，向来如此完美地艳丽夺目，向来如此完美地形同白痴。这些东西是羚羊和斑马的"特点"；不如就把康纳瑞太太比作斑马吧，因为她身上的条纹和斑点更加引人瞩目。这些就是资料，巴兹尔·法兰奇会通过询问得到的：她自己的六次订婚，她母亲的三次被判无效的婚姻——总共有九件不太容易讨好、性质截然不同、小小地让人毛骨悚然的事情。这些事到底该怎么办才好呢？

二

值得注意的是，她事后会明白的，人在主动出击时，那种司空见惯的"得过且过"的懒散样儿就荡然无存了，皮特曼先生就是用主动出击的姿态来对待她的。等他"确切地"看清了她的模样，认出她就是从前那个已经长大了的茱莉娅，发觉她正陪着一个新的情郎，一个比她以往的那些情郎都要帅气的小伙子在逍遥地游荡时，他顿时便有

---

① 米奴哀舞（minuets），流行于17世纪中叶的一种缓慢而又庄严的小步舞。

了灵感,她不正是那个可以助他一臂之力的最中意的姑娘嘛。她肯定觉得,他还会用这些庸俗不堪的陈词滥调再次敲响警钟——说话的方式没准就是她母亲很久以前所形容的那样,一旦他摆开了整个阵势,就有了充分的根据把他赶走。不管怎么样,她应该对他十分有用,她才不会去计较鸡毛蒜皮的小事呢。说来奇怪,真正让她瞠目结舌的是,他总是比她领先一步。"是啊,茱莉娅,我想对你提点儿要求,我现在就想提出来;你可以帮忙做一件对我有利的事情,我的运气——你也知道,有那么一两次还是挺不错的——要是我的运气没把你派到我身边来,那我可就死定啦。"她知道他所说的那个运气——无非是她母亲已经使他能义无反顾地抛弃她的那个运气;不过,这倒是最为贴切的一种暗示,他不好明说,唯恐会招人反感。因此,我们的这位年轻女郎,凭着悟性,当即就明白过来:他迫切希望她来帮的这个忙,与她忽然灵机一动,想向他本人提出的问题竟然十分相似,简直不分上下——她要以对她自己有利的方式说出来,尽管目前还有顾虑,不能马上提出来。她已经被他说得一时张不开口了,这是其一,其二是他说话的那种方式,仿佛他早就认识法兰奇先生似的——这使她十分诧异,直到他解释说,在纽约,人人看来都知道有这样一个号称非常有钱的年轻人("那她拿到了这些钱在纽约又能做什么用呢?");此外,他近来在各家俱乐部以及诸如此类的地方还听说过,是他自己亲耳听说的,这个年轻人明摆着对她情有独钟。与此相伴随的是那个照例必有的口无遮拦的问题:"现如今,她已经跟他订过婚了吧?"——事实上,她也巴不得听到这种话,好比在向她提供唾手可得的良机一样。她在等待时机,想妥善处理好这个问题。可是,他这会儿还在继续往下讲,大意是,他们只需花上三分钟就能看到结果,彼此你来我往,活像一对扒手,躲在没人的地方,在对比着他们当日的战利品,似乎那些稀世珍宝能把他们的品行隐藏起来。

"我想让你替我说句真话——因为只有你能这么做。我想让你说的是，我过去真的很优秀——像你所知道的那样优秀；我表现得简直就像故事书里的天使一样，默默地奉献自己来求得天下太平。"

"哎哟，我亲爱的男人啊，"茱莉娅大声说道，"你简直就是在出我的洋相啊！我到这儿来的目的就是想问问你，你肯不肯坦白交代，你表面上装得像个正人君子，骨子里却是个十恶不赦的恶魔，让妈妈没法不提起诉讼。"瞧！她总算把这句心里话说出来了，随后便感到，他们的处境正在发生逆转，这使她高度兴奋起来，使她公然直视着他那滑稽可笑的愣愣望着她的目光，直视着他那莫名其妙的傻笑，全然不顾他那句常挂嘴边的话："老天爷啊，老天爷！这对你有什么好处？"她对该怎样清楚地说出她的那个请求早已准备了一大堆理由，却又担心，倘若刹那间把话说尽，他没准会拿出他自己的那套更有说服力的理由来。"好吧，皮特曼先生，我这回真想结婚了，也算一个转变吧；可是，你瞧，我们一直是这种傻瓜，每当某个地地道道的好事情终于有了苗头时，情况总是让人尴尬得一塌糊涂。这种傻瓜我们算当定啦——唉，你比谁都清楚，除非你大概不如康纳瑞先生那样料事如神。这件事必须予以否认，"茱莉娅热切地说着，"这件事必须否认得干干净净。可是，我没法控制康纳瑞先生——康纳瑞先生到中国去了。再说，即使他在这儿，"她不得不懊丧地承认道，"他也起不了什么好作用——只会起反作用。他不会矢口否认任何事情的——他只会添油加醋。所以，谢天谢地，他走开了——这就等于帮了大忙！到目前为止，我并没有订婚。"她接着说——可是，他已经占据了她的整个心灵。

"你没有跟法兰奇先生订婚吗？"对他来说，很明显，那完全是一句绝妙的表白。可是，很奇怪，他当前的惊讶或许就是对她那句表白所做出的最超乎寻常的反应。

"没有,没有跟任何人订婚——没有第七次订婚!"她一边说,一边高高地昂起头来,既没有感到难为情,也没有感到骄傲。"对,下次订婚时,我要弄出点儿事情来。可是他很害怕;他害怕听到人家也许会告诉他的那些事情。他死活想知道真相,不过,要是他真的知道了,他会去死的!他需要听取别人的劝告,但他必须听到正确的劝告才行。皮特曼先生,你可以找他好好谈一谈——要是你愿意这样做,那该多好啊!他没法原谅我母亲——这是我的感觉:他痛恶离婚、鄙视离婚,而我们已经有了太多的第一次和最后一次。所以,假如他能从你这儿得知,是你把她的生活搅得一团糟的——唉,"她总结道,"那就太让人高兴啦。如果说她是不得已才喜欢上另一个人的——在我很小的时候,在她已经与我父亲离了婚之后——说不定会使人家的压力'稍许'减轻点儿的,你明白吗?反正你也常在她身边做那种唱高调的事:你不妨可以说,那时候的你简直就是个无耻之徒,而她又不得不保全自己的身家性命。这样一来,他也许就不会计较这种事情了。你明白吗,你这花言巧语的男人?"可怜的茱莉娅恳求道。"啊,"她停顿了一下,仿佛他的想象力跟不上她,或者生怕他会在良心上感到不安似的,"当然,我要你为我撒谎!"

这番话确实足以令他惊愕不已。"这倒是一个挺漂亮的主意,我刚才那会儿就在暗暗寻思——在我一看见你的时候——你会为我说出事情的真相的!"

"啊,你怎么啦?"茱莉娅叹了口气,不太明智地带着一点儿不那么明显的急躁情绪,因为她已经飞快地察觉到,在她前进的道路上似乎有拦路虎。

"哎呀,你真以为,这世上除了你,就没有一个人看见过那只圣杯,里面盛满了信誓旦旦的爱情,盛满了你真的可以依赖的东西,在这最后的关头,唯独只有你的胳膊肘胡乱撞了一记,洒得你全身都是？我碰巧也要为我的前途做好准备呢，我的这位好朋友肯定会帮我做成这件事的——这一次是世上最有魅力的女人，她极不赞成离婚，态度坚决得丝毫也不亚于法兰奇先生。难道你看不出来，"皮特曼先生直言不讳地问道，"这件事本身对于促成我和她的恋爱关系该有多大的帮助吗？她必须听取别人的劝告——必须让她知道，这件事我帮不上什么忙。"

"啊，老天爷啊，老天爷！"那姑娘急得模仿起他的腔调咕哝了一声，那简直不啻为如释重负的一声哭喊。"得啦，我才不愿去劝她呢！"她大声说道。

"你不愿意吗，茱莉娅？"他可怜巴巴地应声道，"可你却要求我……"

他的痛惜之情，她能感受到，是真心实意的，甚至比她所揣测的还要真心实意。在刚才这一刻钟里，他一直在为他自己的希望打气，以她的帮助为基础来打造他自己的希望。然而，如果双方都出庭作证的话，他是否打算眼睁睁地看着他们的证言必定产生冲突呢？如果他是为了她的缘故才想证明自己的清白的——或者，更加可疑的是，为了巴兹尔·法兰奇的过于偏激的保守主义论调的缘故——世上偏偏就有这种凡事都爱认死理的人，那她怎样才能证明，以这种非常另类、截然不同的方式来证明，他纯粹就是他妻子那有悖人伦的行为的一个温文尔雅的牺牲品呢？面对他那副模样，骤然间，由于极其敏感，她有一种越来越不舒服的感觉——有一种前景惨淡的先见之明，有如窥见到了这场美梦的终结。其他所有事情都对她不利，她那不可告人的成长史中的所有事情——仿佛她就是某个"以情动人的女演员"在剧中扮演的一个人物，是剧中某个铤而走险、误入歧途、"被人追杀"的女子；可是，这是否也可作为正当的理由呢，因为她有她自己的礼义廉耻观，那份锋芒毕露、唯独仅有地残存在她脑海深处的礼义廉耻观，为此，等她渐渐理清头绪时，她是否可以仰仗如此微不足道的一点儿值得夸耀甚或是可以增光添彩的优点呢？这一点是否也会转而对她不利，使她在法庭上说出本不该说的话呢——不过是为了表明，在经受这种测试和考验时，她真的与这世上的任何人一样正派；而且除了她自己，谁也不了解这当中的实情，除此之外，再也拿不出任何证据了，因此，她就该落得终身不嫁的下场吗？她怀着满腔的怨恨把这句心里话对皮特曼先生发泄出来："你的意思是说，你要准备结婚了？"

"哦，亲爱的，我也必须先订婚才行啊！"他带着他那无与伦比的龇牙咧嘴傻笑道。"不过，你瞧，这可是你自己找上门来的。关于你的情况，我已经告诉过她了。她特别想见见你。真是无巧不成书啊——我看到你恰好也到这种地方来了。她马上就到，"皮特曼先生说，仿佛他的迫切心情很快就会得到验证似的，"她再过三分钟左右就到了。"

"到这儿来吗？"

"是啊，茱莉娅——直接到这儿来。我们平常就在这儿见面，"他脸上再次堆满了笑意，这次仿佛是为了保命似的，笑得很夸张、很勉强，"她很喜欢这个地方——她特别爱好艺术。像你一样，茱莉娅，如果你没有改变的话——我记得你以前的确很热爱艺术。"他温情脉脉地望着她，仿佛想鼓励她要继续保持下去似的。"当然，你肯定还是那么——因为你喜欢上这儿来嘛。不如就让她感受一下吧，"这可怜的男人异想天开地怂恿道。随后，他便亲切地看着她，那张十分难看的嘴巴也笑开了花，好像是为了体贴地强调他的话似的："每一个细节都有用啊！"

他使她越发对他感到好奇起来，也使她有些情不自禁地暗暗产生了疑问，却又不愿自讨苦吃去问这些问题；比方说，他是否仍然和从前一样没钱——这当然是确凿无疑的，因为他大概从来就没有发过什么财。根据这一点来看,他那副"得过且过"的懒散样儿差不多就是他身上最显眼的特点,仿佛他一直是以老气横秋或"没精打采"的面目出现的——幸好他压根儿不是这种人:他有他自己的处世之道,看上去就像个随遇而安、行事古怪、荒谬可笑、骨子里却是个地地道道的绅士,他的嗜好也许是最诡谲的那种,但他在那位成衣商面前依然不失为信誉最好的人。倘若他们的关系一直持续到现在,和他一起走出去时,她一点儿也不会觉得不好意思的;所以,还是那句老话,她母亲就是个彻头彻尾的大傻瓜——因为康纳瑞先生,抱歉,人家也许还一心向着她呢,粗俗得简直无以复加。眼下,充斥在茱莉娅那思维敏捷的头脑里的都是这些事儿;不过,她依然觉得,人应该讲道理,而且应该用恰当的方式讲出这个道理。如果他追求的是一种在经济上有保障的前途,即使她自己也在狂热地追求这种前途,她绝不会搬起石头砸自己的脚的。可是,如果他在一个素不相识的女人面前议论她,那她就不能再冷眼相觑了。"那么,你看中的这个人是谁呢?"

"哎哟,原来是因为这桩小事啊,茱莉娅——戴维·E.德莱克夫人,你有没有听说过她?"他简直像在吹笛子似的说。

纽约这么大,何况她也没有那个缘分。"她是个寡妇吗?"

"哦,是的……她不是!"他猛然发觉不妥,便及时打住了,"她是一个非常难得的人。"看样子他快要达到目的了。可是,他此刻却仿佛在满腹悲酸、表情严肃地望着她。"茱莉娅,她有数百万家产呢。"

不管怎样——无论悲酸与否——反正她也用那种严肃的表情望着他。"唉,巴兹尔·法兰奇也拥有或者即将拥有这么多家产的。我估计,甚至比德莱克夫人还要阔气得多呢。"茱莉娅颤声说。

"哦,我知道他们有多阔气!"他接过她的话茬——以他一向稳重的人品,不免也微微有点儿乱了方寸,隐约露出了点儿不高兴的尴尬神色。可是，她会因为他感到尴尬而就此罢休吗？他至少也该知道他将使她付出什么样的代价呀。这件事前所未有地深深触及了她自己的灵魂；没想到，在此同时，他却找到了自己的立足点。"我看不出与你母亲有多大关系。这并不是一个他要娶她为妻的问题。"

"没错，可是，既然我们一直相依为命，常年生活在一起，这就是一个非常讨厌、必须解决的问题。如果我们只有这一个见不得人的污点，只有这一个软肋，因为人们喜欢议论这些事情嘛；如果我们，只是你我私下里说说罢了，只犯下了这一个所谓的伤风败俗的错误。得啦，我不说了！"她带着令人怜爱的忧心忡忡的表情遐想着，那表情本身就是一种意味深长、动人心弦的说辞。"为了在这世上得到我们应有的报答，我们生活得太甜蜜了。我们在这种处境下在这儿一直过得很愉快！"茱莉娅·布莱德说，"我应该多加小心，甩掉十来个恋人才对。"

"啊，亲爱的，十来个恋人！"他格外滑稽地故意压低嗓音说。

"唉，他们本来就是嘛！"她怒气冲冲地说，"要是你收下了每个人送来的戒指（三枚钻石戒指，两枚珍珠戒指，一枚相当蹩脚的蓝宝石戒指；我全都珍藏着呢，它们记述了我的恋爱经历！）你该怎么称呼他们呢？"

"哦，戒指！"皮特曼先生没有拿戒指来开玩笑，"我已经送给德莱克夫人一枚戒指啦。"

茱莉娅惊讶得瞪大了眼睛。"那么，你算不算她的恋人呢？"

"这个嘛，亲爱的孩子，"他诙谐地悲叹了一声，"这正是我想让你弄明白的事情啊！不过，我会处理好你那些戒指的。"他更加理智地补了一句。

"你来'处理'那些戒指？"

"我会摆平你的那些恋人的。关于他们的事情，我会帮你撒谎的，如果你只有区区这么一个要求的话。"

"哦，关于'他们的事情'。"她转过身去，情绪有些低落，因为她明白，这样做实在没什么用处。"这话从你的嘴里说出来——不会起任何作用的！"她仿佛看到了那间气势恢宏、金碧辉煌的屋子，看到了它对艺术、对"格调"、对过度自信的嘲讽，所有这些东西都是她可望而不可即的。屋里的几个零零落落的游客已经离他们而去，只剩下皮特曼先生和她自己，守在那个宽敞的角落里，任由他们在那儿自娱自乐。只有一个女士还待在远处的一个门洞里，她隐约注意到了那位女士，发觉她似乎在打量着他们。"他们得为他们自身的利益撒谎才行！"

"你的意思是，他能够对他们说这种话？"

皮特曼先生的口气说明，他对这种可能性深表怀疑，但她对自己的用意是十分清楚的。"不是直截了当地去买通他们，像母亲所说的那样，不是由他本人亲自出马去打探，而是要多听——而这也不能都怪他！——听听其他人强加在我头上的那些乱七八糟的事情。"

"可是，其他人指的是哪些人呢？"

"哎呀，乔治·莫尔夫人呗，首先是她——她特别嫌恶我们，而且常常在他的姐妹们面前数落我们，所以，她们没准也常常在他面前数落我们：她们就是这么干的，一直这样，我有百分之百的把握（她们一定也非常恨我）。但是，她才是真正的罪魁祸首——我指的是，造成他不敢亲近我们的真正原因是她。她老是在他面前说我们的坏话。"

"哦，好吧，"皮特曼先生宽容乐观地说，"如果乔治·莫尔夫人是一只猫的话！"

"她要是一只猫的话，那她就有小猫咪——有四只洁白无瑕的小猫咪，她会考虑让法兰奇先生从中任意挑选一只的。这种事情他闭着眼睛也办得到——你根本分不清她们谁是谁。但是，诚如你也许会说的那样，对于我那不为人知的'前科'而言——当然，她们也都是这么说的，她说得出每个人的名字、每一次约会的对象。要是他肯主动去向她打听的话,她能够按先后顺序列举出每一条事实来。然而自始至终,难道你看不出来吗?没有一个人肯站出来为我说话。"

由于亲耳听见了这句断言,再留意一下那股终于奔涌而出的非凡的洞察力,哪怕是一颗比她这位放浪形骸的朋友还要冷酷的心都会有所触动的,她那双眼睛也随之一亮,宛如闪动着奔流而出的泪花。他愣愣地注视着她,注视着这超人的洞察力对她那靓丽的容颜所具有的深深的魅力究竟会产生什么样的作用,有如沉浸在神智错乱的爱慕之中。"可是,难道你就不能——尽管你很可爱,你这美丽的尤物啊!——你就不能为你自己辩护吗?"

"你的意思是,我能不能撒这个谎吗?那可不行,我不能——即使可以撒这个谎,我也不愿意。本姑娘从不说谎,你知道的——向来如此;话说回来,这也许是可以向他说明的唯独仅有的一件事,唯独仅有的一件坏事,我可不干。我的确——'尽管我很可爱'!——有我自己的生活规律;我并没有丑陋到那种地步,所以我不能这么干!再说,你以为他会来问我吗?"

"天哪,但愿他会来找你,茱莉娅!"皮特曼先生情意绵绵地望着她说。

"那就好,我会告诉他的!"她再次昂起头来,"可是,他才不会来找我呢。"

这话让她的同伴十分苦恼。"难道他不想了解……"
他才不想去了解呢。他要人家主动向他交代,用不着问——我的意思是,他想让人家主动去告诉他,人们传说的每一桩事情,传到他耳边的那些事情,都是一种骗局,是一种诽谤。'在受到指责前为自己辩护,等于承认错误'[1],人们不都是这么说的吗?所以,你会眼

---

[1] 原文为法语谚语:Qui s'excuse s'accuse。

睁睁地看着我无缘无故地朝他破口大骂吗?用四五句'随便你们怎么说吧',用我母亲过去常在法庭上不得不去证明的那些东西,用一整套圆滑、巧妙、接二连三的'不在犯罪现场的证据'吗?我怎么控制得了那么多宝贝疙瘩似的绅士,让他们翻脸呢?他们怎么可能老想着要把什么事情都捞上来呢?"

在紧张地做了这些考虑之后,说到动情处时,她停顿了一下,这就给了皮特曼先生一个表忠心的机会。"哎呀,我的小甜心,他们只会高兴得……"

这句话使她那可爱的模样几乎在瞬间变成了怒目而视。"高兴得要发誓说,他们与这号人压根儿就没有任何关系吗?我倒高兴得要发誓说,他们脱不了干系!"

尽管他承认自己一头雾水,但他那很有说服力的微笑却依然还挂在脸上。"哎呀,我亲爱的宝贝啊,非此即彼,他们不得不发誓说出那件事才行。"

"他们不得不摆脱得干干净净才行——我估计,这才是他们对这件事的看法,"茱莉娅说,"请问,他们现在到底在哪儿呢——既然他们也许会受到通缉?如果你愿意帮我去找到他们,我求之不得。"说完这话,面对这一棘手的问题,他们一时间面面相觑,一脸无可奈何。随后,她又补了一句,使她的绝望之情更加雪上加霜了:"他知道默里·布拉什的情况。其他人嘛,"她那双戴着白手套的手和那迷人的粉红色的肩膀做了个对这些人一概放弃的姿势,"也许就由他们去啦!"

"默里·布拉什?"一听这话,皮特曼先生惊讶得瞪大了眼睛。

"对……对。我确实很在意他。"

"那么,他有什么问题吗,至少也戏弄过……"

"问题是,由于他自己感到很羞愧,他便无比迅速地离开了这个国家,一直远远地待在国外。问题是,他现在已经在巴黎或者其他什么地方了，如果你指望他回国来为我说话！"然而，她已经沮丧地低下了头，宛如被皮特曼先生的眼神看得不好意思了似的。

"哎呀，你这个傻瓜，默里·布拉什就在纽约！"这下让他陡然快活起来。

"他已经回来啦？"

"哎呀，当然啦！我看见过他——那是什么时候？星期二！在泽西的那条船上。"皮特曼先生为他的这条消息感到很欣慰，"他是你的人！"

茱莉娅也深受感染。这条消息产生的波澜使她顿时又臊红了脸，但她只是极其古怪地淡然一笑。"他曾经是！"

"那就牢牢抓住他，还有——如果他是个绅士的话——他会为你作证的，他会彻底否认，他过去不是你的人。"

这个非常具体而又突如其来的建议，犹如拨动了心弦，使她的脸上露出了点儿喜色，露出了一片红晕，一阵极度的关心，继而又消沉下去，只见她缓慢、忧伤地摇了摇头，脸色变得愈发奇怪了。"他不是个绅士。"

"啊，老天爷啊，老天爷！"皮特曼先生再次叹息了一声。他好不容易才从这个困境中挣扎出来，却又陷入了另一个茫无头绪的困境。"哦，那么，如果他是一头猪的话！"

"你瞧，世上就只有这么几个绅士——不够平均分配啊，而这正是他们如此看重自己的原因！"在这个问题上，姑娘情不自禁地陷入了沉思之中；可是，究竟主要是出于对往事的回忆，还是出于被激发起来的意图，他无暇加以判断——尽管他突然意识到了，有一片阴云（大概是由于他没法过快地称之为一道霞光的缘故吧）掠过了他们正在商量的这个愈发沉重起来的话题的表面。这片阴云落在了茱莉娅的脸上，带着他那么熟悉的嗓音笼罩下来，不过，由于它想当然地来得过

241

于直接，只会让她感到突兀。

"这世上的绅士确实没几个——人们也不该过分地考验他们！"是德莱克夫人，在他们交谈的当口，她竟出其不意地横插进来，大模大样地站在了他俩中间——至少在茱莉娅的印象中显得很怪异：她正是我们这位少女方才描绘过的躲在屋子对面的那位贵妇，趁着他们谈兴正浓、心无旁骛的时候悄然走了过来。我们已经目睹过观察和反应这两种行为在茱莉娅心头的交替变换——只要她观察的对象在她的视线范围以内，她现在的这位对象就在这个范围内，她浑身上下的感知力就会处于最敏锐的状态，只需看上一眼，便了然于胸，这个素不相识的女人的突然现身一定大有关系，皮特曼先生也因此而大受鼓舞。随后，这个陌生女人便带着平心静气的威严，仪态万方地闯进了他们这片波澜起伏的水域。她显然并不怕羞，这位戴维·E.德莱克夫人，但她也不是鲁莽得无所顾忌；她既满不在乎，又"端庄得体"，茱莉娅一眼就看出了名堂，看出了一种宽宏大量的自鸣得意，因为端庄得体，加上满不在乎，便很容易导致——导致宽宏大量的自鸣得意，宽宏大量的多愁善感，宽宏大量、天真无邪、有如大象似的狡黠：她在这个幅度内显得相当放肆。由于她周身穿着耗资巨大、质地挺括、熠熠生辉的黑色织锦华服，佩戴着各式各样可使身价倍增的饰品，哪怕稍微动一下，便会叮叮当当、窸窸窣窣地响个不停。她露出的是一张庞大、丑陋、和颜悦色的脸盘，犹如远在他乡的一大片毫无特色的沙漠，那双不成比例的小眼睛活像一对敢作敢为却被埋葬在沙土地里的探险家。她微微一笑时，那双眼睛便自然而然地萎缩成了几乎辨别不清的两个小数点，宛如刚刚钻出地面的一对小嫩芽儿；尽管这一幕的前景，仿佛是为了弥补这对小眼睛的不足似的，怀着极大的仁慈陡然裂开了一个血盆大口。总之，茱莉娅看到了——仿佛也没有什么东西值得她再看下去了；她看到了皮特曼先生的机会，也看到了她自己的机会。她既看到了德莱克夫人谨小慎微的确切本质,也看到了德莱克夫人生性敏感的确切本质,甚至还看到了那些在眼前闪闪发亮的烫金字母,看到了整块金属的光辉的一部分,看到了德莱克夫人数额巨大的收入,那是她所有的标志中最雍容华贵的标志,还看到了(尽管除了这一切之外,作为一个醒目的污点,大概还有点儿别的什么东西吧)悲喜交加的皮特曼先生的希望和皮特曼先生的恐惧。

他开始介绍她们了,在每一个场合,在解决每一个麻烦时,他都是这样怀着可怜巴巴的信念,都是借助他那毫无节制、大献殷勤、极为称职的幽默谈吐来进行的。他在向德莱克夫人介绍她的名字呢,说她就是他曾多次在她面前谈到的那位非常可爱的小朋友,在那段令人厌倦的岁月里,她不啻为上帝派给他的一位天使;他还在说,在这些鱼龙混杂的大厅里的这次邂逅,就是这世上最美好的机缘,使他有幸轻而易举地让大家相聚在一起了。茱莉娅感到,无论他在说什么,其实都无关紧要:他所传递的一切信息,在她看来,都是迫于道德上的压力。这是确凿无疑的,倘若借用一个象征来比喻的话,他仿佛把他自己的命运完全维系在她的脖子上了。在此同时,最为重要的是,这种偏激的意识无处不在——就拿这位端庄得体的贵妇人自己来说吧,无论其赫然显现的形象有多高大,到了这最后的关头,她也进入了一种忧心忡忡、进退维谷的状态,默不作声地愣在那儿,既无计可施,又充满了敬畏,那是由于她自己的眼光所招致的。茱莉娅操练这种窥探人的心迹的技艺差不多已经到了厌倦的地步,谁要是老盯着她看,她马上就能揣摩出随后会发生什么事;不过,这只是一种并不多见的奇事,倘若恰好在气头上,在心情沮丧时,她便感到,男人们的那种大放异彩的眼神,即使在他们头脑最清醒的时候,也是很愚笨的,会使她十分清楚自己该留心的事情,她照样可以利用自己的性别特征去获得新鲜感,照样可以根据女人们的脸色去观察别人对她的看法。那种甜美的感觉大概永远也不会、绝对不会索然无味的——只要有这种一往情深、坚韧不拔的痴心汉，这种事情大多数还是可以操控的，而且可以根据他们的眼力来赢得青睐，增强信心。女人们天生最了解一个女人可以采用什么方式去战胜别人——深知该怎样、在什么地方、为什么要战胜别人，不良影响或者折磨绝不会落到她们头上；所以，就像一个女人生来就该首当其冲地具有防患于未然的本能一样，有意去挖掘别人对她的赏识，有意去谋取别人对她的效忠，才是一个有福之人大体上能够戴得起的最华贵的桂冠。然而，一旦那种坚韧不拔的精神以某种方式漂亮地中断了，嫉妒心也吃了败仗：虽然仰慕之情全在那儿，但是这个可怜的相貌平平的姐妹就得慷慨地为之付出代价啦。她可从来没有付出过如此大的代价，她目前可以肯定，不像被皮特曼先生的这把火烧起来的这位出手极其阔绰的对象，不过，即使没有视觉上的帮助，看这架势似乎也正是这样，这位贵妇也该完全理解她的心情——事实上，大概是出于一片仁爱之心吧，她也许一直在暗中揣摩她的心思，如同大象在用它那粗壮而又温和的长鼻子嗅来嗅去一样。总之，她可以让德莱克夫人快乐起来，然而，谁又能说得清这位可怜的贵妇人的其他快乐不是受骗上当才得来的呢？

　　这是一个莫名其妙、混乱无序的世界，在这个世界上，在当今这个时代，她可以料想到的一大乐事，大概就是跟皮特曼先生结婚——更不用说事态的发展了，这位绅士自己的幻想就能给如此这般的结合披上令人销魂的色彩。不管怎么说，这是他们自己的秘密，茱莉娅，随着每一个瞬间的流逝，对自己的处境也越来越清楚了：事实上，由于事先做了如此充分的思想准备，三分钟之后，尽管她的这位朋友，尽管他的这位朋友，两人都在喋喋不休地说事，说了许许多多的事情，也许是非常美好的事情，但她已经无暇去顾及他们了，她只感到自己在不断向上攀升，在凌空翱翔。她快要攀升到自己应有的价值了,她正在带着自己应有的价值凌空翱翔——这种价值是皮特曼先生几乎不假思索地推给她的,这种价值,对她来说,是由最令人眼花缭乱的意象所构成的,是德莱克夫人闻所未闻的,这一点绝对不会弄错。总而言之,对茱莉娅来说,这些都是逆境的用处;德莱克夫人出场的派头固然很大,但她的阅历所及范围也许很小:茱莉娅在面临她人生的重大关头时,至少也能保持自我,而且,在经受了她近来所碰上的所有这些抗婚事件和心理错乱反应之后,兴许压根儿还不明白她此刻的成功所具有的意义。她不知道他们双方究竟都说了些什么——除了皮特曼先生旁敲侧击地说她过去和他很亲近的那句话之外:她只是用自己光芒四射的姿容来锁定他这个伴侣的,她也知道,就她的外表而言,她也许和她所做出的选择一样无关紧要。做他想干的事才事关重大——把自己和盘托出才事关重大。她现在就是怀着一份激情做这件事的,更不用说她已经心知肚明,有了这份激情,她所说的每一句话都会为她的美丽增光添彩的。总而言之,她出卖了他,出卖得很彻底,不管对她自己是否有用,现在该没有什么把柄可抓啦,只剩下默里·布拉什这个可能被选中的人了。

"他说,我以前对他很好,德莱克太太。我当然希望我以前对他很好啦,如果不是这样,我会感到很惭愧。要是我现在还可以对他好,我也应该感到高兴才是——这就是为什么,刚才那会儿,我急匆匆地赶到他这儿来,过了这么久之后,不请自到地想跟他说说话的原因。若干年以前,我就非常具体、非常悲惨地亲眼看见过他备受煎熬的样子——我也亲眼看见过他是怎么忍声吞气的。我亲眼看见过那种情景,你这个可亲可敬的男人啊,"她神情庄重地接着说,"我真的亲眼看见过,尽管你也许极不赞成,尽管你也许非常讨厌我谈论你的私事!我亲眼看见过,你表现得像绅士一样——既然德莱克太太这么心悦诚服地赞同我的观点,认为这世上可以交往的绅士并不多。我不知道你会不会介意，德莱克太太，"她滔滔不绝地说着，得意地直呼其名，"但是，我始终念念不忘他那绅士般的风范：即使在面对那种极其出格的挑衅时，他也表现得很正派、很宽容，也很勇敢。是否表里如一并不重要，因为我说的都是我知道的事情。当然，我只是个微不足道、什么也算不上的小人物，我只不过是一个浅薄轻浮的小女生，可是，在那段岁月里，我和他相处得很亲密。这些就是我琐碎的人生经历——但愿能博得你的关心。"她斟酌着自己振翅飞翔的每一次扑击，她知道自己打算飞多高，只有在飞到令人眩晕的高度时，她才会稍作停顿。话说到这儿，她停留了片刻，宛如处在蓝天下耀眼的强光中；那不过是在惊愕地瞪视她的目光——还能是什么呢？是她那两个听众气势浩瀚、极其动人的注意力。在她放射出的耀眼夺目的光辉下，他俩都噤若寒蝉，在全神贯注地聆听着。她终于得稳住神了，她简直不知道自己后来是以什么速度或者以什么方式无与伦比地平静下来的——她自己的那双眼睛一直在牢牢地盯着她所取得的这份显赫的成就。她把母亲当成了祭坛上的牺牲品——公然说她既虚伪、又残忍，倘若这样做仍然"修理"不了皮特曼先生，他准会这样说的——得啦，反正她已经尽力了。可是，不知何故，她已经重新权衡起她这番行动的利害得失；她仿佛看到，那个亲爱的、面容憔悴的男人有些动摇了，在这份值得夸耀的成就的感召下，他似乎正站在一个安全的小土丘上朝她发信号，在欣喜地挥舞着双臂，而那个身躯庞大的贵妇却瘫软下来了，如同一份色彩鲜艳的流质被人有点儿无可奈何地泼洒出来了似的。这一幕真是这可怜的女人的真情流露啊，她似乎融化在她那份真诚的响应之中了，茱莉娅甚至在通情达理地分别向他们告辞时，也区分不清这两个人。"再见，德莱克夫人；有幸认识了你，我感到特别开心。"仿佛就像不是为了说这句话似的，她紧紧地握着皮特曼先生的手。随后，无论是对他还是对她自己而说的，这都无关紧要:"再见啦,亲爱的好心的皮特曼先生——这么长时间过去了,一切不是都挺好吗?"

三

茱莉娅甚至连自己都觉得,她像一只天鹅一样飘然而去了——他们目瞪口呆、恭恭敬敬地望着她离去的身影,那情景就仿佛她是个很有造诣的权威,已经一对一地把他们安顿好了,他们什么都不用干,只要乖乖地待在一起就行。她从来没有在这样滑稽可笑的场合为自己的美貌所具有的这些名头而如此欢欣鼓舞过。万事皆备①,就像他们在巴黎常说的那样——他们每一个人都已严阵以待,她可以随叫随到;这事毕竟有点儿蹊跷。那帮爱大吹大擂的小人物不一定就意味着有魅力,尤其对"高雅"人士而言:茱莉娅心里比谁都清楚,难以言传的魅力和可以引证的"魅力"是两个截然不同的种类(可以引证的魅力指的是价格、利率、股票等诸如此类的东西,是人们在繁华的商业区终日忙于应对的那些东西);最为保险的说法是,从总体上看,后者也许包括前者,而前者的最大优势则在于,它也许会完全摒弃后者。德莱克夫人并不"高雅",一点儿也不高雅;可是,倘若换成默里·布拉什,情况会怎么样呢——既然他已经在欧洲待了三年?和她在一起时,他干过许许多多他所喜欢的事情——那么,这似乎就是他们当初"订婚"的意义所在吗?难道不是吗?在这段荒唐的恋情还维持着的时候(之所以荒唐,是因为他们自欺欺人地以为,他们没有一分钱也能结婚),他没让她看出,他是多么的微不足道,好比一块毫无成色的金属:这一点她总算明白过来了,大彻大悟了,然而却是后

---

① 原文为法语:Le compte y était。

来的事——是她在回首往事时才明白过来的。于是，她便得出了自己的结论，那是巴兹尔·法兰奇让她总结出的许多经验和教训中的一条。巴兹尔打算帮她这个忙，帮得很不可思议，如果他不打算重新再给她一次机会的话，这种帮忙很可能会使她以前所做的一切努力化为乌有。如果他打算再给她一次机会，毫无疑问，那再好不过。另一方面，默里说不定已经改邪归正了，哪个男人的本性都一样，倘若这块金属的成色，用她的话来说，的确是可以有所减低的，倘若巴黎果真是这样一个去处，所有人都可以愉快地在那儿减低几分成色的话。她有她自己的疑问——当即就感到焦虑不安，感到心痛起来，她已经向皮特曼先生表达过心中的这些疑问：当然，他还和过去一样，更愿意接受可以引证的事物而不愿接受难以言传的事物，也就是说，更愿意接受魅力，而不是施展魅力。然而，假如她可以在德莱克夫人身上试一试这种可以引证的魅力，而且也有了如此重要的结果，她现在可以不去找默里——对他而言，一切都今非昔比了。因此，万一他对这个更加微妙的请求不予理会——人们可想而知，这个请求并不算低俗，而她也只能依赖这个请求，那她究竟该怎么办才好呢？无论如何，在她拿定主意要立即写信给他所在的俱乐部时，她只能抱着殷切的希望。这是一个关乎他心里有没有这份不折不扣的感情的问题。也许他已经在欧洲获得了这种体会。

　　果然，两天之后——因为他及时而且情深意切地做出了答复，欣然同意前来赴约，她权衡再三才提出的这次约会，是清晨时分在中央公园①的一条僻静的小径上见面——两天之后，她必定会为他所获得的一切而感到震惊，甚而恐慌：此事看来不可小觑，甚至大有复杂化的趋势，而她的计划，鉴于她已制定了一个计划，一个烂熟于心的

---

① 中央公园（the Central Park），坐落在纽约曼哈顿区的正中央，是纽约最大的都市公园。

计划，是要尽可能把问题简单化。她再也不想对任何事情抱有过高的奢望或过分的奢求了——尽管她依然还像从前那样在冒险，向默里提出了这样一个见面的地点，权当是对久违了的放纵行为的一种回忆吧。她有她自己的理由——她恨不得能立即辨别出真假：巴兹尔·法兰奇曾经在她母亲的住处多次殷勤伺候过她，她们那个非常寒酸的寓所离闹市区太远，而且太靠近东城区①；他在那儿吃过晚饭，也在那儿吃过午饭，然后再从那儿出发，陪她去别的地方游玩，多数是去看电影；尤其值得一提的是，有两次竟中途陪她去了大都会博物馆，他在那儿看得津津有味，她在那儿也玩得很开心。他们第二次去大都会博物馆参观，是以她意外撞见皮特曼先生而宣告结束的，此后，她的这位朋友，在她急需帮助的情况下，才委曲求全地告诫她，与人交往时特别需要保持一份负责任的心态。她也许并没有用这份娇媚、这份雅兴去博得默里·布拉什的好感，鉴于她已经博得了法兰奇先生的好感——她纵情回味着这些极其微妙的感受和有礼有节的行为，以诚恳的态度潜心观察着他们。法兰奇先生幸好从来没有陪她去过中央公园：一方面是由于他从来没有强行提出过这个要求，另一方面是由于即便他有这个要求，她也会婉言拒绝的，那些曲径通幽的小路，那些让人喜爱的隐蔽处，无不回荡着她那放浪不羁的往事，总是令她久久难以忘怀。如果说他从来没有暗示过他们可以顺道去那边走走，那是因为，完全凭直觉也能推测出来，他坚持认为，那会使他做出比他目前已有的举动更加过头的事情来；就她这一方而言，如果说她同样也很矜持，用她内心深处的话来说，那是因为这个地方处处都散发着她那些旧相好的气息。既然有这些回忆，由这个小伙子所勾起的回忆，此处无论散发着什么样的气息，也许都算不了什么，那小伙子此刻就

---

① 东城区（the East Side），指纽约东区，是纽约劳动阶层人民和外国侨民的聚居地。

在她独具慧眼地指定的那个僻静的角落里等着她；可是，如果她真想追怀往事，城里哪个角落里的吱吱嘎嘎的脚步声不会勾起她对那种憋闷生活的回忆呢？如果她真想躲开所有这些路径，那她会采取什么样的权宜之计来退而求其次呢？大都会博物馆的路径四通八达，有上百条路径——她真的横冲直撞都走遍了！——但她总会在某个地方碰见人，她也没法假装像躲避幽灵似的躲着不期而遇的每一个人。

她能做到的只是，别把活生生的人混为一谈，别把他们当作混合体；尽管她也透彻地暗自思忖过，她是否并没有发觉自己会演变成什么样的混合体，倘若法兰奇先生恰好路见她正陪着那个蓄着八字胡须的人物坐在那儿——对一个很不安分、爱四处游荡的男人来说，这也不是完全不可能的事——凭她对他的印象！莫尔夫人大概早就围绕着此人的名字编造了许多有害的轶事，这下可就要极其密集地串并在一起了。她心里明白，坊间存在着大量关于她和默里·布拉什的订婚已经走到"极端"的添油加醋的传说；她自己也能感受到这些谣传在四处扩散，这些邪恶的横幅、黑色的旌旗随风飘扬，犹如在警告世人。总而言之，一大批千篇一律、十分廉价、十分肮脏的社交旗帜在她已经一个接一个离开了的站台上哗啦啦地迎风招展，如今，那些站台都空了，机关算尽一场空，甚至到了光怪陆离的地步。这份信念所具有的活力就是目前在左右着她的决定性因素，在她迅速开辟了这片新天地之后，既然他乐意以这种方式来倾听，既然他那张帅气的脸上所流露出的那种兴味盎然的表情是他所特有的性格，那张脸也比以往任何时候都帅气了，在她看来，这就代表着他所呈现出的那个文明社会。一点儿不错，正因为有了这份收获，十分钟之后，这份收获便开始对她产生影响了，如同举起了一盏明灯照亮了她脚下的这条康庄大道。"我们之间从来不曾有过任何不检点的事情，你介意我这样说吗？无论什么事情，一丝一毫、一点一滴也没有超出过最起码的愉快、友好的熟人关系；在这件事情上，如果你不乐意为我赴汤蹈火的话，你不妨赶紧想明白，你大概要让我付出什么样的代价才行。"

她开门见山、单刀直入地挑明了话题，一边揣度着自己的影响力，一边把这事又周密思考了一遍。与她的问题相对应的是，他能否成为一个更加合适的可以求助的人选，似乎要看她是否已经如此轻而易举地激发出了他内心的兴趣所在。她当即便感受到了这番话所起的作用——他的表现方式果然更加文明了。她深深感到，总体而言是欧洲，具体说来是巴黎，让他有了长足的进步。根据每一步深谋远虑的算计——她的那些处心积虑的算计，以她所谙熟的男女私情为基础的那些算计，既不胜枚举，又深不可测——假如他果真变得聪明起来了，他会更加卖力地帮助她的；不过，她以后才会认识到，一旦所预见的那个灾难的第一股寒流被她识破了，譬如在某个特定的时刻，他的这份更为细腻的注意力似乎会把这件事吐露出来的。这恰恰正是她所期望的——"但愿我能让他兴致盎然！"这样就能非常生动地证明这件事的可能性了，突然亮起的这盏明灯为什么使她感到这样艳俗呢？难道部分是由于他那放纵、浪漫、神采奕奕的表情吗？那就是一个风流倜傥而又温文尔雅的征服者的表情啊，可是，那副表情，包括那双如此炯炯有神的棕褐色的眼睛，如此富有男人味的一头鬈发，如此红唇皓齿的粲然一笑，如此浑然天成的豪迈姿态，无论针对何种应答，他都会用丰富的面部表情、用意味深长的表达方式，做出这种感情炽烈、过于夸张、起伏跌宕的反应吗？这个解释，不管怎样，并不重要；他会怀着好意的——这一点她能感觉到，而且还能感觉到，他过去的用意也很好，大概是吧，比他当时努力说服她，要她相信他的所作所为的那番用意还要好；她至今都没有予以重视的怪事就是这一点，从他故意大肆宣扬他的兴趣所在的那一刻起，这一点就昭然若揭了，她简直想称之为不可思议的奇谈怪论。这件事使他恍若变了个人，变得与其他人格格不入了——就像撞破了鼻梁，或者戴上了一副眼镜似的，就像白白葬送了他那头漂亮的鬈发，或者白白牺牲了他那值得高度赞赏的八字胡须似的：如同她所看到的那样，她的设想、她的需要是，他应当再添加点儿能够为她所用的东西，但是，为了他自己的改头换面，则无须再添加任何东西了。

在他们订婚的那段时间里，他证实了自己的为人，也证实了自己的性格、脾气、健康、胃口、无知、固执，以及他那健全、粗野、富有魅力、不讲情面的个性特征，有二十种理所当然必须强调的重点，却从不强调兴趣所在。事实上，除非你知道，在你的内心深处，有某种想象力在蠢蠢欲动，否则，你怎么能感受到你的兴趣所在呢？默里·布拉什何止是蠢蠢欲动，这世上根本就没有他做不出的事情，因为你刚刚开始想象，就突然感到，你得想方设法去理解某种需求。他可从来没有这种感受；难道是因为，按他的个人之见，他生来就具有那种无所不知的绝好直觉，可以把一切已经挑明了的预判统统降格为鲁莽行事——就好比这是一个你要不要进屋的问题——你在家门口看到的是不是一堆废砖头的问题？总之，他既不需要去想象，也不需要去察言观色，只要灵感乍一闪现，事无巨细便全都了然于胸；所以，此时此刻，面对面地和他待在一起时，她不禁想起，在他们过去的交往中，她竟白白放弃了这么合适的机会，没有站在他的角度去领会他的意图，她那时甚至在某种程度上都不愿权衡利害关系了。作为生活的一种表现形式，作为热望和社交活动的一种表现形式，自有其虚幻的轰轰烈烈的成功之处，他准能让她心醉神迷到全然不顾她自己的才华和功能的地步，因此，对她来说，什么事情是他似乎不该做的呢？唯有这种悖谬的神秘感最具有不可思议而又绚丽多彩的历史意义，而且也只会让她对这样一种既难以割舍又淡然置之的复杂心境感到困惑不解，如今，他们双方大概都对这一点心知肚明了。因为各人对于另一方终于变得如此微不足道了，想当初，在他们朝夕相处的那几个月里，由于心心相印，那些海阔天空、诉说不尽的想法都是从对方那里汲取来的，彼此也都会向对方倾诉衷肠——这是个什么样的荒谬情景？难道摆脱一个人的绝佳做法，就是把你自己锁在那个人家的密室①里，周围处处都看得见那个人的习惯和本性所留下的痕迹吗？不管怎样，马上就会见分晓的是，默里会在公开场合露面，会非常漂亮、煞有介事地装得很有同情心——这也会成为一大奇迹，因为欧洲应当向他灌输过这种微妙的处事方法。没错，在她没有告知他实情之前，他现在不会主动来了解的——当然，他以前从来没有当过助演，或者因为担任过助演而对什么人心存感激；那么，既然如此有见识，他会以非常可爱的方式竭尽全力去"应对"，去满足人家的欲望，去博得满堂喝彩。他会发现，这件事，她的案情，真的非常值得他发一回善心，他会实实在在地受到鼓舞而考虑到，他必须先听听这件事的原委才行。

于是，她便让他听了事情的原委，尽管她情不自禁地感到，她诉说的同时，也在一步步滑向万劫不复的人间地狱；她继续滔滔不绝地说着，就像她先前说给皮特曼先生和德莱克夫人听的那样，说得气急败坏、义愤填膺，她事后也对此暗暗称奇，认为这就是万丈深渊令人销魂夺魄的原因所在。她不知道，一时也说不出，为什么他捧出的这份善心十之八九会具有令她惊骇的功效；他会以庇护者的身份支援她，大概是由于她焕发着勃勃生机的缘故吧。但愿即使不是因为她的魅力，他也会斗志昂扬地这样做，因为他会发现，她的事情，或者说他俩的事情，他俩荒唐可笑的旧事，突然呈现出了令人精神振奋、富

---

① 此处原文为 sanctum sanctorum，原指犹太教堂的至圣所，后引申为戏谑语，意为"私室；密室"。

有启迪意义的人生的新的一面,非常奇特,甚至非常重要;但是,这一幕与此时左右着她的那种强烈的直觉之间还有很多差距,倘若她不把自己和盘托出,她就没法再朝任何方向走下去。她承受不起自己不得不硬着头皮走下去的那个下场——承受不起那种应受谴责的庸俗之举,她竟然正式或非正式地跟人家订过这么多次婚(仅凭这一点而论,仅凭她总是依照时髦的处世哲学和时髦的社会风尚行事而论,就庸俗得如此不可原谅)。他不动声色地接受了她的这个请求,如同她或许会说的那样;只不过暗示了一下,带着他新的优越感,说他感受到了这个别出心裁的请求,尤其是这种哀婉动人的语气。尽管她并不祈求任何别的不在犯罪现场的证据,可以这样说,但他依然接受了她的这个要求——因为被拖进法庭的人太多,也太分散了;除此之外,按照默里·布拉什现在这种样子,她未免太庸俗了,最好别成为众矢之的,所以,她得仰仗他来获得这份清白,因为建立起清白的好名声对她来说实在太重要了。当她再一次娇羞地倒空了自己的小书包时,他不再像先前那样脸红、皱眉、退缩了,仿佛他们是南茜和阿特福·道奇①,或者是一对这种类型的坏蛋,在用奥利弗·特维斯特②的方式商量事情。她向他透露了自己的美好心愿,要是她有办法把自己洗刷得更加清白该多好,她这时说不定已经一身轻松地跟法兰奇先生在一起了。是啊,他任由她用这种方法来牺牲她与他之间光明正大

---

① 两人均为英国小说家查尔斯·狄更斯在其名作《雾都孤儿》中所虚构的人物:南茜(Nancy)虽然是妓女和小偷,却是一位心地善良、机智勇敢、爱恨分明、富有同情心的女性,尤其在良心发现后由坏变好,处处关心和保护主人公奥利弗,且在临终之际对自己的罪孽深感痛悔,使其人格得到了升华;阿特福·道奇则是一群儿童窃贼的首领,原名杰克·道金斯(Jack Dawkins),因其狡猾且诡计多端而得此诨名(the Artful Dodger,意为狡猾的、诡计多端的人)。他虽然是孩子,却总爱穿着过于肥大的成人服装,而且也像成人一样老练。
② 奥利弗·特维斯特(Oliver Twist),狄更斯在《雾都孤儿》中着力刻画的主人公。奥利弗在伦敦孤儿院长大,经历过学徒生涯、艰苦逃难、误入贼窝,被迫与一群恶毒、凶悍的歹徒为伍,历尽无数辛酸,最后终于在好心人的帮助下,查明身世,并获得了幸福。

的关系——这层关系会因为如此圆满地告一段落而显得愈发光明正大的,目的是为了实现她那个赤裸裸的计划,因为她不愿错过另一层关系,那层关系比他所能奉献的还要绚烂多彩得多;还因为她在如此心怀叵测、直言不讳地将他与另一个男人作了一番比较之后,要把那个男人拉进她所贪求的生活中来。

只是有那么一会儿,由于他忽然露出了一种别具一格、神采飞扬的表情,她以前从没见过他这种表情,这使她疑惑起来,不知他究竟打算何去何从;不管怎样,反正她心里有底,如同她自始至终都能意识到会不会增加她的危险一样,却没想到,他随即便亮出了自己的看法:"难道你要抱定立场,认为我们是做贼心虚——你真的是做贼心虚,做过什么我们本不该做的事情吗?我们究竟做过什么见不得人的事情,或者偷偷摸摸的事情,或者无论如何也不能承认的事情呢?我们只不过怀着人世间最美好的信念,开诚布公、欣喜若狂地交换过我们幼稚的海誓山盟,也得到了我们每一个亲朋好友的一致同意,除此之外,我们还做过什么呢?当然,我的意思是,"他一本正经地微笑着说,"直到后来我们彻底分手了,因为我们发现——实事求是地说,从财力上说,按照这冷酷无情、追名逐利的世俗原则来看——我们没法完婚。按照上帝或者常人的观点来看,茉莉娅,"他以他所特有的那种过于矫饰、意味深长的口吻问道,"我们究竟做过什么伤天害理的事情?"

她也回敬了他一眼,脸色变得煞白。"我说的是那种事情吗?我说的是我们都知道的事情吗?我说的是别人所认为的那些事情——他们不得不认为的那些事情,足够他们去了解的那些事情,一旦他们真的知道了,他们怎么也忘不掉。在我们有那么多机会的情况下,人家怎么知道我们之间压根儿就没发生过的事情呢?这种事情跟他们毫不相干——哪怕我们是十足的白痴,是彻头彻尾的白痴!对你来说,你做过什么,或者没做过什么,都无关紧要,可是,这世上总有人会认为,这种事情是令人深恶痛绝的,一个女孩子怎么可以像这样反复无常地从一个人勾搭到另一个人,还假装成——唉,假装成一个作风正派的女孩子应当具有的那副清纯无邪的模样。这情景就好像我们,我母亲和我,只不过刚刚如梦初醒地认识到这种非常奇怪的偏见,马上就深受其害了——如果不是这样,我们可以过得很好!人们突然明目张胆地盯上我们了。母亲说不定已经很不理智地放弃我了,说不定已经非常庸俗地把它当成我的天性、我的社交生涯了——这才是最让人恶心、最让人丢脸的事情:要靠我们两个人都表现得很好才行!可是,母亲看到的总是事情很微妙的一面!"她板起面孔,声色俱厉地说,"无论什么事情,母亲总是用她那些堂而皇之的'打赢了的官司'来衡量(还会有一场官司的,她觉得可以稳操胜券!),她毫不避讳地对此感到很自豪!你瞧,我一点儿余地也没有。"茱莉娅说罢,任由他根据她那张涨得通红的脸去她相信这番话,让他尽可能相信她母亲真的连一英寸余地也没给她留下。因此,他应当利用这张黑桃牌,与她一起来重建一点儿余地,只要把余地扩大到足以栖息就行,直到这危险的浪潮稍微退落下去。他应当给她以这样的鼓舞才对!

唉,说完最后这番话之后,一切还得由他来做主;他真的掌握着主动权,这是摆在她的面前的事实。"嗬,我亲爱的小妹妹啊,我看得出来!当然,世上总有这样一些人——在我们这个社会里,思想观念变化得如此之快!——他们打心眼儿里不赞成那种老派的美国式的自由,我敢说,他们从中解读到的是形形色色的奇谈怪论。从本质上说,你也得实事求是地看待他们才行,"默里·布拉什说道,在征得她的同意后,他点燃了一支香烟,"从你的人生之路——无论是福还是祸——与他们的人生之路相交汇的那一刻起,你就得客观地看待他们。"他时不时就会冒出这样一句很有文采的话,"你的事情,毫无疑问,特别引人入胜。这固然是你的事情——我把它当作我自己的事情就是了,对我来说,这就足够啦。我绝对会设身处地为你着想的;请你理解我的意思,好吗?用不着表白,我也会尽力的。尽管向我发号施令吧!我最喜欢的就是这份同情心,你用这份同情心感动了他。我感到过意不去的是,就我个人而言,我还不认识他……"他赶紧猛吸了一口烟,别过脸去,"不过,人们对他的大致情况还是有所了解的,我可以肯定,他和你很般配,我可以肯定,将来会很美好的,但愿你自己也有同感。因此,请相信我,甚至——我该怎么说呢?——给我留一点儿余地吧,好吗?"他一直在密切注视着他的潜在价值的直线上升,如同在注视着他喷出的烟圈一样;于是,带着这份执着,他向她倾情捧出了他那颗慷慨、炽热的博爱之心。那情景真好比捐赠了五十万美元。"我会照顾你的。"

一时间,她情不自禁地抬起头来,懵懵懂懂地望着他,有如那个面朝墙壁、杏眼圆睁的小学童在凝视着那幅色彩斑斓的世界地图[①]一样。是啊,这是一份炽热的情感,这是一份特别珍贵的仁慈之心,迄今还从来没有任何人把这份温情和仁慈施舍在她的身上;一瞬间,她竟不知该怎么形容,甚至全然不知该如何应对。随后,由于这份情愫依然存在,由于他那愈发神采奕奕的表情的推波助澜,她突然明白了此情此景的意义。是啊,总算有人在以庇护者的身份支援她了;对她来说,这倒真的是前所未有的新鲜事——对她这个生来自由的美国姑娘来说,只要她愿意,订婚和悔婚的次数恐怕早就不是六次,而是六十次了,就像要么被戴上桂冠,要么被钉在十字架上一样。法兰奇家族自己没有这样做——法兰奇家族自己也不敢这样做。说来奇怪:这事刚露出苗头,她就看出来了,不过,任何事情都会露出点儿苗头的——

[①] 这一描写很可能取自纽约大都会博物馆所收藏的塞尚的一幅画作。

而且支援她的人（芸芸众生之中）偏偏是默里·布拉什！这倒使她不知如何是好了。好在她依然还能开口说话，无论她颤抖的声音有多微弱，无论那微微一笑有多勉强。"你会像绅士一样为我撒谎吗？"

"照这样一直撒下去，一直撒到我脸色发紫！"话音刚落，见他在喜眉笑眼地望着她，她不禁又疑惑起来，不知他是否也会像这样一针见血地看待他自己的那些谎言。他那心领神会的理解力，简直是在挤眉弄眼的那股灵性，对她而言是司空见惯的，但她从没见过这种司空见惯的表情会变得如此生气勃勃。总而言之，她不知这是否代表着他所说的"脸色发紫"。"听我说，茱莉娅，我要做得更加过分。"

"更加过分？"

"不惜一切。我会亲手把这件事处理好的。我会朝你破口大骂……"

"朝我破口大骂？"见他在目不转睛、令人心荡神驰地盯着她看，她不由自主地重复着这句话。

"嗯，这种玫瑰色的幌子最有效！"这一回，啊，他真的挤了挤眼睛。到时候，在接受陪审团的盘问时，在义愤填膺地矢口否认他们之间曾经有过"一丝一毫、一点一滴"的关系时，他也会这样挤眉弄眼的（还会带着这世上最冠冕堂皇的良好诚意）。但是，还得拿出更多的证据才行；他考虑再三，决定该把一切都告诉她了。"茱莉娅，有件事你现在必须知道。"说到这里，他戛然而止，但他只是略微迟疑了一下。"茱莉娅，我准备结婚了。"不知何故，他的这两声"茱莉娅"在她听来简直像要死了一样；她能感觉到这一点，这种死一般的腔调甚至也贯穿在其余的话里。"茱莉娅，我正式宣布，我已经订过婚了。"

"啊，老天爷啊，老天爷！"她失声恸哭起来。她的这声恸哭也许是针对皮特曼先生而发的。

这个消息的震撼力逼迫得她立刻站起身来，却见他坐在那儿，笑嘻嘻地仰脸望着他，像在期待着她必然会有的表示关切或祝贺之类的话。"我是提前告诉你的，其他人都还不知道呢；这件事要一两天之后才会张扬出来。但是，我们想让你知道；她说，我总是一听到你的消息马上就在她面前唠叨。你瞧，我什么事情都对她说！"他依然坐在那张椅子上，一边傻笑着，一边捏着烟头，完全是一副谨小慎微的样子；接着，仿佛是为了着重表现一下自己的文雅，他用那纤细的手指尖轻轻弹了弹烟灰。"我想，你还没跟她碰过面吧，她叫玛丽·林德克。她对我说，虽然她暂且还无缘认识你，但她巴不得有这个缘分——特别想得到这个机会。她也会关心……"他絮絮叨叨地说着，"请你务必允许我尽快带她来见见你。关于你的事情，她已经听说过很多啦，她真的很想见见你。"

"啊，饶了我吧！"可怜的茱莉娅又倒吸了一口凉气——真是不可思议，历史果然又重演了，默里·布拉什的嘴里居然也在重复着同样的话，而且可笑得出奇的是，德莱克夫人那种出于同情的爱打听别人隐私的癖好，恰如皮特曼先生所说的那样，居然也在他这里再次上演了。唉，面对这汹涌而来的浪潮，浮现在她眼前的原本是一块可保安全无虞的岸边礁石；不料，这块岸边礁石却在迅速下沉，让人更有一种凄凉的孤独感。冰冷的嘶嘶作响的潮水已经涨到了她的腰际，很快就会涨到她的下巴了。结局真的来了，却来自她这位朋友活灵活现的姿态，来自这份无可挑剔的善心和极端的无意识，他正是怀着这份善心和无意识才摆出这种架势的——仿佛是为了表明，他既可以自上而下地支援她，也完全可以自下而上地支援她。既然她全盘接受了它，既然它已经蔓延成了一场洪水，带着大量的、成批的、无数的事实真相随波逐流。她知道，屈服是不可避免的，更不用说还会有灭顶之灾了，因为她从来不知道她的人生中竟会出现这种局面；在这场洪水面前，她在不停地往下沉，越沉越深，甚至都来不及伸出双手去抵抗或者在途中抓住什么，只是从这个小伙子真实的脸上看出了苦海无边、劫数已定的命运，纵然他光明磊落、品行高尚，纵然他从不记仇，或者从不倨傲赌气，也无法挽救她积重难返、虚无缥缈、一片灰暗的厄运。他说起了那位热心的林德克小姐，她身材高挑而性格温和，出身豪门而不炫富，戴眼镜，大鼻子，却"特色鲜明"得令人刮目相看：她风姿绰约、卓尔不群、气质高雅，你从一英里开外的地方都看得出来，而且妩媚得如同一个人的画法教师按照那套老派的画法所"临摹"的窈窕女子，让普普通通的东施效颦者望尘莫及。这位怀着良好愿望、堂而皇之地提出想见见她的人，茱莉娅确实从来没有和她交流过一句话；但是，他一提到她，她马上就意识到，也清楚地想起了这个女人，对她避之犹恐不及，仿佛她此刻就赫然站在他身边，也在自命不凡地负责处理她的事情一样。

他居然用这种方式把她扯了进来，仿佛他区区一句话便胜过千言万语似的；茱莉娅似乎看到他们亲密无间地一起登上了那个宝座，为了他俩如今所享有的一切利益，美轮美奂地坐在同一个宝座上，却把她当成了一个几乎一触即痛、让人有所顾忌的对象。说来也无可厚非，仿佛他们订婚是为了她好似的——沉浸在这桩婚事所散发出的如此幸福的光环之中。这就是你所熟悉、私下里还有点儿交情的人看待你的眼光，一旦他们采用这种高调的方式谈婚论嫁，借此来抹杀你难辞其咎的那段或多或少有些放浪形骸的往事时，他们才突然间意识到了那段往事的存在，只因为还有些许抹不去的痕迹，他们才不得不这样明确地提醒你，你依然还有一席之地。一想到再过一两天就要去会见德莱克夫人，也算不负她所望吧，她仿佛看到、甚而身临其境地感受到自己在演戏，最重要的是，在孤芳自赏地演戏，反正她至少知道自己该说什么，就她这个高度而言，即便在其他人心目中没什么独到之处也无所谓。她事后不妨还可以细细回味自己的表演——即使她并不喜欢把这种表演当成一件纯粹锁好藏妥、纯粹未经雕琢的艺术珍品。眼下，不管怎样，对她来说，由于一切事情在起初阶段都死气沉沉、模糊不清，诚如常言所说的静水流深，她事后也不大可能会说她都说过哪些话，做过哪些鬼脸，给人留下的是什么样的印象——至少得等她缓过神来，有了预防措施才行。她只知道，她转身走开了，只知道她这一走或迟或早必定会影响到他愿不愿挺身而出站在她这边，愿不愿横下心来接受这一点，高风亮节、既往不咎地接受这一点——既往不咎地眷顾她自然而然流露出的情感，眷顾她必然会产生的略有点儿狭隘的痛楚——从而接受这个暗示：他们终将会以更好的姿态站稳脚跟的。

　　随后，他们又重新踏上了那些已经久违了的林间小径；尽管她痛心疾首地感到，他肯定把她的猝然离去当成憋着一肚子气的反戈一击了。想当初，只要一听到他压着嗓子说起那些传闻，她总是一赌气就拂袖而去，可她现在还不得不自认倒霉，任凭他这样去猜测，真是活该倒霉，竟然会怂恿他犯这种错误，认为她有女人天生爱吃醋的嫌疑，认为她是在怀疑林德克小姐的满腔热忱。她岂止是怀疑，她简直被吓破了胆，被这帮好管闲事的乌合之众吓破了胆，而这种惶恐不安的直觉，要等他们走完这段路之后，要等她领着他拐弯抹角地走到其中的一扇小门前，接着再从那儿不声不响地溜走之后，才能确凿无疑地在她波澜起伏的内心深处找到一块厚木板，再借助这块厚木板稍许定定神，暂且漂浮一会儿。她气喘吁吁地跑了十来分钟，娇柔地大口喘息着，假装在摇摇晃晃地走着，一句话，要让自己适应她所释放出的这些元素；可是，至少也算对她这番良苦用心的回报吧，她随后便看到了她那毅然决然、能预卜未来的眼光是怎样弥补一切的。与她这位朋友肩并肩地坐在长凳上时，她真真切切地感受到，他把他的所有电缆都切断了。她真真切切地吞下了这枚苦果，那就是，即使他依然觉得她很漂亮——无论多么漂亮！——可以明显感觉到，这一点对他已经不再那么重要了。这就使她那个愚蠢的念头，她起先的那种担忧，昭然若揭了。大概是由于她心烦意乱，或者多有不便的缘故吧，她起先的担忧是，他甚而会来验证，他对她骨子里的那种可以引证的魅力，用她自己的话来说，要更加敏感，而对那种难以言传的魅力反倒麻木不仁了。她局促不安地揣测着，他很可能错看了她的魅力，于是，对她的那些更能刺激肉欲的装饰品，对他天生最喜欢的那些东西，他便会另眼相看，说不定还会过分地大加利用；不过，她真正需要关心的其实是，尽量别去理会他这头的敏感性，就像尽量别去理会另外那头的敏感性一样；从她个人角度说，从肉体上说——不如这样说吧，就视觉或触觉优势而言——她已经不再为他而活着了，他的一整套方式方法做得再虔诚、再殷勤，也不过是要为这个已经死了心的人戴上鲜花。这样做无非是为了给他自己脸上贴金，为了挣回他自己的面子罢了，但是，这也清楚地证明了一点：他们的事情最终甚至都算不上一场勇气对勇气的比拼。他有的是勇气——忙着跟林德克小姐订婚所需要的那种勇气，他应有尽有；随着事情的进展，一旦她再次高傲地昂起头来，她就能从其结果中解读出一条又一条鞭辟入里的含义。因此，针对这个成熟的年轻女子愈发让人捉摸不透的本质而言，他不过是在心无旁骛、言过其实地侃大山；关于茱莉娅·布莱德，他确切了解的只是，她还是原来那个只会撒娇、纯而又纯的人——由此及彼，有这份了解确实也足够了——她最终或许能平步青云地攀登上她那世俗的巅峰。他们会推波助澜，他们会连拉带扯，他们会"煽风点火"，他们俩都会弓起笔直的腰背甘愿当她的垫脚石；与此同时，通过技术方面顺理成章的某个奇迹，她也会一步步把他们拉上去。

　　沿着这条小道向前漫步时，有许多奇异的景象盘旋在她眼前；由于出现了一个特别怪谲的转折,她的意识陡然变成了一只八音盒,盒盖封闭得严严实实,盒中正在演奏着那些最扣人心弦的乐曲。这清越悠扬的乐声不过是鸣奏给她一个人听的,八音盒的盒盖,她没准会这样遐想,就是她那个坚定不移的计划,这项计划要一直坚持到她回到家中,这个秘密绝对不能泄露出去——至少绝对不能泄露给她的这位同伴,直到她自己彻底泄了气。倘若看到他真以为她气昏了头,怎么也信不过他那个未来的妻子是出于一片诚意,才爱管闲事地愿意出面帮她这个忙的——她宁可在众目睽睽之下纵身跳进他们身边的这泓湖水里,宁可穿着她这身漂亮的衣服,"噗通"一声跳进那些被惊吓得四散奔逃的天鹅当中,也不愿招惹他说出这种很不适当的蠢话来。哼,她的一片诚意,玛丽·林德克的一片诚意——她会被她的一片诚意淋得像只落汤鸡的,没错,她也会被他的一片诚意淋得像只落汤鸡的。所以,从气得内心发抖到气得浑身发抖,还没等他们走到那扇门前,她就在路上骤然停了下来。大约有三四分钟时间,她头脑里似乎装满了这些,八音盒奏起的那首最为高亢激越的小乐曲,此时正在步步紧逼,要把这些话送到她的嘴边来;有两三种让人焦头烂额的事情呢——不管说出来对她有没有好处!——她也许得用贴切的方式表达出来才行。

"要是你不介意我提到这种事情的话,我倒希望她有一大笔财富。我的意思是,在我们相处的那段日子里,我们没有这笔钱啊——而且我们毕竟也可怜巴巴地惦记过这笔钱,我们那时候为什么想得到这笔钱,想得不得了呢。"

她居然能锦上添花地把话说得如此美妙动听,与他自己花言巧语的措辞完全不相上下;既然谈到了这个问题,他怎么说也应该保持同样的水准才对。"哦,谢天谢地,我亲爱的苦命人啊,她好歹还不算穷。我们会过得很好的。你能这样想,我感到非常高兴!我也可以把这句话告诉她吗?"他开心得眉飞色舞起来。是啊,他是开心得眉飞色舞——他满脑子里装的其实都是这些事,怎能不开心得眉飞色舞呢?尽管如此,可他还是到这儿来了,在她看来,他此刻表现得比任何时候都像一个绅士。他表现得差点儿就要让人信以为真了——他欣然接受了她如此谦卑地开出的请他帮忙的条件,他满口答应了要为她这份迫切的心情而行动起来,他愿意让她以这种方式攀爬上来,骑在他卑躬屈膝的肩膀上,从而取得他大概以为她依然还坚信不疑的那种成功。他大概还不知道,他永远也不会知道,她今生今世再也不会相信这种事情了——她已经清楚地看到了他们确切的态度,就像看到天上的太阳一样清楚,他们之间,默里·布拉什夫妇之间,在他们还没有付诸行动之前,便早已有了默契。他们的满腔热情和诚意,他们对她这桩令人颇感兴趣的案情的浓厚兴趣,将会挫败、毁灭、彻底摧垮她的一切希望。为了弄清这件事情的影响力和事实真相,他实在没有必要再继续装下去——他始终在稀里哗啦地横冲直撞,就像一辆没有刹车的汽车一样。他显然非常喜欢这个想法,满以为他们或许能为她出点儿力,满以为他们可以老调重弹,抓住这个千载难逢的"社交"机会。他怎能如此不加思考地对待这件事,他怎能把这件事当成了一个附带性的说明呢,说他"就个人而言",他还不认识巴兹尔·法兰奇——仿佛他应该认识他似的,说得像真的一样,甚至都没有掺杂个人情感,仿佛他可以对她隐瞒他心里的想法似的,以为她既然已经把这位先生当成了她的序幕,他的大名便是至高无上地装在她鱼钩上的诱饵!哼,他们会尽其所能来帮助茱莉娅·布莱德的——他们会大张旗鼓、竭尽全力来帮她的,但是,他们无论如何都会把他的这个熟人拉扯到这件事里来的;她也许确实可以把其余的细节留给他们不厌其烦地深究下去。他大概已经知道了,他大概已经听说了;她的这个请求,她越来越确信,绝不会是他意想不到的事情。他已经跟她——林德克小姐——商量过这件事了,而法兰奇家族,鉴于一贯固守在他们自己的"堡垒"里,是林德克小姐这号人根本无法接近的。在茱莉娅眼里,他的整个态度就是一副怒发冲冠的样子,因为她的手势、她说话的声音、她所承受的压力,她那深思熟虑的模样,早已泄露了秘密。事实上,在他侃侃而谈的时候,他那种腔调简直无异于把这些事情都砸在她脸上了。"不过,你得亲自见到她才行。你会对她做出评价的。你会喜欢她的。我亲爱的孩子啊……"他把心里话全掏了出来,他还好意思用"孩子"这个字眼,瞧他那大言不惭的样子,他自己活脱儿就是个满脸稚气的毛孩子——"我亲爱的孩子啊,肯为你去招灾惹祸的人是她。把这事交给她吧;不过,"他笑着说,"当然得先见见她!你能不能,"他欲言又止——因为他们这时已经走到他们久违了的那扇小门边了,她就是打算在这儿与他不告而别的,"你能不能干脆让我们跟他见个面,随便以什么方式都行,比方说,在喝茶的时候;让我们单独谈谈,你可以装着很自然、很坦率的样子,把我们当作相处得很愉快的老朋友介绍给他,然后再来看看,我们该怎么处理这件事?"

他的表情说明了一切。他没法遮掩得让人一点儿也察觉不出来,他那神采奕奕、俊美潇洒的相貌也办不到:啊,他实在太漂亮了,漂亮得简直让她无法抗拒!所以,差距也恰恰就表现在这里,表现在他那令人不得不佩服的面具和他那令人不得不佩服的迫切心情上;这个已经张开大口的小小的裂隙暴露了这个男人表里不一的嘴脸。但她还是忍下了这口气,她什么都能忍受了,她感到自己就是这样做的,她仿佛听到自己心里也是这样说的,当他们在分手前停下脚步时,她已经十分清楚地看到了这种见面方式的要害所在,因为那是他提出来的,要在她吃下午茶的时候见面。她会向法兰奇先生提这个建议的,她会让他们相互认识的;但他必须保证把林德克小姐带过来,把她"立即"带过来，尽早把她带过来，把他们，他的未婚妻和她，一起带过来，而且要越快越好——这样，在喝下午茶之前，他们就应该成为老朋友了。她会向法兰奇先生提这个建议的，她一定会向法兰奇先生提这个建议的——在她离开的时候，在她真的扬长而去之后，这句话一直在她耳畔哼鸣着，不停地低声哼鸣着，她仿佛在一遍又一遍地重复着这句话，朝着路人、朝着人行道、朝着天空、朝着万物呼喊着这句话，与她八音盒里鸣奏出的那扣人心弦的小协奏曲非常不协调。这也是特别奇怪的事情，她居然坚信自己应该这样做，而且完全是故意这样做的；消极到了不顾一切的地步，消极到了异想天开的地步——要是再这样发展下去，她简直要被这件事搅得晕头转向了。她有能力向任何人提要求，不管是什么要求，也有能力做出貌似可靠的推断：法兰奇先生一定会来的，因为他从来没有拒绝过她以前提出的任何要求。是啊，她会坚持到底，会把假装欠他们这份人情的做法坚持到最后的，甚至会痛痛快快地享受这份乐趣，在满足他们心愿的同时获得安慰。他们的心愿无非是想去攀附法兰奇家族的人，而林德克小姐的最大心愿也就是想巴结上法兰奇先生，要不然，这事可就让人百思不得其解了，这世上让人百思不得其解的事情还多着呢——也不管法兰奇先生究竟愿不愿见这两个人当中的随便哪一个！——反正林德克小姐的心情比默里还要迫切。直到她终于赶回家中、径直钻进自己的房间、一头扑倒在床上之后，她才泄了劲儿，深切体会到了这份苦涩：她没能抓住这个熟人，没能抓住这个男人的心，没有这份能耐去培养起如此这般的社交欲望，白白失去了这份一抓即可到手的东西，反倒有可能让他们占了上风。他可以让人家羡慕嫉妒，甚至连类似于这两个家伙的人也不例外，因为世上还有许多类似于这两个家伙的人呢，他可以让他们像这样争夺、哄抢、相互倾轧——然后照样还是爱莫能助，没法把她从这些恩主们的手中夺过来，没法直截了当地接受她,因为有,比方说,德莱克夫人的那些恶意中伤的谣传。这也是茱莉娅那精彩的人生交响曲中的最强音,即使她在这漫长、孤独的呻吟中深信不疑地认为,她的幻想如今肯定破灭了,然而却换来了这份严酷而又清醒的认识。激情被彻底清除之后,她反而为他感到无比骄傲了。

(李佳韵 许卉 吴建国 译)